クラスで2番目に可愛い女の子と友だちになった4

たかた

角川スニーカー文庫

23677

CONTENTS

I became friends
with the second cutest girl
in the class.

目次

design work ✦ AFTERGLOW

illustration ✦ 日向あずり

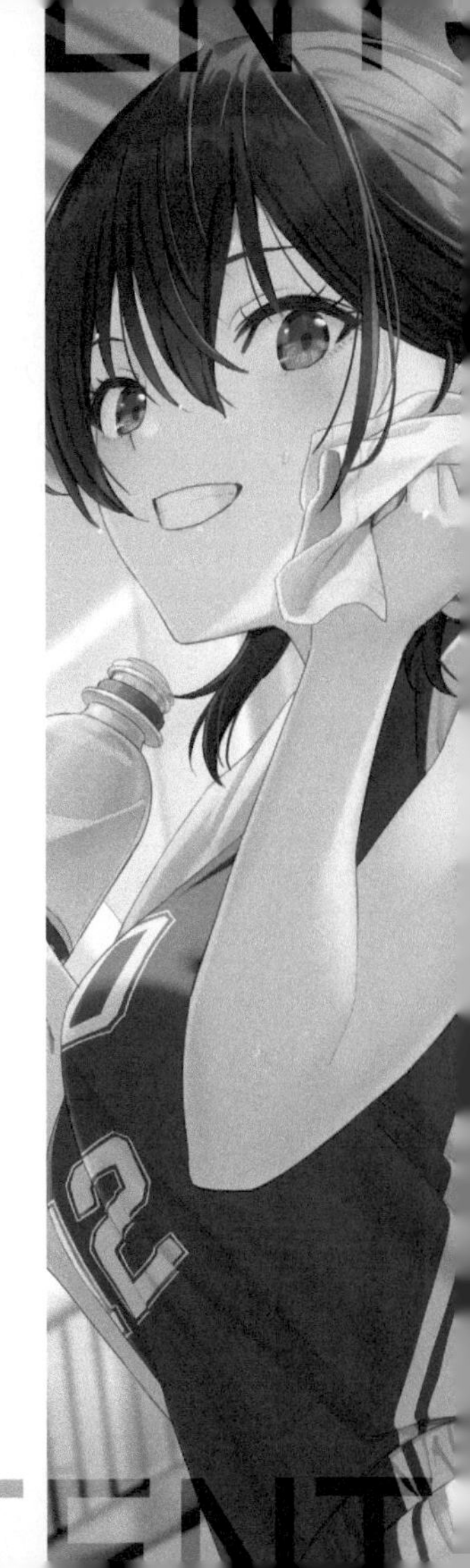

CONTENTS

プロローグ

「——なあ、海」

「ん〜？　どした？」

「春休み、今日で終わっちゃうな」

「だね。明日からまた学校だから、今日みたいにお寝坊さんできないよ」

「……あともう一日だけ欲しくない？」

「わかる。でも、もし仮に一日余分にもらえたとしても、その日になったらきっと同じこと言ってるんだと思う」

「……確かに」

四月を迎え、いよいよ翌日に新年度を控える俺たちは、いつものようにコタツでぬくぬくだらだらと過ごしていた。

春なのに未だにコタツ——だらしないし、いい加減片付けなければならないのはわかっているつもりだが、朝はまだ冷えるうえ、日によっては一桁の気温になることもあるので俺も海も中々その魅力に抗うことができずにいる。

　暖かなコタツの中で、大好きな人と肩を寄せ合って、小一時間ほどうとうととしてゆったりと過ごす——休みに入ってからほぼ毎日、そんな幸せを享受していた身からすると、明日からいつもの日常に戻るのが少しだけ嫌になってしまう。

　……まあ、そんな子供のような我儘なんていつまでも言っていられないので、朝になればせっせと制服に着替えて学校に行くのだが。

「それはそうとして、真樹、明日から新年度だけど、きちんと準備できてる？　着ていく制服とか、身だしなみとか。っていうか髪の毛とか前髪がちょっと長すぎてうざったくない？　っていうか」

「ピンポイントな指摘だな……確かに髪はちょっと伸びてきてはいるけど」

「切らないの？」

「う〜ん……」

　最後に髪を切ったのが二月ごろ——ちょうどアルバイトを始める直前だったと記憶しているので、二か月ほど伸ばしっぱなしにしている計算になる。

　アルバイト中はずっと帽子をかぶっているし、前髪についてもその中に収めているので泳未先輩や店長から特に何か言われるようなことはなかったけれど、さすがにこのままだと校則に引っ掛かってしまうか。

ウチの高校は、女子については比較的校則は緩めだが、逆に男子のほうは厳しくみられる。なので、ギリギリ注意されない範囲にしておく必要はあるのだろうが。

「でもなあ……長いって言っても、多少気にかかるかなって程度だし、そのためにわざわざ美容室に行くのはどうにも気が進まないというか」

「？　どうして」

「だってほら、ちょっとだけ髪切るために行くのって、ちょっともったいないし」

「お金が、ってこと？」

「……まあ、はい。まあ、他にも理由がないわけじゃないんだけど」

これは当然の話だが、お店では、カットしてもらう髪の量に関わらず一律で指定の料金を取られるのではないか。千円カットなどの多少特殊な形態を除いて、一般的な美容室だと三千円から四千円ぐらいが平均値だろうが、そうなると懐事情との相談になる。

アルバイトを始めたこともあり、以前よりは多少お金を使えるようになってはいるものの、働いている時間は少ないし、同時に親からのお小遣いを辞退したため、差し引きでいうとプラスは数千円というところだ。

そして、その数千円のほとんどは、海と遊ぶためのゲーム代や漫画代、それからたまのデート代なんかに充てられて――お給料の支給日直前にはだいたい底をつく。

海の彼氏として、少しでも身だしなみに気を遣わなければならないのはわかっているつもりだが。

「カットしてもらう髪の毛の量に対して払う料金のつり合いが取れない……か。なんていうか、すごく真樹らしい考えだね」

「……コスパ厨ですいません」

「もう。まあ、真樹がそういう男の子だっていうのはこれまでの付き合いで知ってたし、慣れてるからいいけどさ。で、その他の理由は？」

「あとは……その、単純に知らない人からあんまり髪を触られたくないっていうのもあるかな。海も知ってると思うけど、俺、結構くすぐったがりだから」

　今まで他人に対して壁を作り過ぎてきた影響か、髪の毛も含めて、首筋や脇の下などデリケートな部分を触られると、過度に体が反応してしまう癖がある。

　両親や海など、付き合いが長くなって心を許せるようになれば問題ないレベルになるのだが……行きつけの美容室、という言葉に全くと言ってもいいほど縁のなかった俺だから、たまに我慢してカットしてもらう時など、毎回のように店員さんを困らせてしまうし、店によっては笑われてしまうこともあって……正直なところ、苦手にしているのだ。

「なるほど、事情はなんとなくわかったよ。でも、私的にはやっぱり髪は整えたほうがいいと思うよ？　そのほうが、私も格好いいと思うし」

「う……」

「あ〜あ〜、見たいな〜。私の彼氏が見違えて格好良くなるの〜。そしたらもっと真樹のこと好きになっちゃうかもな〜？」

海に、大好きでしょうがない恋人にそう言われると、さすがの俺も弱い。

基本はコストパフォーマンスを重視しがちな俺だが、海の笑顔と『格好いいよ』という一言の前には霞んでしまう。

……本当に、俺はなんて単純な男なのだろう。

現状確認のため、財布の中身を見る。

五千円札一枚に、千円札が二枚——つい先日の海の誕生日プレゼントでそれなりにお金は出てしまったけれど、さすがにそれだけでアルバイト代の全てが飛んだわけではないので、カット代分くらいはなんとかなるか。

「海、よければおすすめの美容室、紹介してくれない？」

「ん、いいよ。私、真樹にピッタリのいい場所知ってるんだ」

ということで、急遽予定を変更して、海の案内で髪の毛をカットしにいくことになったわけだが。

そうして、海の案内でたどり着いたのは、なぜか俺たちにとってお馴染みの場所だった。

「——あのさ、海」

「はい、なんでしょうお客様？」

「ここが俺にピッタリの良い場所？」

「うん」

「……ここ、朝凪家ですよね？」

「そだよ？　彼女の家の外観、もう忘れちゃった？」

「いや、それは忘れてないけど」

車庫に停められた黒のワンボックスカーと、その奥に見える庭の小さな家庭菜園になっているプチトマトや、その他の野菜たち。

昨年の年末に体調を崩した時、どれだけお礼をしてもし足りないほどお世話してくれた場所である。

だが、今から髪を切ろうとするタイミングで、どうしてここに足を運んでいるのか。

……なんだか、嫌な予感が。

「海、もしかしてさ、その、」

「はい、一名様ご案内で〜す」

「あ、実力行使に出た」

図星だったようで、質問を遮った海は俺の背中をどんと押して、家の中へ。

どうやら俺はこれから、朝凪家で髪をカットされるらしい。

「！　あら、真樹君いらっしゃい。散髪の用意出来てるから、心の準備が出来たらいつでもいらっしゃい」

「ちょっと毛先を整えてもらうだけでそこまでの覚悟が……」

「ふふ、冗談よ。庭のほうでやるから、上着だけそこのソファに置いていらっしゃいね」

家に向かう途中で海が誰かに連絡をとっていたが、どうやらこれが目的だったらしい。

「えっと、もしかして空さんがやってくれるの？」

「私も手伝うけどね。お母さん、いつもお父さんの散髪やってて慣れてるし、そんなにバッサリいくわけでもないから、それなら問題ないだろうと思って。昔は私と兄貴もたまにやってもらってたよ。といっても、本当にだいぶ前の話だけど」

ということは小学校入学前あたりなのだろう。

昼過ぎの暖かな陽光が差す庭の芝生の上で、きらりと鋭い光を放つ散髪用バサミを持つ空さんの穏やかな笑顔が、今はちょっと怖い。

「で、どうする？　ウチでカットする分ならお金はかからないし、それに、私たちがやるんだったら、真樹も安心して委ねられるでしょ？　くすぐったくて変に反応しても、ウチなら問題ないし。もちろん、私たちは素人だから、出来栄えの心配は残っちゃうけど」

「まあ、そうだね」

とはいえ、海の提案は俺の考えを出来るだけくみ取ったものとも言える。

突然のことで空さんや海に迷惑かもと考えたが、二人の様子を見る限りどちらも乗り気そうなので、その点は問題なさそうだ。

「で、どうする？　もちろん、今から変更するなら、私がいつもお世話になってるトコに連れてってあげるけど？」

「ん〜……それじゃあ、せっかくだし今回は二人にお願いしてみようかな。ちょっとカットするだけだし、そもそもそんなに髪型なんて気にしないから」

もしかしたら失敗する可能性もあるが、その時は上手くいじって誤魔化せばいいだろう。俺一人ではできないけれど、俺には海という強い味方がいる。

「じゃ、決まりだね。お母さん、真樹、大丈夫だって」

「ヴイーン」

「空さん、バリカンの駆動音で返事するの、今だけはやめてくれませんかね」

「あら、ごめんなさい。お父さん以外でカットしてあげるのって久しぶりだから、ちょっと嬉しくなっちゃって。あ、これは念のため持ってきただけだから安心して」

やっぱり今からでもきちんとお金を払ってプロの仕事を……と思ったものの、すでに椅子に座らされてしまったので諦めるしかない。

不安は残るが、二人のことは信頼しているから、ひどいことにはならないだろうし。

「じゃあ、やっていくわね」

「はい、お願いします。海もよろしく」

「おう。任せとけ」

ようやく過ごしやすくなってきた陽気の中、朝凪家母娘(おやこ)によるカットが始まった。

まず空さんが頭全体をチェックしつつ、ゆっくりとハサミを入れていく。

普段から大地(だいち)さんのカットをやっていることもあって、空さんはとても慣れた手つきで毛先を整えている。

海の方は、俺が特に敏感になってしまう首筋や耳付近を担当してくれるようだ。

「真樹、ちょっとくすぐったいかもだけど、ごめんね」

「うん、大丈夫」

空さんから逐一助言をもらいつつ、海の方は慎重に俺の髪を扱ってくれている。

ちょうど俺の背後に回っている形になるので表情は見えないけれど、きっとものすごく真剣な表情でやってくれているだろう。

バレンタインの時もそうだが、こういう時の海は本当に真面目な女の子だ。

それがわかっていることもあって、首筋や耳に海の手が触れても、それほどこそばゆさを感じない。

……というか、むしろちょっとだけ気持ちいいような感じも。

「海、あんまりバッサリいっちゃダメよ。櫛(くし)使って、ちょっとずつ」

「う、うん。わかってる」

そこからしばらくはハサミの音と、海のかすかな息遣いのみが聞こえる静かな空気の中、順調にカットが進んでいく。

長さ的にはそれほどカットしていないはずだが、全体的に頭が軽くなったように感じる。

「――よし、とりあえずこんなものかしら。……うん、久しぶりだけど悪くない出来栄えじゃないかしら？　海はどう？」

「む～、まあ、初めてにしてはよくできたほうかも」

「……最後に割と聞き捨てならない情報が」

しかし、鏡を使って確認させてもらったが、特におかしいところはないので、ひとまずは結果オーライだろう。

ここまでしっかりやってもらっている以上、『ありがとうございます』という言葉以外、俺からは何も言うことはない。

ただ、次回からはきちんと予約をして、お金もきちんと払ってカットしてもらおう。

「さて、真樹君のカットも終わったことだし、私はそろそろ晩御飯の支度でもやらなきゃ。真樹君、せっかくこうしてウチに来たんだし食べていって。今日は焼肉にするから」

「お、お母さんいいこと言ってくれるじゃん。真樹、晩御飯まで私の部屋でゲームとかしてヒマつぶそ。今、アニキの部屋から面白そうなやついくつかパク……借りてくるから」

「……とりあえず、あまり陸さんを怒らせないように」

朝凪家にお邪魔するといつもこうして良くしてくれるので、これといったお礼ができないのが申し訳ないけれど、その分については、何らかの形で返せればと思う。

いつになるかわからないけれど、朝凪家の人たちとはこれから長い付き合いになっていきそうだ。

「あ、そうだ。……ね、真樹」

「うん？」

「ちょっと耳貸して」

明日以降、どうやって髪をセットすべきか鏡とにらめっこして考えていると、ふと、海が俺の方に体を寄せてくるのを感じた。

ふわりと鼻をくすぐる甘い匂いと、密着する体の柔らかさにドキリとする。

「……なに？」

「ふふ、ちょっと、真樹にだけこっそり伝えたいことがあって」

空さんが買い出しの準備をしている隙をついて、海がこっそりと俺だけに聞こえるよう耳打ちしてきた。

（——格好いいよ、真樹）

「……」

「あ、いまちょっとドキッとしたでしょ？」

「い、いや別にしてない、けど……」

「え～？　ウソウソ、強がりはよくないな～？　不意打ちに弱いことなんて、もう私にはお見通しなんだから」

「……ったく、ずるいんだから」

「へへ。だって、アナタの彼女ですから」

　恋人としての時間を重ねる度、どんどん海の尻に敷かれているような感じだが、こうして手のひらの上で転がされるのも、それほど悪くない。

　こうして、俺の春休み最終日は賑（にぎ）やかに過ぎていく。

1. 運命のクラス替え

こんなにも晴れやかな気持ちで、新年度の朝を迎えることができるなんて、いつ振りのことだろう。

去年までの俺なら、こんなことは絶対になかった。朝の情報番組の左上に表示されている時刻が通学時間に近づくたびに嫌な気分になり、毎日の星座占いの結果を見て（そういう時は大体順位も低い……）、ため息をつきながら一人ぼっちで学校へと向かっていた。

しかし、そこから一年経ち、高校二年生となった今は——。

「真樹、今日からまた学校だけど、大丈夫？　気分が悪い振りとかしてない？」

「なんで仮病前提なんだよ。……今日は一年生の入学式とクラス替えで午前中授業だから大丈夫。そっちこそ、今日も遅くなるの？」

「ええ。終電には間に合うように上がるけど、多分帰りは遅くなると思う」

「そっか。じゃあ、先に寝てるよ。晩御飯は冷蔵庫の中に入れとくから」

「了解。あ、言っておくけど、お母さんの目がないからって、毎日のように海ちゃんのこと連れ込んじゃダメよ」

「わ、わかってるよ。そっちのほうも通常運転に戻すつもりだから。ほら、そんなことより早いとこ行った行った。じゃないと会社に遅刻するよ」

「は〜い」

　春休みはほぼ毎日海と朝から晩まで遊び惚(ほう)けていたけれど、学生の本分である勉学についても忘れてはいない。

　恋人と一緒にいるのが楽しくてそのせいで勉強が疎(おろそ)かになり成績が落ちた——なんて、そんなことになったら目も当てられない。

　海としっかりと恋人らしいことをしつつも、成績面はしっかりと維持、もしくはさらに良くしていく。これが俺の直近の目標だ。

「——ねえ、真樹」

「なに？　何か忘れ物？」

「学校、楽しい？」

「え？　ん〜……まあ、まあまあ、かな」

「ふふっ、そう？　ならよかったわ。あ、コタツの上にタバコ置きっぱなしなの今思い出しちゃった。ゴメン、とってきてもらっていい？」

「結局忘れ物はしてるんかい」

言われた通りタバコの入った箱と百円ライターを母さんに投げ渡して、いつものように仕事に送り出す。

いつもは特に気に留めなかったけれど、こうして見ると、仕事に向かう母さんの背中も心なしか元気に溢れている気が。

「さて、と俺もそろそろ制服に着替えるか。海も迎えに来るころだろうし」

およそ二週間ぶりに制服の白いワイシャツに腕を通し、ネクタイを締める。

春休み前には特に気にしていなかったけれど、以前と比べてほんのわずかに窮屈になったような。休み中もなるべく体は動かすように気を付けていたから、太ったわけではないだろうけれど……海によると身長も去年に比べて高くなったらしいので、俺もしっかり成長しているのだろう。

クリーニングしたての、ほのかに余所行きの香りが残るブレザーを着て、二人分のコーヒーを用意していると、昨日、約束していた時間通りに海がやってきた。

「よっ」

「よ。おはよう、海」

「ん。おはよ、真樹。なんだ、まだ頭ボサボサのだらしないパジャマ姿だとばかり思ってたのに、意外とピシッとしてるじゃん。感心感心」

「まあ、春休みはバイトの日以外ずっとだらしなかったから、さすがにね。お湯沸かしてるけど、コーヒーでいい？」

「うん。あ、朝だからミルクたっぷりで」

「はいよ」

　学校へ出発する時間まではまだ三十分ほどあるが、これはわざとこうしている。

　母さんを送り出して、二人きりの朝の時間をほんの少しでもゆっくりと過ごす――新学期が始まり、俺たちが夜まで遊ぶことができるのは週末の金曜日までとなるので、それなら朝の通学前の時間を有効活用しようと二人で相談して決めたのだ。

　おかげで以前よりもさらに朝早く起きる必要があるけれど、海と一緒に居られる時間が増えるのであれば、どうということはない。

　これで後は、新しいクラスとなっても、一年次と同じく海と一緒のクラスになれれば、ひとまず今日については言うことはないのだが。

「海、一緒のクラスになれるといいな」

「ね。私はほぼ間違いなく進学クラスになっちゃうから、夕たちとは離れ離れになっちゃうのは覚悟してるけど……でも、さすがにいきなり一人ぼっちってのは寂しいし」

　これまでの定期試験の成績を見る限り、海と一緒のクラスになる可能性があるのは俺だけだ。俺と海が中心となった勉強会のおかげで、天海さんや新田さん、望の赤点ギリギリ三人衆の学力は目に見えて改善したけれど、それでもまだまだ下から数えたほうが早い。

難関私立・国公立大学の合格を目指すための進学クラスである11組の定員は約三十名——学年トップ5に入る成績の海のクラス入りは確実だが、俺の方は果たしてどうだろうか。

「大丈夫だよ。今、真樹が勉強を頑張っているのは私が一番知ってるし。それに、結果にだって目に見える形で出てるんだから、先生だってきっと推薦してくれるよ」

「そうかな……まあ、仮に別クラスになっても日中ずっと会えないわけじゃないし、そうなったらまた二人で色々相談すればいいか」

「うん。二人で……ね？」

「……うん」

そうして、俺たちはいつものように手を繋ぎ、指を絡ませ合って出発までの時間を惜しむようにいちゃつく。

もし天海さんたちが目の前でこのやり取りを聞いていたら、きっと『お前らは離れてるぐらいがちょうどいい』と言われてしまうだろうが……それでも、可能な限りは一緒の空間と時間の中で、お互いの存在を確かめていたいと思う。

ともかく、結果は数十分後のお楽しみだ。

時間通りに自宅を出て、高校の通学路となっているバイパス下の大通りに出ると、いつもより多くの生徒たちが列をなして歩いている。

まっさらなウチの高校の制服に身を包んでいるのは、おそらくこれから入学式を迎える新入生だろう。桜の花びらのちらほらと落ちている道は、三年生が卒業した後と較べて遥かに賑やかで、活気に満ち溢れていた。

「──あ、海、それに真樹君も。おーい二人とも〜、こっちこっち〜」

「ようバカップル、久しぶり。元気してた？」

二人で仲睦まじく通学している途中、同じく一緒に登校してきたであろう天海さんと新田さんに遭遇する。これだけキラキラとした新入生がいる中でも、相変わらず天海さんの存在感は群を抜いていて。

──おい、あの人、めっちゃ綺麗だし可愛いな。先輩かな？

──髪がめっちゃ金色に輝いてる……目も青いし、外国の人？

──俺、ここ選んでよかったかもしれん……。

皆大体同じことを考えるのか、新入生と思しき子たち（そして主に男子）から、そんな声が聞こえてくる。

「……夕ちん、相変わらずだね。またしばらくは忙しくなりそうかな？」

「あはは……でも、去年でもう慣れちゃったから」

「夕、振る時は『ごめん、無理』でいいし、それすら面倒ならガン無視で大丈夫だから」

「お断り前提かあ……」

去年と同じような展開に、顔を見合わせた俺たち四人は苦笑するしかない。この様子だと、またしばらくは空気を読まない新入生からの玉砕者が多発するだろう。

天海さんの心を悩ませるような人を、俺たちはまだ誰も知らない。

「ところでさ、夕ちんは彼氏とか作らんの？　朝凪みたいに誰かと付き合っちゃえば、多少は面倒もなくなると思うけど。ってか、本当に気になる人とかいない？」

「う～ん、そうだな～……格好いいなって思う人はいるけど、恋愛的な意味とはまた違うような……ほら、そんなことより早く学校行こ？　もう新しいクラス表も貼り出されてるはずだし」

「あ、待って夕ちん……くっ、新入生のまだ見ぬ逸材探しは、入学式に持ち越しか」

「……新奈、アンタはもうちょっと自重する」

これから入学式を迎える初々しい新入生たちの集団をすり抜け、俺たち四人は昇降口前へ。すでに新クラスの出席表は貼り出されており、入口前は多くの在校生たちでごった返していた。

クラス表に書かれた自らの名前を見つけた人たちの反応は様々だ。親しい友達と一緒になれて安堵した表情を浮かべる人や、仲良しグループが離れ離れになって少々落ち込んでいる女子生徒に、後は、気になっている異性と同じクラスになって秘かにガッツポーズをしている男子など。

以前の俺なら到底理解できなかっただろうが、今は、その心情のどれもが理解できる。

「う〜、なんだか緊張する……神様、どうか海とまた一緒のクラスになれますようになれますようになれますように〜……」

「あのね夕、神様にだって、どうにもできないことはあるの。……ということで、今までお世話になりました」

「あ〜ん！　薄々そうだろうなって覚悟はしてるけど、はっきり言わないで〜！」

「夕ちん、まだ私と一緒になれる可能性はあるから。ほら、一緒に見に行こ？」

「う〜……」

海にくっついたままぐずる天海さんを連れて、新田さんが掲示板の前へ。

これまで小・中と高校一年までは同じクラスだった海と天海さんだったが、そんな縁も、さすがに今回ばかりはどうにもならないだろう。

一足先に名前を見つけた二人の表情を見るに、どうやら天海さんは新田さんとも離れ離れになってしまったらしい。同じクラスに海や新田さんの名前がないことを確認して落ち込んでいる天海さんを、新田さんがなにやら必死に慰めている。

「……そろそろ俺たちも確認するか」

「うん。……一緒のクラスに、なれたらいいね」

「ああ、本当に」

前にいた生徒たちの数が少なくなってきたところで、俺と海は手を繋いだまま、成績優秀者のみが集められる2年11組のクラス表の前へ。

海はほぼ間違いなくここのクラスだろうが、果たして俺の状況はどうなっているか。

出席番号順に、上から確認していく。五十音順なので、海の名前はすぐに見つかった。

1番　朝凪海

「……ここはまあ、予想通りだな」

「まあ、さすがにね。後は真樹の名前さえあれば完璧なんだけど……えっと、前原真樹、前原真樹の名前は……」

見落としがないよう、慎重に一人一人順番に確認していく。

2番、3番――そして10番。前原（『ま』えはら）なので、名前が載っているとすれば後半になるはずだが。

20番……25番と確認しても、俺の名前は一向に出る気配はなく。

「……30番、渡辺――で、全員みたいだな」

「ん。真樹の名前、なかったね」

「うん。なかったな」

二人でしっかりと全員の名前を読み上げた結果、『前原真樹』の名前は11組のクラス名簿には記載されておらず。

残念ながら、『海と二年次も同じクラスになる』という二年生最初の目標を達成することはできなかった。

学年トップ5に入る成績の海と違って当落線上にいたので、もちろんこうなることも覚悟の上ではあったけれど……とはいえ、実際に自分の名前がないことを確認すると、さすがに落ち込みはするわけで。

「真樹、落ち込む前に、とにかく自分の名前見つけよ。まだ先生たちのミスで名前が入ってない可能性もあるし。それはそれで先生たちにむかつくけども」

「だ、だな。えっと、じゃあまずは隣の組を——」

そうして、ふと隣のクラスである10組の名簿のほうに視線を動かすと、俺の名前はすぐに見つかった。

それから他に馴染(なじ)みのある人の名前も。

2年10組（担任：八木沢美紀(やぎさわみき)）

1番　天海　夕

……

……

21番　前原　真樹

「……せい」

「いっ……あの海さん、なぜいきなり脇腹をその、つねってくるのかを訊いても」

「……別に。なんとなく」

「そ、そっすか」

　自分とは別々なのにどうして夕とは同じクラスなのか——海の率直な気持ちを代弁すると、そんなところだろう。どう考えても不可抗力だが、とはいえ海の抱いているモヤモヤも理解できるので、とりあえず不満のはけ口として脇腹ぐらいは海の自由にさせておこう。

　しかし、天海さんと引き続き同じクラスになったのは意外だった。

　確認を終えたところで、俺たちも天海さんたちと合流することに。

「ニナちは7組、私は10組で海は11組……や～だ～、海～さびしいよ～」

「もう、気持ちはわかるけど、あんまりくっつかないの。私だって、真樹とは離れ離れになっちゃうんだから」

「あ、そういえばそうだったね。私は真樹君と一緒だからまだよかったけど……えへへ、海、その、なんていうかごめんね？」

「きさまけんかうってんのかこら」

「きゃ～、海が私のこといじめる～」

親友と離れ離れになり、初めのうちは落ち込んでいた天海さんだったものの、持ち前の切り替えの早さで、いつもの潑溂とした笑顔を取り戻している。

彼女のポジティブさを俺も少しは見習いたいものだ。

……俺の方は、まだ若干現実に打ちひしがれていたり。

「っても、朝凪と夕ちんはまだ隣のクラスだし、寂しいんだったらちょこちょこ会いにいけば？　私はたまにしか行かないけど」

「え～？　せっかくだからニナちもおいでよ～、きっと楽しいよ～？」

「まあ、正直に言えば私もそうしたいけどさ。でも、あんまし他のクラスばっか行ってると、逆に本来のクラスで浮いちゃうし。そこは上手くバランスをとりませんと」

「う……言われてみれば、確かに」

天海さんと同じように、俺も新田さんの意見には同意するしかない。

俺や海、そして天海さんなど、今回のクラス替えに関しては各々モノ申したいことはあるにせよ、すでに新しいクラスは決定している。

今までの関係を引き続き大事にするのもいいけれど、それ以上に、新しい環境と仲間に慣れることもまた大切、か。

そう考えると、この結果は俺にとってそう悪いことではないのかもしれない。こんな感じで物理的に海と離れ離れにならないと、おそらく、いつまで経っても俺は海におんぶに抱っこの学生生活になってしまう可能性が非常に高い。

海が側にいなくても、他のクラスメイトときちんとコミュニケーションを取り、まともな日々を送る――そうでないと、海の彼氏としてあまりにも情けなさすぎる。

「まあ、こうなった以上はしょうがないから、俺もなんとか頑張ってみるよ。海が近くにいないのは寂しいけど、その気になればいつだって会いにいけるわけだし」

「……真樹、大丈夫？　私がいなくて、寂しくなって泣いちゃいたりしない？」

「いや、俺もさすがにそこまで子供じゃないし……って確実に断言できないのが情けないところだけど。でもまあ、なるべく頑張ってみるよ」

こんな気持ちで新年度を迎えるのは初めてのことなので、もしかしたら弱音を吐いてしまうかもしれないが、その時はまた二人きりの時に慰めてもらえばいい。

そうやって俺たち二人はやっていくのだと、クリスマスの時に決めたのだから。

「……ってことで、海さん？」

「なに？」

「そろそろ俺のことを解放してくれると嬉しいんだけど。ほら、もうすぐ新しい教室の前に着いちゃうし」

「……やだ。もうちょっとだけ」

　俺の腕にひっついたまま離れない海はとても可愛いけれど、そろそろ授業開始のチャイムもなるので離れなければならない。

　あと、そんな俺たち二人へ揶揄うような視線を向けてにやにやとしている天海さんや新田さんのことも気になるし。

　とりあえず、今日の放課後は海のことをいっぱい甘えさせてあげようと思う。

「ま、とりあえず今日は午前中授業だし、終わったらお昼がてら、いつものメンバーでファミレスでも寄ろっか。多分だけど、それなりに積もる話も出てくるだろうし」

「あ、それ私も賛成っ！　海と真樹君も、それでいいよね？」

「私は構わないけど……真樹もそれでいい？」

「うん。後、望のことも俺から誘ってみる」

「「「……………」」」

「なぜそこで三人とも黙る」

　二年になっても相変わらず、女性陣の間で望の扱いは雑である。学校では俺たちなんかよりよほど人望も人気もあるはずなのだが。

「いや、だって関だし」

「うん。関だし、ねえ夕？」

「えっ⁉ い、いや関君だってもちろん忘れてないよ……えっと、確か関君は5組になったんだっけ？」

「いや、望は4組だけど」

「……えへへ～」

「笑って誤魔化すな、親友」

二年生になっても俺たちの関係性は変わらないことを再確認出来て一安心ではあるけれど……とりあえず、今のやり取りは望には黙っておく方向で。

さて、いつものメンバーと散り散りになるのは寂しいけれど、そろそろこれからの新しいクラスメイトたちにも目を向けなければならない。

俺と天海さんが新たに所属することになった2年10組だが、意外にも、一年の時のクラスメイトたちがちらほらいるらしい。らしい、と表現したのは、単に俺がクラスメイトの顔をほとんど覚えていないからで、天海さんの周りにいる女子たちが『またクラス一緒だね！』と楽しげに話しているのを見て判断したまでだ。

とりあえず、俺のほうはまずクラスメイトの顔と名前をきちんと覚えるところから始めていかないと。

一通り教室を見渡してみた限り、男子のほうはわりと大人しいというか、一年次の俺のクラスにいた少々やんちゃな連中のような男子はいないように思う。先程の件で少しだけメッセージのやり取りをさせてもらった望の情報によると、そういった連中のほとんどは望の所属する４組のほうに集められており、保健体育担当の厳（いか）つい見た目をした担任教師が目を光らせているらしい。

それに比べれば、俺のクラスもそう悪くはないか。

「あ！　へへ、真樹く～ん。こっちこっち～、一緒にお喋（しゃべ）りしようよ～」

「……ど、どうも」

ふと天海さんと視線が合ってしまい、笑顔とともにぶんぶんと手を振られてしまう。

その瞬間、クラス中の注目（やはり主に男子）が、俺の方に向いた。

――おいアイツ、なんで天海さんとあんなに仲良さそうなんだ？

――付き合ってるって感じはしないけど、でも、なんであんなヤツと……。

個人的にはいい加減飽き飽きするトピックだが、初めて俺や天海さんと同じクラスになった人たちにとってはそれなりに驚きだろう。

天海さんとのことも、そして恋人である海とのことも特に話すつもりはないので、こちらもいつものように雑音として聞き流すことに。

「――はいはい、皆そろそろ席について～。最初のHR始めるよ～」

俺にとってはお馴染みである担任の八木沢先生がチャイムと共に教卓の前に立って、いよいよ二年次の授業が始まる。

新しいクラスになって、どこのクラスもまず最初にやることと言えば――そう、去年、俺が痛い目にあった『アレ』だ。

「入学式まで三十分ぐらいあるから、その間にちゃっちゃと皆の自己紹介済ませちゃいましょうか。私の場合はいつもくじ引きなんだけど、今日は時間ないから出席番号順ってことで……天海さん、トップバッターよろしく」

「はい、任されました～！」

一年の中でもっとも苦手なイベントだと言っても過言ではない自己紹介だが、今回は名前とちょっとした抱負を話す程度なので、去年のような生き恥を晒すような展開にはならないだろう。

「――ってことで、これから一年間、皆と仲良く楽しく出来たら嬉しいです。なので、いつでも気軽に声を掛けてくださいね！」

いつもの調子で天海さんの自己紹介が終わると、拍手とともに教室が和やかな空気に包まれる。

今まで天海さんのことを色々とフォローしていた親友の海がいなくても、やはり天海さんはいつも通りの天海さんだった。

「はい、ありがとね。んじゃ、次は2番の荒江さん――なんだけど、」

天海さんのおかげでスムーズに始まった自己紹介……のはずだったけれど、本来次の人が座っているはずの天海さんの後ろの席だけ、ちょうどぽっかりと穴が開いたように誰もおらず。

「いない、ねえ。特に欠席の連絡とかも入ってなかったはずだけど……誰か、荒江さんと仲の良い子っている？」

「……………」

先生がそう呼びかけるものの、皆は各々クラスメイトたちと顔を見合わせるばかりで、手を上げるものはいない。

一年次に同じクラスだった人も数人いるようだが、やはり首を傾げるばかり。

「ってことはサボりかあ？　……ったくもう、主任から話は聞いてたからもしやとは思ったけど、まさか、初日からやらかしてくれるとは」

「？　はい先生」

「どうぞ天海さん」

「ありがとうございます。あの、荒江さんって子、そんなに不良さんなんですか？」

「ん〜、どうだろ……成績表だけ見ればそんなに悪くないっていうか、むしろ学年平均よりも大分いいんだけど。でも、如何(いかん)せん生活態度がね、その、あんまりよろしくないというか」

どうやら、先生の間ではそれなりに問題児として扱われているらしい。

——出席番号2番、荒江 渚(なぎさ)さん。

男子のほうは俺も含めて特に問題はなさそうな10組だけれど、女子のほうはそういうわけにはいかないのかもしれない。

もし海がこの場にいたら、きっと苦い顔をしているのだろうなと俺はふと思った。

在校生も出席義務のある入学式まで時間もないので、ひとまず荒江さんのことは後回しにして自己紹介の続きへ。

荒江さんの件で余計に時間を使ったこともあり、さらに手短に紹介は進んでいく。10番、20番と流れるように進んでいき、緊張する暇もなく、あっという間に21番の俺へと順番が回ってきた。

「じゃあ、次は前原君ね」

「……はい」

先生の指名を合図に席を立つと、クラスメイトたちの体が一斉に俺の方へ向いた。

同時に、それまでは感じなかった言いようのない緊張がどっと押し寄せてきた。

しん、と教室が静まり返る中、俺の心臓の鼓動だけが耳の中に響く。

「え～……っと、」

「？　前原君、どした？」

「あ、いえ……」

……まずい。何を言うべきか昨日の間に予め決めて、さらに海と一緒に予行演習までしたのに、その記憶が頭から吹っ飛んでしまった。

自分の名前と、あとは新しいクラスメイトに向けてのちょっとした一言——時間にしてほんの十数秒で足りる量のセリフなのに、それが出てこない。

「……前原真樹です。よろしくお願いします」

「ん～っと……随分シンプルな自己紹介だけど、それだけでいい？」

「……えっと、」

とりあえず名前だけは絞りだしたけれど、それだけで良いはずがない。

新年度を迎えて心機一転、新たな気持ちで学生生活を過ごしていくことを決めたのだ。

海や天海さん、新田さん、それからあとは望のように、前向きに楽しく日々を送っていく——去年までの『前原真樹』とは違うのだと、新しいクラスメイトに、そして何より自分自身に言い聞かせるために。

しかし、気持ちだけはあっても、なかなか口から言葉が出てこなくて。

「……大丈夫です。すいません」

「ん。じゃあ、次の人に行くね」

去年のことがあったのか、先生も無理強いはしないようだ。それについては有難い気持ちもあるけれど、去年以上に情けをかけられた気がして、不甲斐ないことこの上ない。

誰にも気づかれないよう静かにため息をついてから、後ろの席のクラスメイトと入れ替わるようにして椅子に腰を下ろす。

と、その瞬間、ポケットの中のスマホがぶるぶると震えた。

……海からのメッセージだ。

皆の注意が俺から逸れた隙に、こっそり机の中で内容を確認すると。

『(朝凪) 真樹、がんばれ』

そう、一言だけ送られてきて。

「……あの、先生すいません」

自己紹介の流れを切って、俺は先生に向かって手を上げた。

「？　二度目だけど、どした前原君」

「自己紹介なんですけど……すいません、一言だけ言い忘れていたことがあって」

「なるほど……じゃ、言い直すかい？」

「お願いします」

「よし。じゃあ、皆の分が終わった後に、トリとして前原君にこのＨＲを締めてもらうってことで。それでいい？」

「はい」

わがままを言ってしまったので、そのぐらいは仕方がないだろう。

その分余計に緊張してしまうが、不思議と頭のほうは冷静だった。

近くにいなくても、俺の彼女はこんなにも頼もしい。

ひとまず全員の自己紹介が終わり、天海さんや先生他、クラスメイトたちが俺のことを見ている。

わざわざ言い直すといっても、特に何か上手いことを言ったり、もしくはこの空気を和ませるような面白い話をするつもりもないのが申し訳ないけれど、これも自己紹介の一部として捉えてもらえばいいか。

前原真樹は面倒くさい人間です、ということで。

「――改めまして、前原真樹です。またこれから新しい環境での日々が始まるということで、正直、不安な気持ちでいっぱいなんですけど……それでも心機一転、この新しいクラスで頑張っていきたいと思っていますので、よろしくお願いします。人見知りなので、なかなか自分から話しかける機会は少ないかもですが……あ、あとサメ映画とかが好きです」

そう言ってからぺこりと頭を下げて席に座ると、周りからぱらぱらと社交辞令的に拍手が起こる。

期待された割に相変わらずとりとめのない話をしたものの、個人的には言いたいことが言えてすっきりだ。

……ひとまずトークスキルについては、これからの成長に期待ということで。

「はい、前原君ありがとね。それじゃ、ちょうど時間だし体育館のほうにちゃっちゃと移動しよっか。それが終わったら今日はもう解散だけど、明日からは通常授業だから、遅刻しないように」

「え～？　美紀先生、そこをなんとか、週末ぐらいまでなんとかなりませんか？」

「天海さん、お勉強、これから頑張りましょうね？」

「が～ん！」

天海さんがわざとらしく声を上げると、一気に教室の空気が和やかになり、そこかしこから笑い声が起こる。

えへへ、と頰（ほお）を染めてはにかむ天海さんと目が合うと、俺だけにわかるように、さりげ

なくウインクをしてくれた。

結局はムードメーカーの役割を担うことになるだろう天海さんに助けられてしまったが、俺はもともと一人で何でもできる人間ではない。

自分の身の程は、自分が一番わかっている。だから、これからも必要以上に無理をせず、友達や親しい人に助けてもらいながら、少しずつ前進していこう。


その後、つつがなく進行していった新一年生の入学式を見守った放課後。

当初の約束通り、いつものメンバーで近くのファミレスで昼食がてら、今日のことについて一通り報告しあうことに。望も今日は部活が休みだということで、久しぶりに五人が揃った。

なので、これまでと変わらず、適当に雑談しつつ、ゆっくりとしたお昼の時間を過ごせると思っていたのだが。

そんな中、一人だけ、あからさまに頬を膨らませて不機嫌にしている可愛い女の子が。

まあ、海のことなのだが。

「……む～」

「ほら海、気持ちはわかるから、いい加減機嫌直せって。ほら、ポテト食べさせてあげるから」

「むぐ……真樹、コーラもちょうだい」

「はいはい」

俺の側でむくれる海のことをなんとか宥めてから、事情を知らない新田さんや望にも、彼女の不機嫌の理由について話すことに。

原因は、入学式が終わった後の放課後、ウチのクラスの担任である八木沢先生に、今回のクラス替えの経緯について海が話を聞き出そうとした時のこと。

どうして真樹が進学クラスに入れなかったんですか……と直接聞くようなことはさすがの海もしなかったけれど、納得できる理由が欲しかったのだ。

『いくら朝凪さんでも、その件については教えられないかなあ……なんて、私もそこらへんはよく知らないんだけどね。最初に進学クラスの11組が決められて、その後で私たちが話し合いで決めるって形だったから。詳しいデータはもちろんお出しできないけど、多分、ざっと見た感じ、今回に関しては【一年間通して学業を頑張っていた子たち】が入ったんじゃないかなって睨んでいますけど。でも、ウチの高校の場合、基本的には担任に裁量があるから、基準は割とまちまちなんだよねえ……そこは私も申し訳ないかなって感じてるけど』

教師であるという立場上、若干オブラートに包まれた言い方だったけれど、つまるところ、今回のクラス決めにおいて考慮されたのは、学年末試験における順位だけではなく、昨年の一年間において行われた全ての定期テストにおける平均順位・成績だったのだろうと八木沢先生は話してくれた。

海の順位は入学時点からずっとトップ10位内を維持するほどだったが、俺の場合、成績が急上昇したのは、海との仲が特に親密になり始めた去年の秋～冬にかけて——それまでは概ね50位～100位の間を行ったりきたりするような成績だったから、全てを均すと進学クラスの定員である上位三十人からは外れてしまう。

努力を始めるタイミングがわずかに遅かったのは残念だったものの、しかし、海と一緒に頑張った時間は無駄ではない。

今年はあと一歩力及ばずという結果だったが、高校生活はまだあと二年残っているから、三年次に改めてリベンジできるよう、引き続き頑張れば良いだけの話だ。

八木沢先生は出来る範囲でしっかりと説明してくれたし、それについては俺も海も納得している。

では、それだけしっかりと二人で話し合ってもなお、珍しく海の踏ん切りがついていないのかというと。

「——あ、もしかして修学旅行とか？　確かウチの高校の修学旅行って、例年一月とか二月にやるはずだから……委員長、と後は朝凪、それで合ってるよね？」

「正解」

「……むぐ〜」

　いち早く新田さんが気づいたが、いつも以上に海が悔しがっているのが、二年次の三学期に行われる学生生活最後の一大イベント、修学旅行についてである。

　一緒のクラスで、そして一緒の班で、期間中ずっと二人で楽しく、時にはじゃれ合いながら甘いひと時を過ごしたい——海はそこまで考えていたからこそ、自分の勉強以上に、俺の成績アップのために人知れず力を尽くしてくれていたのだ。

「ほら、修学旅行って基本は集団行動じゃない？　一応自由行動時間もあるだろうけど、それだって結局は班行動で、個人で勝手に色々動くのはダメだから。もし何かあった時にものすごい迷惑がかかっちゃうし」

　もちろん皆の協力を仰げば別々のクラスでも二人きりになれるシチュエーションは作れるだろうが、そのお膳立てのために引率の先生を嘘の報告などで撒いたり、誤魔化したりするのは、やはり気が引ける。

　こそこそせず、堂々と大手を振って旅行を楽しむためには、別クラスであるよりは同じクラスのほうがやはりベターだろう。

「あれ？　ということは、もしかしなくても、私と海も今回は別行動になっちゃうってこと？　初等部と中等部の時はずっと一緒で、めちゃくちゃ楽しかったのに」

「そういうことよ、夕。部屋も当然別々になっちゃうから、朝は自分一人で頑張って起きないとね」

「む、むぐぅ……海、その時だけ特別に起こしに来てくれるなんてことは」

「親友よ、もしやあるとでもお思いか？」

「で、デスヨネ～……」

そのことに気づいた天海さんの表情が、どんどん海と同じようなものに変わっていく。

海と別クラスになったことによる問題は、何も俺だけに限ったことではない。

……というか、むしろこちらのほうが大きいかも。

修学旅行に限らず、これからはきっと天海さん一人で頑張らなければならないこともある。学校行事や、クラスメイトたちとの付き合いなど――ひとまず初日は問題なかったけれど、それが一年間ずっと続くかどうかはわからないわけで。

「まあ、修学旅行の件はまだだいぶ時間があるからいいとして……それより新田さん、もし知ってたら聞きたいことがあるんだけど」

「お？　委員長から私に話なんて珍しいじゃん。バイトの時以来？　あ、もしかして、あの美人のバイトの先輩に実はいびられてるとか？」

「いや、泳未先輩はいつも通り変わらず優しいけど……そうじゃなくて、俺が訊きたいのは荒江渚って人のこと」

「！　真樹君」

荒江さんの名前を聞いた天海さんが、ぱっと顔を上げて俺の方を見る。

男子の俺が心配することではないかもしれないが、席が近い天海さんにとっては気になる問題なので、皆への報告と情報共有がてら確認はしておきたい。

欠席の理由はわからないが、先生に連絡もせず新年度最初の日を欠席するというのは、個人的にはあまり良くは感じない。

どう考えても、一癖や二癖はあって間違いないだろう。

「あ～、荒江っち……あのコ、委員長たちのクラスだったんだ。美紀ちゃんも、面倒なの押しつけられちゃったね」

「？　ニナち、荒江さんのこと知ってるんだ。もしかしてお友達？」

「友達……ん～、どうだろ……グループ同士で遊び行ったりとかはあったから、その時に多少は話したりもしたけど。まあ、顔見知り程度じゃない？　この前……っていうかだいぶ前だけど、写真見る？」

「うん。ありがとニナち」

去年の学校行事の後の打ち上げで撮ったものだろうか、新田さん含めた数人の制服姿の女子生徒たちが同じようなピースサインをして写っている。

「ほら、そこの中央左の、一人だけピースサインとかせずに真顔のままのコがいるっしょ？　その子が荒江渚」

新田さん含めた他の人たちが明るい笑顔で写っているなか、仏頂面という表現のほうがしっくりくるような顔で収まっている明るい髪色の女の子が、ウチの担任の八木沢先生の頭を悩ませている問題生徒らしい。

ネクタイもしくはリボンをつけておらず、セミロングの髪の隙間から覗く耳たぶには、銀色の小さなピアスが。

小麦色の肌はともかく、メイクもばっちりしているようで、どこからどう見ても校則違反の塊だった。

顔は整っているように見えるけれど……ともかく、この写真だけだと、個人的には近寄りがたい印象しか抱かない。

スマホレンズへと向けている切れ長の瞳が、やけに鋭い光を放っているように感じた。

「わあ、荒江さんってすごく綺麗な女の子なんだね。他の子たちと較べても背も高いし、スタイルもすごく良さそうだし……ニナち、荒江さんって、中学時代スポーツかなんかやってたのかな？」

「さあ？　荒江っちと同じ中学出身の子ってウチにほとんどいないはずだから、そこらへんは全然……関、アンタはなんか知らない？　この子、東中なんだけどさ」

「そこで俺に訊かれてもなあ……東中だったら、野球部の先輩が確かそうだったはずだけど、後輩の女の子なんていちいち覚えてるはずもないしな」

　ということは、やはり彼女が明日以降登校してくるのを待つしかない。

　サボり癖があったとしても、成績はそこまで悪くないらしいから、一応真面目な面も持ち合わせていると思いたいが……こういうあからさまに生活態度の悪いクラスメイトは俺も初めてなので、ひとまず遠くから様子見しておくのが無難か。

「まあ、こっちから変に突っかからなきゃ、問題ないっしょ。仲の良い友達がいないわけじゃないけど、割と行動は一匹狼（いっぴきおおかみ）みたいなとこあるし。ちょうど去年の委員長みたいに」

「俺は一匹狼っていうより、ただ群れからはぐれた草食動物だけど」

　クラスメイトたち全員が理解のある人たちなのが理想だけれど、これだけ多くの人間がいる以上、どこかで自分たちとは１８０度感性の違う他人とぶつかることはある。

　話が通じなさそうな人とはなるべく距離を置き、テリトリーに踏み込むのは必要最低限にする――そういうことを頭で理解し実行していくことも、学校生活を平穏に過ごすために必要なことだ。

「とにかく、この荒江って人は要注意ってことね。夕、わかってると思うけど、初対面からあんまりガツガツ距離詰めちゃダメだよ。こういう我が強そうな人だと、夕とはわりと水と油な感じになりそうだから」

「む〜、そのぐらい私だってちゃんとわかってるもん。海ってば、私のこといつまでも子供扱いしすぎ。海がいなくても、お友達付き合いぐらい問題ないんだから」

「そう？　じゃあ、これからは毎朝のモーニングコールはなしね。これを機に、何でも自分一人で頑張んなきゃ」

「それはまだやだ〜！　ねえ真樹く〜んっ、海が私のこといじめる〜！」

「天海さん……その、頑張って」

「あ〜ん！　皆が、皆が冷たいよ〜！」

天海さんが嘆くように言うと、俺を含めた他全員がぷふっと吹き出すし、続くようにして、天海さんも同じように笑う。

今の一連のやり取りは、俺たちの間でいつも交わされている冗談だ。クラスが別々になったからといって、海が天海さんへのモーニングコールを止めるようなことは今のところないし、天海さんが皆のことを冷たいと思っているわけではない。

それぐらいお互いがお互いのことを信用しているし、だからこそ成立している話ではあるけれど、これはあくまでこの五人の間で、この『ノリ』が合わないという人がいるのも、また確かな話なわけで。

「それはそうと、海のほうは大丈夫なの？　私のことばっかり心配してくれるのは嬉しいけど、私だって海のこと、ちゃんと心配してるんだから」

「あ〜、そういえば、去年のアタシらのクラスで進学クラスに行ったのって、確か朝凪だけだったよね？　初日から実はハブられてるとかあったりして。めっちゃ偏見だけど、進学クラスの人らって、すごい保守的なイメージあるから」

「保守的て……それって、例えば一年の時の仲良しメンバーだけで固まって、それ以外の人たちとはあまり関わらない、みたいなこと？」

「そそ。委員長、元ぼっちのくせによくわかってんじゃん」

こっそりと人間観察するぐらいしか他にやることのないぼっちだったからこそ良く見えているわけだが、こういうパターンはわりとあるように思う。というか、今の俺たちも似たようなものだ。

現状で十分楽しくしているから、これ以上何かを変える必要はない――もし進学クラスの人たちのほとんどがそう考えているとしたら、俺たちの中で唯一進学クラスに入った海が一人で浮いてしまう可能性があるのでは。

……なんて、海に限ってそんなことはないだろうけど。

そんな俺の心配を知ってか知らずか、海は天海さんたちの声を一蹴するように笑う。

「ふふっ、皆は心配してるみたいだけど、お生憎さま。今日は軽い自己紹介だけだったけど、皆すごくノリがいいコたちばかりだったし、すぐに仲良くなれたよ。ウチのクラスは女の子の比率も高いし、夕みたいに手のかかるヤツもいないから、すごく気楽だし」

「え〜？　そんな、海ばっかりずるいよ〜！　私も！　私も進学クラスに入りたい〜！」

「なら、これからいっぱい勉強頑張らないとね？　言っとくけど、私は成績落とす気なんてこれっぽっちもないから。ね、真樹？」

「……俺も頑張ります」

俺がこれからさらに勉学に励むことは確定として、ひとまず俺の心配は杞憂に終わりそうで一安心である。

ただ、もし海が、これから今のクラスで孤独を感じるようなことがあるとすれば、その時は、何があってもたくさん甘えさせて慰めてやりたいと思う。

そして、意外にも、その時はすぐにやってきたり。


ファミレスで皆と駄弁りつつ昼食を済ませた後、天海さんたち三人と別れた俺と海は、当然のように前原家へと場所を移して、引き続き二人きりで遊ぶことに。今日は週末でもなんでもないけれど、朝の三十分という貴重な時間をわざわざじゃれ合うために確保するような俺たちが、せっかくの午前中授業を見逃すはずもない。

「真樹、おなかすいた。なんか食べよ」

「さっきファミレス行ったばっかり……まあ、しっかり食べたわけでもないから、俺も足りないんだけど。じゃ、ポテチでもつまむか。何味がいい？」

「ん〜、のりしお！」

「いいね。じゃ、俺は飲み物準備するからそっちのほうは任せた」

「あいよ〜」

リビングのテレビを起動して、平日のお昼にいつも映画を放送している局のチャンネルに合わせる。ちょうどひと昔前にヒットしたアクションものの映画で、何かをつまみながら気楽に見るのにちょうどいい。

砂糖とミルクをしっかりと入れたコーヒーを一口飲んで、ふう、と一息ついた。

「は〜……もう四月だけど、やっぱりまだ寒いね。今日はマフラーしか持ってこなかったから、足がすごく冷えちゃって」

「昼過ぎから強い風も吹いてたしな。……じゃあ、すぐにあったまらないと」

「そうだよ。可愛い可愛い彼女のこと寒がらせないように、真樹が責任もってぽっかぽかにしてくれなきゃ。……せやっ」

「うぃっ」

海が俺に抱き着いてきた瞬間、するりとワイシャツの隙間に手を入れてくる。

海のすべすべとした肌の感触は好きだが、不意打ちでされると、さすがに少しびっくりとしてしまう。

「こら、いきなり手入れるなって……あふっ、ちょ、だからくすぐるのやめ」

「にひひ〜、真樹って、大体ここらへんが弱いよね。でも、ここが一番あったかいからやめられないんだよな〜。ほれ、すりすり〜」

「んっ……ったくもう」

脇の下から脇腹のあたりをくすぐるように撫でられて思わず変な声が出てしまうが、すでに懐へ入り込まれてがっちりとホールドされているので、もうなすすべがない。

こういう場合、同じようにやり返したい気持ちがむくむくと湧いてくるけれど、そこはぐっとこらえる。

恋人とはいえ、あまり無遠慮に女の子のデリケートな素肌を触るのは避けなければ……もちろん、彼女の白い柔肌を触りたいかどうかと問われれば、彼氏としては当然答えは決まっているけれど。

しばらくそのまま二人でくっついたまま、お互いの体温を交換しあって、体の内からじんわりと暖まっていく。

暖房とコタツでぬくぬくするのもいいけれど、俺的には、こちらのほうが心も体もぽかぽかとする感覚があるから好きだ。

「は〜、真樹の体はいつもあったかいねえ」

「海、もうそろそろ離れる？　この体勢じゃお菓子食べれないし」

「ん〜、もうちょっと。あと一時間」

「それはさすがに長すぎじゃないですかね……コーヒー冷めちゃうぞ」

「ふふ、冗談だよ。でも、あと五分くらいはこうしてたいかも。ダメ？」

「いや、いいけど」

「……ありがと」

　ワイシャツの中からすっと手を抜いた海が、今度は俺の胸に顔をすりつけるようにして甘えてくる。

　天海さんたちに愚痴を聞いてもらって多少はすっきりしてくれたはずだが、それでも完全復活までにはいかないらしい。

　それだけ俺と一緒のクラスになれなかったことを残念に思ってくれているということなので、恋人としては嬉しい気持ちではあるけれど……しかし、このままの状態を引きずるのも良くないし、そろそろ元気を取り戻して欲しいところだ。

　さて、俺は海にどのように声を掛けるべきか。

「しかし、修学旅行か……確かに、海と一緒に色んな所を回れたら良かったかもな。学生生活最初で最後の修学旅行だし」

「最初で……？　え、真樹、もしかして小中の時は参加しなかったの？　友達がいなくてつまらないから？」

「いや、一応学校行事だしつまらなくても参加はするから。……まあ、結局父さんの仕事の都合で引っ越しとか、家の法事とか、そういうのに偶然重なって不参加になっちゃったんだけどね。あ、もちろん、ぼっちでいてもどうせつまんないだろうって思ったのも確かだよ。八割ぐらい？」

「真樹、それを世間では『ほとんど』って言うんだよ？　覚えときな？」

とはいえ、俺の知らない修学旅行の話題で盛り上がっているクラスメイトたちの輪に入れず、教室の隅で一人寂しく寝たふりをするしかできなかった当時の自分を俯瞰で見ると、やはりどこか後悔はあったような気がする。

……旅行、旅行か。

「……ん？　待てよ、じゃあ――」

その時、ふと、頭の中でとある考えが浮かんだ。

「真樹、どうかした？」

「あ、いや、ちょっと思いついたことがあるというか」

「⁇」

突然俺がそう言いだしたので、さすがの海も不思議そうに首を傾げる。

しかし、これなら海のテンションも上がってくれるのではないだろうか。

「――あのさ海、」

「うん」

「俺とその……りょ、旅行とか、どうかなって」

「え？」

　俺の提案に海はぽかんとした反応を見せたものの、俺の言葉の意図を理解し始めた途端、それまではあまり元気のなかった瞳の中の輝きがみるみるうちに取り戻されていく。

「ねえ真樹、その旅行って、もちろん二人きりでってこと……だよね？　夕とか新奈は誘わないで、私と真樹だけで。ね？　そうだよね？」

「まあ、そうなるかな」

「卒業旅行とかじゃなく？」

「うん。出来れば今年の間で……来年はさすがにそこまでのほほんとはしていられないだろうし」

「そっか、そうだよね」

　日程はいつか、旅行先はどこか、そのための費用は、そもそも親同士から許可がもらえるかどうかなどは全く考慮されていない理想の話だが、これなら海も、そして俺にとっても、今年の楽しみが増えるのではないか。

「でも、それいいね。すごくいいと思う。真樹と二人きりで旅行……もしかしたら、修学旅行よりも楽しみかも」

「それはさすがに言い過ぎのような……修学旅行だって、きっといい思い出になるよ」

「だ、だよね。私もちょっとテンション上がりすぎちゃったかも」

しかし、思った以上に喜んでくれたので、俺としても嬉しい誤算だった。俺を押し倒さんばかりに迫ってくる海の元気な様子を見ることができて、ひとまず俺も一安心である。

「大きな連休ってなると四月末からのGWになるけど……それはさすがに急だから、夏休み以降でどうにかできないかってことで、こっそり話進めていこうか。親とか、天海さんたちにはまだ内緒で」

「うん。二人だけの内緒で、ね？」

その場の雰囲気で決めてしまったけれど、このぐらいの目標があったほうが、これからの勉強やアルバイトに対してもやる気が出るはずだ。

二人だけの旅行にあたり、一番の壁はそれぞれの親の許可が出るかどうかだが……そのために、今俺たちが出来ることを精いっぱいやっていければと思う。

二人きりの旅行で誰にも邪魔されずいちゃいちゃしたいから、なんていうひどく邪な理由で頑張っていることを知られたら、多分、いや、絶対それぞれの親や友達から呆れられてしまうだろうが、それが俺と海のカップルなのでしょうがない。

「……改めて思うけど、俺たちって何気にバカだよな」

「あはは。だね。勉強は出来るけど、恋愛のほうはとんだおバカさんだ」

しかし、そう言ってにこりと満面の笑みを浮かべる海のほうが、俺は大好きだ。

「あ。海、歯に青のりついてる」

「え？　ど、どこどこ？　やだ、せっかくの笑顔なのに台無しになっちゃったじゃん……もう、真樹のばか。意地悪。もう嫌い」

「態度の翻し方がいくら何でも早すぎる」

……まあ、恥ずかしそうに頬(ほお)を赤らめる海のことも、嫌いではないのだが。

結局、海が元気でいてくれるなら、俺はなんでもいいらしい。

2. 荒江渚という少女

新年度を迎え、俺と海（うみ）が気分を新たにした翌日、いつも通りの日常がスタートした。

早朝、まだ春休み気分が抜けきれない体をなんとか目覚めさせて、学校へと向かう。

ようやく暖かくなってきた春の陽気と、隣には恋人である海、それから通学途中で合流した天海（あまみ）さんや新田（にった）さんといった友人などのおかげでなんとか憂鬱な気分にならずに済んでいるが、そう考えると、ちょうど去年までの俺はいったいどういうメンタルで休み明けを乗り切っていたのだろう。

「新奈（にな）、それじゃあまたお昼にね」

「あいよ～。朝凪（あさなぎ）も、進学クラスだから授業大変だろうけど、ま、頑張って」

「真樹（まき）、んじゃな。たまにはウチのクラスにも顔出せよ。歓迎するからさ」

「うん。まあ、それはおいおいね」

昇降口で上履きに履き替えた後、フロアが違う新田さんや望（のぞむ）とはいったんここで別れる。

俺や天海さんの10組、そして海の所属する11組はスペースの都合上、別のフロアに教室が割り振られているので、昼休み以外で新田さんや望のクラスにお邪魔する機会はそうない。

「あ、そうだ。真樹、一応言っておきますけど、私の目がないからって、あんまりだらけちゃダメだからね。誰かさんに影響されて、授業中にぐーすか寝ちゃわないこと」

「ぶ〜、二年生になったんだから、私だってちゃんと真面目に起きてられるもん。……数学と古文、あとは物理とか倫理の授業以外は」

「天海さん、そういうのを世間一般では『ほとんど』って言うらしいよ」

俺も気を付けるが、それ以上に天海さんのことも注意深く見ておかなければならない。

海がこれだけ注意して、時にはデコピンなり頭を軽く小突いたりしても、自分の興味がわきにくい科目のほとんどは、授業の終盤になると、うつらうつらと舟をこいでいることが多いのだ。

ちなみに今日の時間割は……１時限目は英語だからまだマシとして、２時限目数学Ⅱ、３時限目化学、４時限目は体育で、お昼休み明け５時限目は古文と続いている。

……なるほど、これはどう考えても大変なラインナップだ。

海からも『一応、夕のこと見てあげてね』とこっそりお願いされた後、先に入った天海さんを追うようにして、教室の中へ。

「さて、これから積極的にコミュニケーションを取ろうとは言ってみたものの……」

自己紹介で宣言してしまった通り、これからは可能な限り自分で率先してコミュニケーションを取っていこうと思うわけだが、自分の席について周囲を見渡す限り、状況はあまり芳しくなさそうだ。

新クラスになってまだ二日目ということで、ほとんどのグループは一年次に同じクラスだったり、もしくは部活が一緒だったりするメンバーで大方固まっている。

このクラスの中で、唯一友人と呼べるのは天海さんだけれど……その天海さんは、自分の席に座ってすぐ、女子グループの数人に囲まれて、楽しそうに挨拶を交わしている。

……あの輪の中に男一人入っていくのは、俺にはちょっと無理だ。もし入っても天海さんなら問題なく迎え入れてくれそうだが、周りの女子たちはそういうわけにもいかない。

「！　えへへ、真樹く～ん」

俺の視線に気づいた天海さんが、小さく手を振って返してくれる。唯一の男友達である望と別々のクラスになり、現状、一人静かに授業の準備をするしかない俺のことを気遣ってくれているのだろうが、そのたびに、男子からの嫉妬めいた視線が鋭く俺に突き刺さる。

まあ、とりあえず今のところは大人しくほとぼりが冷めるのを待っていたほうがよさそうだ。焦って気持ちが空回りしてもいいことなどないし、それに、これから交流を深めていく機会はいくらでもある。

去年までは無気力そのもので、参加する意思すらなくクラスの隅で空気と化していた俺だけれど、学校行事は四月からそれなりに目白押しなのだから。

『（前原）海』
『（朝凪）？　なあに』
『（前原）今、大丈夫？』
『（朝凪）ダメじゃないようないいようなでもやっぱりよくなくなくない』
『（前原）こら』
『（朝凪）ふふ』
『（朝凪）だいじょうぶだよ〜』

チャイムが鳴り、朝のＨＲが始まる中、後ろの席で目立たないのをいいことにいつものように海と朝のやり取りをする。クラスが別になって、教室のどこを見渡しても海がいないのは正直寂しいけれど、こうしてメッセージをやり取りするだけでも、今、海がどんな表情をしているのかは手に取るようにわかる。

俺も海も、にやけていることを気付かれないよう、必死に手で口元を覆っているはずだ。

「——はい、今日の連絡事項はひとまず以上です。それじゃ、五分休憩の後、さっそく１時限目の授業を……」

クラスの出欠を取り、つづいて担当教科である英語の教科書を先生が教卓に置いた瞬間、勢いよくドアが開いた。

「…………」

無言のまま教室に入ってきたのは、緩いウェーブの入った明るい髪色と、着崩した制服が目立つクラスメイトの少女。

荒江（あらえ）渚（なぎさ）、その人だった。

「荒江さん」

「？　はい、なんすか」

「私とクラスの皆に何か言うことは？　あるよね？」

「あ〜……すいません、体調が悪かったんで遅刻しました」

一瞬だけぴくりと唇をへの字に歪（ゆが）ませた後、先生に向かって小さく頭を下げる。

「そう。でも、遅れるならちゃんと事前に連絡すること。昨日もそうだけど、何もなかったら、さすがに心配するから」

「昨日も一応連絡は入れたつもりだったんですけど。熱で意識がモーローとしてて、別のとこにかけちゃったみたいで。すいません、以後気をつけます……これでいいっすか？」

「……しょうがない。わかったなら、早く席について。窓側の、一番後ろの席。あと、制服のネクタイかリボンをちゃんとつけること」

「スイマセン、ネクタイ今日忘れました。あ、リボンも」

「…………明日からは絶対に忘れないように」

苦い顔を浮かべる八木沢先生をよそに、荒江さんはどこ吹く風といった感じで、昨日席替えしたばかりの席にどかっと腰を下ろした。

それまで和やかな雰囲気だった教室が、一転して静寂に包まれる。

おそらく、俺も含めたほとんどのクラスメイトの意識は荒江さんのほうに向いているが、皆、不自然なほどに真っすぐに黒板のほうに顔を向けている。

それほどに近寄りがたい雰囲気が、彼女にはあるような気がした。

「じゃあ、気を取り直してテキストの3ページを……荒江さん、読んでくれる？」

「昨日休んだんで、英語どころか全教科のテキストないですけど」

「近くの人にお願いして借りなさいってこと。教科書が無くても、授業にはちゃんと参加してもらいますからね」

「……あ〜、そういうことね」

口元をまたわずかに動かす荒江さん。

……俺にはわかったが、あれはきっと舌打ちをしたに違いない。あと、絶対に小声で『ウザっ』と悪態をついたはずだ。

新学期二日目にして、仮にも担任の先生に対して、ものすごく反抗的な態度である。

先生からの指示もあり、仕方なくといった感じで自分の周りの席の人たちへぐるりと視線を巡らせる荒江さんだったが、当然、運悪く隣同士となったクラスメイトたちは視線を合わせようとしない。傍からみれば冷たい態度に映るかもしれないが、おそらく、俺が同じ立場だったとしても、頑なに貸さないまではないにしても、なるべく標的にされたくないと心の中で願いはするはずだ。

その様子をすぐに感じ取った荒江さんは、はあ、と小さくため息をつく。

「……先生、貸してくれる人いないっぽいんで、やっぱり他の人に――」

「――はいっ」

しかし、彼女が言い終わる前に、綺麗な金色の髪をふわりとなびかせながら、まっすぐ上に手を上げる天海さんの姿が。

こういう時、いつだって天海さんは『天海夕』らしいことをする。

「先生、私でよければ、荒江さんに貸してあげてもいいですか？　席はちょっと離れちゃってますけど」

「天海さんがそれでいいなら……でも、それじゃあ天海さんの読む分が」

「私も近くの人たちに見せてもらうので平気です。……って、勝手にそんなこと言っちゃったけど」

——ううん、気にしないで。

——天海さん、私と机くっつけよ。

——わからないところとかあったら、遠慮なく言ってくれていいからね。

天海さんなら、と言わんばかりに、天海さんの周囲の席の女子生徒たちがすぐさまフォローを入れてくれる。

天海さんの普段の振る舞いから考えれば、荒江さんとの反応の違いは当然のことだが、個人的には複雑な思いだ。自らが蒔いた種のせいなので自業自得ではあるけれど、荒江さんは今後徐々にクラス内では孤立していく可能性が高い。

だが、どうして荒江さんは、授業の初日からこんなことをしてしまったのだろうか。身勝手に振る舞っていたらこうなってしまうことぐらい、普段から学校に通っていればわかりそうなものなのに。

仲の良い友達と別になったから納得いかなかったとか……いや、今さらそんな小学生みたいな理由で不満を抱いて先生に抗議めいたことをするなんて、俺や海ぐらいのものだ。

……いや、俺たちはなんて恥ずかしいことをしてしまったのだろう。

八木沢先生は笑って許してくれたし、『まったく、青春ね～』と生温かい目で俺たち二人の肩をぽんぽんと叩いてくれたけれど。

「ってことで、はい、荒江さんっ。自分の教科書が全部揃うまでは、しばらく使ってもらっていいからね？」

難しい人だからといって他のクラスメイトたちと差をつけず、いつもの明るい笑顔で教科書を手渡す天海さん。

「……どーも」

さすがにこれ以上面倒なことを起こす気はないようで、差し出された英語の教科書を素直に受け取った荒江さんだったが。

天海さんの笑顔があまりにも眩しく映ったのか、ダークブラウンの瞳が彼女のほうを直視することは、結局、ただの一度もなかった。

久しぶりの授業でやけに長く感じた午前中を終えて、ようやく昼休み。

約束した通り、別クラスの海や新田さん、望と合流した俺たちはいつもの場所で束の間の休息を過ごすことに。

話すことといえば、やはり今朝の1時限目にあった荒江さんのことについて。

昨日、新田さんから多少の情報は得て心の準備（？）ができていたこともあり、そこまで呆気にとられるようなことはなかったけれど……百聞は一見に如かずとはよく言うが、それなりに驚きはあった。

「うへえ、荒江っちのヤツ、初っ端から随分とご挨拶なことを……ウチのクラスもだいぶやかましいけど、変にシーンとするよりかは全然マシってことか」

「ねえニナち、荒江さんって、一年の時からあんな感じだったの？　なんかこう、目が合う人全部に噛みついてきそうな雰囲気というか」

「ん～、たまに体調が悪いってサボったり、ウマが合わない先生に対しては露骨に避けたりすることもあったらしいけど……そこまでやってたっけかなあ」

　1時限目の後の荒江さんだったが、担任である八木沢先生の英語の授業の後は一転して大人しく……というか、ずっと机に突っ伏して寝ていた。たまに起きたかと思っても、授業で使うプリントが回ってきた際に、前の席の男子生徒のことを睨みつけて必要以上にビビらせてたりと……少なくとも、真面目に授業に参加していたとは言い難い。

「ともかく、これである程度は荒江って子がどんな人なのかはわかったってことね。夕、教科書を貸すぐらいだったら今後も構わないけど、それ以上のことにはあんまり踏み込まないよう、注意しなきゃダメだよ。なんとなくだけど、アンタと荒江さんって、絶望的に相性が悪い気がしてならないから」

　それについては、海の意見に同意だ。

　荒江さんを見ていると、正直、昔の異様にひねくれていたころの俺自身を見ているような感覚は、わずかながらだが、ある。

　しかし、多少なりとも似た部分があるからこそわかる。

まだ彼女とクラスメイトになってから二日目なので、確実なことはもちろん言えない。

けれど、天海さんと荒江さんは、光と影というより、まさしく水と油というイメージがぴったりだ。

正反対ではなく、単純に交じり合うことがないような。

しかし、親友から忠告を受けた天海さんのほうは、どうやら違う印象を抱いているようで。

「海がそこまで言うなら、私もこれから気を付けるけど……でも、う〜ん……」

「……なに？　もしかして、荒江って子のこと、まだ気になってるの？　夕から教科書借りたくせに、ありがとうの一つもまともに返さないような人なのに」

「あ、あはは……そこは私もさすがにびっくりしたし、今もずっと微妙にもやっとしてるけど。でも、『この人嫌い！』みたいにはどうしても思えなくて」

「そう？　まあ、今回の件は私も外野の人間だから、そこは同じクラスの夕の判断に任せるしかないけど……」

天海さんも戸惑っているようだが、しかし、俺や海のようにある程度今後の付き合い方を決めるようなことはせず、もう少し様子見するつもりのようだ。

その考えも間違っていないし、天海さんがそう思うのであれば、俺としては何も言うことはないし尊重しようと思うけれど……それはそれで嫌な予感がする。

水と油。

お互いに熱くなりすぎて、大爆発するようなことがなければいいが……もしそうなりそうなときは、俺や海、それから荒江さんと顔見知りの新田さんあたりでフォローしたほうがいいかもしれない。

「しっかし、真樹と天海さんの10組は面倒なことになっちまったな。クラスマッチまで、もうそんなに時間もないってのに」

「「「「…………」」」」

「え？　な、なんだよ四人して急に俺のことじっと見て。俺、別に変なコト一個も言ってねえよな？」

「それは……別に大丈夫だけど」

「うん。真樹君の言う通り、関君は普通だよ？　ねえ海？」

「まあ……でも、そこでわざわざ言ってくれるか、って感じはあるかな」

「関、ちょっとは空気読みな？」

「俺、一応空気読んで話題変えようとクラスマッチの話出したんだけど⁉」

望がそのことを心配するのも至極真っ当なことではあるけれど、荒江さんの件がまだ微妙にくすぶっている中で、すぐ先の未来の話は、多少頭が重い。

荒江さんと直接関わり合う可能性が低い男子については問題ないけれど、同じ女子である天海さんにとっては、中々避けては通れないだろう。

やるからには基本何であっても真剣に取り組む天海さんと、そして、今のところはすべてにおいて消極的な態度を見せている荒江さん。

出場種目の発表や、メンバー決めの話し合いはまだ少し先の話だけれど……先程の嫌な予感が的中しなければいいが。


クラスマッチは、これからまた一年を共に過ごすことになる新しいクラスメイトとの親睦を深めることを目的に、ウチの高校では四月末のＧＷ前に行われることが通例となっている。

種目については毎年微妙に変化するが、基本的にはバレーやサッカー、ソフトボール、バスケットボールなどのチーム競技がほとんどだ。

毎年やっており、かつ必ずどれかの種目に一つ以上出場するということは。

……はて。去年の俺も参加したはずなのだが、なぜかその時の記憶がほとんど残っていないのが不思議である。唯一覚えていることは、コートの隅で試合にほとんど絡むことなく、ただぼーっとその場に突っ立っていたことぐらいだ。

そのことを海に話したら、なぜか無言でデコピンを食らったのは別の話として。

今日は、そのクラスマッチのメンバー決めが行われる日だった。

「えーと、今年のクラスマッチなんだけど、今年は男子がソフトボールに女子はバスケットボール、あとは男女共通で六人制のバレーになりました。ウチは男女ともに人数ぴったりだから、一人一種目、必ず出場ってことで」

八木沢先生から渡されたプリントに、クラスマッチの概要が記載されている。

どの競技も、いくつかのグループに分かれてリーグ戦を行い、各リーグで1位の成績を残したチームがトーナメント方式で優勝を争う。

各学年それなりに試合があるので、クラスマッチは朝から夕方の完全下校時刻ぎりぎりまで予定されており、個人的にはかなりの長丁場だ。

「出場したい種目が決まったら、各々黒板に名前を書くように。定員が埋まり次第、それで決定するから早いもの勝ちだよ〜」

黒板に『男子バレー、男子ソフトボール』『女子バスケットA・B　女子バレー』と雑に書くと、先生は教室の隅のほうに移動する。

どうやら、後は生徒たちの自主性にお任せするようだ。

「……バレーに、ソフトボール」

板書された文字を交互に見て、俺は再度手元のプリントに目を落とした。

この際だから、正直に言ってしまおう。

俺にとっては、どちらでも構わない。

もちろん、どちらも決して大した戦力にはならない、という意味で。参加する以上は精いっぱいやるし、勝ちを目指すつもりではいるけれど、それでプレーの質が上がるかというとまた別の話だ。

運動は引き続き海といつもやっているし、去年に比べれば多少体つきも変わったような感覚があるけれど、運動神経があるとはお世辞にも言い難いので、ボールや道具を使用する競技についてはお察しだ。

ここまで後ろ向きな『どちらでもいい』は中々ないなと心の中で呟いていると、タイミングを計ったように、ポケットのスマホがぷるぷると震える。

『(朝凪)　真樹はどれにするの？』
『(前原)　できるだけ疲れないほう』
『(朝凪)　こらっ』
『(前原)　すいません』
『(前原)　でも、どっちもまともにやったことないからさ』
『(朝凪)　どっちも体育の授業とかでやったでしょ？　その時はどうだったん？』
『(朝凪)　まずはバレーから』
『(前原)　トスを上げようとして、失敗して軽く突き指しました』

『(朝凪)……ソフトボール』

『(前原)外野守備のとき、飛んできたフライをキャッチしようとして、変な捕り方をしようとしたらしく運悪く突き指を』

『(朝凪)真樹、指の骨大丈夫？　ヘンな方向に曲がったまま固まったりとかしてない？』

『(前原)どっちも保健室の応急処置で済むぐらいの軽いヤツだったから大丈夫』

『(前原)だと思う』

『(朝凪)おい。さらっと不安の種を彼女に植え付けるのやめな』

『(朝凪)まあ、それはひとまずおいておくとして、悩ましい選択ではあるね』

『(朝凪)どっちの種目で出ても、なんか怪我しちゃいそうで心配だし』

『(前原)へ、変なこと言わないで』


とはいえ、半端な気持ちで取り組むと、フラグが現実のものになりそうなのは確かだ。

自分の出番が回ってくるまである程度の楽ができるものの、自打球やデッドボールなど、競技の性質上、素人がやると怪我のリスクが高いソフトボールか。

使うのはボールのみだけれど、常に頭と体を動かして、スパイクなど時には強いボールがびゅんびゅんと自分目掛けて飛んでくるバレーボールか。

『(前原)　とりあえず、バレーボールにしてみようかな』

『(前原)　大変そうだけど、少なくともソフトボールよりは危なくないだろうし』

『(朝凪)　どっちもちゃんと練習してれば基本は大丈夫なんだけどね』

『(朝凪)　まあ、これから本番まで練習すれば大丈夫でしょ』

『(朝凪)　私はバスケのほうに参加するけど、ちゃんと付き合ってあげるから』

『(前原)　え？　体育の授業は一応男女別でやるはずじゃ……』

『(朝凪)　うん。そうだね』

『(朝凪)　だから、自主練は一緒にやろうねってこと』

『(前原)　あ～、ね』

『(朝凪)　怪我とかしないよう、基本的な技術はしっかり身に付けようね？』

『(前原)　あ、はい』


勉強でも運動でも、指導側に回る場合は体育会系のノリの海なので、これからクラスマッチ本番までの二、三週間は肉体的にも大変になりそうだ。

これもきっと、去年までサボってきたツケということなのだろう。

とにかく種目は決まったので、黒板に自分の名前を書こうと席を立ったわけだが。

「――おや？　前原君、もしかして決まった？」

「はい。一応バレーボールにしてみようかなと……」

「！　ありゃ残念。せっかくやる気を見せてくれたところで申し訳ないんだけど、ついさっき希望者で枠埋まっちゃった」

「へ？」

黒板を見ると、なんと男子バレーボールのところだけ、定員である六名の名前がしっかりと書かれている。

先程先生が言った通り、今回のメンバー決めはくじ引きではなく、早い者勝ち――。

海とのメッセージのやり取りが楽しくて、そこでついつい時間を使っている間にあれよあれよと決まってしまった、と。

「そうですか……なら、仕方ないですね」

「ごめんね。あ、一応補欠要員として名簿に書いておくことも出来るけど、どうする？」

「……いえ、それなら俺はソフトボールにしておきます」

クラスの男子の人数は十五人。カツカツなこともあり、両種目掛け持ちでの出場だと、自分の体力の問題上、途中でヘロヘロになってしまう可能性が高い。ここは無理せず素直に片方に専念したほうがいいだろう。

ということで、まだ誰も入っていないソフトボールに自分の名前を書き込んで席へと戻った。

『（前原）　ごめん、やっぱりソフトボールになりました』

『（前原）　なんか、希望者が多くて早めに決まっちゃって』

『（朝凪）　あはは。真樹のことだから、もしかしたらそのパターンもあるかなってちょっと考えてたよ』

『（朝凪）　じゃ、とりあえず千本ノックあたりから早速』

『（前原）　桁一つ多くないっすか……』

『（朝凪）　ふふ。まあ、ウチにもさすがに野球道具はないから、関あたりに頼んで、ヒマな時にでも付き合ってもらおっか。ダメならバッセンでバッティング練習やればいいし』

『（朝凪）　ついでにデートもできるし、ね？』

『（前原）　……まあ、それはそれでありか』

そこからすぐに今後の練習（兼、デート？）の予定を決めて、俺はスマホをポケットにしまい直した。

海と楽しくやり取りするのは好きだが、何事もやりすぎないようにしなければ。

さて、男子のほうは各種目の補欠要員以外は決定したので、残りは女子のみになるが、そちらの状況はどうだろうか。

「は～いっ。バレーボール、バスケット、どっちもまだ空きはあるから、決まったら名前を記入しに来てね。もしこの子と一緒のチームがいいとか希望があったら、ひとまず天海までお願いしま～すっ」

女子の方は男子と違い話し合って決めるそうで、天海さんがまとめ役になって、黒板の側でそれぞれの女子グループと教卓を囲んでいる。八木沢先生も、生徒たちが自主的にやっているのなら、と特に口出しせず任せるつもりらしい。

本決まりではないけれど、天海さんは今のところバスケットボールのほうに名前がある。チームメイトは、一年の時から比較的よく話していた女子数人。バスケットは二チームに分かれるので、おそらく誰が誰とメンバーになるかの話し合いだろう。

しかし、海と天海さんは特に悩むことなくバスケットボールか。

二人とも運動はできるはずなので、どちらの種目でもメンバーの中心として活躍できるはずだが……もしかして、多少経験があったりするのだろうか。

中等部時代、部活に入っていたという話は二人から聞いたことはないけれど。

そんなことをぼーっと考えているうち、天海さんを中心にした女子たちの話し合いは順調に進んでいく。

「三人のグループをそれぞれ入れて……っと。よしっ、これでバレーボールは決まりだね。

後はバスケのＡ・Ｂだけど、ここはやっぱり――」

一年の時、あのポジションは専ら海が担当していたが、今のところ天海さんも問題なくまとめ役を出来ていると思う。いつもは海の側で賑やかし担当だったものの、やはりきちんと見ているところは見ている。

みんなの希望をまとめ、そこから少しずつすり合わせていくやり方は、去年までの海の姿に重なる。

俺が偉そうに言ってしまうのも何だが、さすが天海さん、である。

掛け持ちもどんとこいとばかりに、バレーの補欠要員にも天海さんは名前を記入し、あとはバスケットボールのＡ・Ｂチームへの振り分けだが。

……ここで一人、席に座ったまま一切動かず、退屈そうに窓の外を眺めている人が。

クラス全員が『そうだろうな』と内心思っているだろうが、荒江さんである。

「えっと……荒江さん、あとは荒江さん一人だけなんだけど、特に希望がなければ、バスケのほうに名前書いちゃっても……いい、かな？」

「……じゃ、私は不参加で。そういうのダルイし」

「ええっ、だ、ダメだよそんなのっ。クラスマッチは全員参加だし、それに、せっかくやるんだから一緒に頑張ろうよ。ね？　きっと楽しいよ」

「いや、私みたいなのがいたら、絶対盛り下がるし」

「そんな、私はそんなこと全然思ってなんか――」

「アンタはそう思ってないかもしれないけど……例えば、ほれ、アンタの隣のコらの顔、ちゃんと見てみ？」

「……え？」

言わせてもらうけどさ、と断ってから、荒江さんが真っすぐ天海さんのほうへ指差すと、その両隣にいた女子たちが困惑の表情を浮かべる。

否定しているようだが、荒江さんは確信しているらしい。

「今は『そんなことない』みたいに澄ました顔してるけど、私、そういうのはちゃんと見えてるからね。まあ、こうなるだろうなとは薄々思ってたけども」

天海さんがいる手前、あからさまに拒否反応を示すことはしていないけれど、おそらく内心ではなるべく関わりたくないと思っているはずだ。

まあ、新年度初日から今の今までやりたい放題だったから、クラスの雰囲気を重視するような人たちから疎まれたり、陰で色々言われるのは当然のことと言える。

「そんなことだから、私をどこに入れるかで揉めるより、掛け持ちする人を追加するか補欠要員を余分にいれたほうが建設的だって。メンバーに入れたところで、そういう時に限って体調が悪くて欠席する可能性が高いし」

「なっ……」

どうせサボるのだから最初から頭数に入れるな、とでも暗に言っているのだろうか。これはさすがに俺でも引いてしまうぐらいの言い分である。

授業を理由なく欠席することについてはあくまで自分が損をするだけだが、これがクラスマッチになると、チームメイトはもとよりクラス全員に迷惑がかかるから、先程の言葉が冗談ではなく本気だとしたら、いくらなんでもタチが悪すぎやしないか。

これにはさすがの天海さんも絶句している。

授業終了後のＳＨＲでサクッと決めるはずだったメンバー決めだが、気付けばすでに三十分ほど経過しており、同じくメンバー決めをしていただろう他のクラスの人たちはすでに下校している。

ふと廊下のほうに視線を移すと、俺たちのことを待ってくれているのか、海と新田さんの二人が遠巻きに教室の中を覗(のぞ)き込んでいるのが見えた。

「……ふう、こうなると、もうどうしようもないか」

そろそろクラス全体のイライラがまずいことになりそうなところで、先生がおもむろに隅の椅子を立って、『女子バスケＡ』のほうに荒江さんの名前を書いた。

「……先生、私、まだそこに入るって決まったわけじゃないんですけど」

「ダメ、もう時間切れです。あと、本当に体調が悪くて休むならしょうがないけど、その時は私のほうから親御さんに確認の連絡入れさせてもらうから」

「……親はどっちも朝から仕事で忙しいんですけど。現場仕事だし」

「それは申し訳ないけど、こっちもこれが仕事だからね。担任として子供たちのことを預かってる以上、何かあったら私だって心配だよ。これはあなただけに限らず、ここいるクラスの皆、全員ね」

「……なら、勝手にしてください」

親御さんまで出されてしまうとさすがに弱いのか、降参とばかりに椅子の背もたれに力なく寄りかかった。

「天海さん、申し訳ないけど、とりあえずこれで進めてもらっていい？　自主練に関してはどうにもできないけど、授業に関しては体育の先生にも言ってきちんと練習には参加させるようお願いしておくから」

「あ、はい。私は全然……他の皆も、それでいいよね？」

このままでは埒が明かないということで、天海さんとチームメイトになったAチームの他三人も、ここは頭を縦に振るしかない。

なんとも後味の悪い結果となってしまったが、ひとまずはこれで本番に向けて練習を頑張るだけだ。

真偽のほどは定かではないけれど、クラスマッチでいい成績を修めれば、保健体育の評価はもちろん、内申点においてもかなりのプラスが入るそうだから、何気に毎年白熱した試合が繰り広げられることが多い（海、天海さん情報。俺は覚えていない）。

天海さんのことは心配だけれど、まずは自分のことをしっかりとしなければ。

去年よりは頑張っているつもりだが、俺もまだこのクラスに馴染んだとは言い切れないわけで。

長いＳＨＲが終わり、クラスメイトたちが一斉に下校や部活へと向かう中、それと入れ替わるようにして、心配した面持ちの海と新田さんがクラス内に入ってくる。

「真樹」

「海……ごめん、ちょっと長引いちゃって」

「真樹のせいじゃないんだから気にしないで。……それより、なんか早速暗雲立ちこめちゃってる感じだけど」

「委員長、ほら、持ち前の空気読めなさでなんとかして。あれじゃ私たち夕ちんに近づけないから」

「む、無茶言わないでくれませんかね……」

今のところウチの教室に残っているのは、海や新田さんなど他クラスの人を除いて数人。

そのほとんどが、先程決定したばかりの女子バスケチームの人たち。

皆、一年の時から同じクラスの、所謂仲良しグループというやつだ。

そしてその中心である天海さんは、今、荒江さんの席の前に立っていて。

「……なに？　私、もう帰りたいんだけど」

「ごめんなさい、荒江さん。でも、せっかく同じチームになったんだし、迷惑じゃなければちょっとでもお話したいなって。……ダメかな？」

「ダメ。ってかそこにいられんの邪魔」

「む、むう……」

いつもの明るい雰囲気で話しかける天海さんだったが、あっさりと手で払われてしまう。

これにはさすがにむっとしたようで、天海さんの頬があからさまにむくれた。それと同時に、天海さんの後ろに控える女子たちが、明らかに彼女のことを睨みつけている。

「……だる。正面からケンカする度胸もないくせに」

そう呟いて、カバンを肩にかけた荒江さんがゆっくりと教室をあとにする。

(真樹、私、ちょっと行ってくる。新奈も)

(これはちょっと、さすがに夕ちんに同情するわ)

問題の人がいなくなったところで、すぐに海と新田さんが天海さんへのフォローに向かうが、その直後。

天海さんが、荒江さんの後を追うように駆けだした。

「——荒江さんっ！　ちょっと待って！」

「っ……まだ何かあんの？」

「一言だけ、どうしても言いたいことがあって。それが終わったら、もう迷惑はかけないから。だから、お願い」

「…………」

天海さんのお願いに『はい』とも『いいえ』とも言わないが、立ち止まってはいるので聞く意思はあるのだろう。

俺と同じくそう判断した天海さんは、やはり、いつもと変わらぬ一番のスマイルで口を開けた。

「クラスマッチ、一緒に頑張ろうね。荒江さん」

「…………」

天海さんの言葉をまるで無視するかのように足早に廊下を後にした荒江さんだったが、少なくとも、現時点での天海さんの気持ちは伝わったはずだ。

天海さんは本気で、荒江さんと一緒のチームでプレーするのを楽しみにしているし、そして、おそらく仲良くもしていきたいのだ。

こういう時、天海さんは決して嘘を言うような人ではない。

ひとまず言いたいことを言ってすっきりしたのか、荒江さんのことを見送った天海さんは、晴れやかな顔で俺たちの元へ戻ってきた。

「お待たせ皆。……えへへ、なんか恥ずかしいところ見られちゃったね」

「夕、本当に大丈夫？　外から聞いてただけで、私のほうがちょっとむっときちゃったレベルでひどいんだけど」

「あはは……やっぱり私、嫌われちゃってるみたい。ねえ真樹君、自己紹介の時、私、そんなに気に障ること言ったかな？」

「いや、天海さんは何の問題もなかったと思うけど」

あれが原因で嫌いになるというのなら、それはもう単純に相性の問題として片付けるしかない。クラスの空気が少しでも和やかになれば、と気を遣った部分だってあるはずなのに、そこを『ウザい』と言われるのは、もはや言いがかりに近いレベルだ。

「しっかし、荒江っちがあんな感じだと、チームとしてまとまるのはちょっと難しそうだね。夕ちん一人だけでも、組み合わせ次第ではなんとかなりそうだけど。あのコも、わりと運動はできるみたいだし」

「そうなんだ。じゃあ、私と荒江さんのコンビネーションが良ければ、優勝だって夢じゃないかもなわけだ」

「いや、新田さんはそういう意味で言ったんじゃないと思うけど……」

そういう捉え方もあるが、さすがにプラス思考が過ぎるような。裏を返せば、組み合わせ次第では全敗の可能性もあるわけで。そもそも二人の関係がここから良くなるかすら不明だし。

そして後は、なんと言っても。

「夕、言っておくけど、もし私たちのチームと当たっても、手加減とかは一切しないからね。ウチのチーム、進学クラスだけど、わりと張り切ってるから」

「……うんっ。もちろん、望むところだよっ」

「いざ尋常に勝負、かな」

「だねっ！」

先程組み合わせ次第と言ったばかりだが、個人的に最も注目している点は別にある。

海の率いる11組チームと、天海さんの率いる10組チーム——今まで同じずっとクラスで味方同士だった二人だが、もしかしたら今度は敵同士として対戦することになるかもしれないことだ。

補欠要員も含めた出場メンバーが全て決まった後、各クラスの担任の先生による組み合わせ抽選が行われ、本番で対戦することになるチームが決まった。

まず俺が出場するソフトボールは、４組と８組との対戦。４組には望も含めた運動部の人たちが多く所属しており、ついでに言うと、当然のように望はソフトボールに出場するそうだ。

高校によっては、実力差がつかないよう、部活でやっている競技以外への参加を義務付けるルールなどもあるみたいだが……ウチにそういうのは存在しないので、最初から優勝を狙う気満々で来るはずだ。

とりあえず、リーグ戦の二試合は真面目に、そして何点差がついても挫けず頑張ろうと思う。まあ、さすがにそこまで行けば手加減ぐらいはしてくれるだろうけど。

俺の方はともかくとして、問題は女子のほうだ。

もし当たることになれば真剣勝負で――そうやって海と天海さんは約束していたけれど、

・女子バスケット　リーグ1組

①4組チーム（4組は女子の人数の都合上1チームのみ）
②7組Bチーム
③10組Aチーム
④11組Aチーム

予選リーグで、いきなりその対戦が実現することになった。ちなみに7組Bチームには新田さんもいる（と海から後で聞いた）が、そちらはわりとどうでもいいとして。

一つ、俺にとっては悩ましい問題があった。

「――ねえ真樹、一応、念のため、ないとは思うけど」

「そこまで念入りに前置きせんでも……もちろん、できるだけ土日はお付き合いさせてもらうよ。バイトも、期間中だけシフトを平日にずらしてもらうよう店長にお願いしてるし」

「へへ、やたっ。これで土日は一日中ずっと真樹と一緒に……えっと、みっちり練習できるね？」

「まあ、うん」

休憩中に別のことを多少はするかもしれないが、それは措いておくとして。

まず練習についてだが、ソフトボールとバスケで出場種目は違うが、俺も海もお互いの練習に付き合うことにしている。一人で黙々と練習するよりもモチベーションは保たれやすいはずだし、それに、俺の場合一人でいるとどうしてもだらけてしまうところがある。

「ちなみにだけど、バスケの練習はどこでするつもりなんだ？　学校の体育館は基本的に休日使えないし。あ、もしかして天海さんのところとか？　確か、庭のほうにバスケットゴールがあったような」

「ううん。あんまり毎週行くと夕んとこのおじさんとおばさんにご迷惑だし、それに、夕とはクラスマッチが終わるまでは敵同士だから。一緒に練習はしないつもり」

対戦が決まってからというもの、海と天海さんはずっとこんな感じでバチバチに意識しあっている。それだけお互いに初めての対戦を楽しんでいるということだろうが、そうなると練習場所をどうするかという問題が残る。

走るだけなら近所の公園や川沿いがあるからいいが、シュートやパス、コンビネーションの練習をしたいなら、やはりちゃんとしたゴールがあったほうがいいだろう。

「大丈夫。そのへんのこともちゃんと考えてあるから。『あっち』にも予定があるから、さすがに毎週は難しいみたいだけど、できるだけ協力してくれるってさ」

「？　まあ、伝手があるんだったら、俺はどっちでも構わないけど……」

この感じだと、どうやら俺以外のメンバーも何人かいるみたいだ。

……とりあえず、あまり厳しい人でないことを祈っておこう。

「となると、後はチーム練習か。体育の授業でもやるけど、それじゃ足りないよな？」

「あ、うん。他のメンバーに話すのはこれからだけど、まあ、多分大丈夫だと思う。……思うんだけど……」

「……海？」

その話になった途端、海が気まずそうに顔を俯かせる。

新クラスになってすでに数日経過しているわけだが、今のところ、海の口からは何も悪い話は聞いていない。

もちろん海が何かを隠している可能性もゼロではないが……クラスメイトに関して、俺には言いにくいことがあったりするのだろうか。

「！　あ、大丈夫大丈夫。人間関係は特に問題ないから。少し前にも話したと思うけど、皆優しいし、すごく仲良くさせてもらってるよ。……でも、その、ちょっと今の状況は私も予想外だったというか」

「ふ、ふうん……？」

付き合い始めてから、海がここまで俺に対して歯切れの悪い答えしか言えないのも、なかなか珍しい。

話しぶりから察するに、クラス内で孤立しているとか、特に仲が悪い人がいるわけではないと思うが……海のことは信頼しているので追及するつもりはないけれど、やはり彼氏としては心配なところもあり。

「とにかく、特に仲良くしている四人――私以外の残りのチームメンバーは、後で真樹にもちゃんと紹介するつもりだから。……なので、その件についてはもうちょっと待っていただけると嬉しいといいますか」

「……海がそう言うんだったら、まあ、別にいいけど」

チームキャプテンを務める海の持っている11組のメンバー表、そこに記されている他四人の名前。

中村澪。

早川涼子。

加賀楓。

七野美玖。

進学クラスの人とはテスト順位で競っていた（俺が勝手に）こともあり、中には微妙に俺の記憶にも残っている人もいるけれど……もしかしたら、多少癖の強い人がいたりするのかも。

いずれきちんと紹介してくれると海は言ってくれているが。

遠くから、さりげなく様子見するぐらいなら問題ないだろう。きっと。

ということで、さらに翌日の放課後。どこかのタイミングでこっそり11組の偵察に向かおうと思っていたが、意外にもそのチャンスはすぐにやってきた。

「——よし。はい、じゃあ今日の英語の授業はここまで。あ、今日はもうHRやらないから、これが終わったらちゃっちゃと帰っていいよ。連絡事項は特にないし、この前長引かせすぎちゃったからね」

6時限目終了を告げるチャイムが鳴ったところで、素早く下校準備を終えたクラスメイトのほとんどが一斉に教室から出ていく。ウチのクラスは帰宅部が多いこともあり、クラスマッチに対する真剣度は他のクラスに較べると『ほどほど』だ。

「じゃあね、真樹君！　また明日っ」

「あ、うん。天海さんは、今日から自主練習？」

「うん、早速チーム練っ。チームの子たちとも話して、やるからには頑張ってみようって」

「そっか。大変だと思うけど、頑張って」

「ありがとう。……荒江さんも加わってくれれば、なおよかったんだけど」

　残念そうな表情を見せる天海さんの視線の先にある席には、もう誰も座っていない。先程までは静かに授業を受けていたはずだが、誰よりも先に帰ったのだろう。

「約束あるから、私はこれでね。真樹君、仮にも同じクラスなんだから、あんまり海のことばっかり応援しちゃダメだよ？　チームワークは大事、なんだからね？」

「う」

　個人対個人の勝負ならともかく、クラスマッチはクラス対クラスなので、さすがに当日は自分のクラスである天海さんチームを表向きには応援するつもりだ。せっかくクラスで一丸となれる数少ない機会なのに、自分のクラスそっちのけで彼女のことだけ応援するのは、さすがに空気が読めなすぎる。

　……実際のところどうなるかは、当日の状況にもよるかとは思う。

　何事にも、例外はあるのだ。

　もちろん、海に関すること限定ではあるけれど。

「わ、わかってるよ。うん、大丈夫です」

「え〜、本当かな〜？」

早いうちに天海さんから釘を刺されてしまったので、他のクラスとの対戦にもしっかりと顔を出して応援しなければ。

自ら率先して声を張り上げて応援……は、ちょっと恥ずかしいので、皆に交じって試合を見守るぐらいにはなってしまうだろうが。

天海さんと別れた後、俺は11組の教室へ。

一年の時と変わらず放課後は一緒に下校している俺と海だったが、いつもは昇降口前で待ち合わせをすることが多く、こうして11組の教室の前まで来るのは何気に初めてのことだ。まあ、今日はあくまでクラスの顔ぶれをちらっと確認するだけなので、目的が達成されし次第、すぐに退散させてもらうつもりだが。

「――――」

11組のほうはまだHRが続いており、ドアの向こうでは担任の男性教諭の話を静かに聞いている生徒たちの姿があった。

海の席は――窓際の前から三列目か。先生の話を真面目に聞いているようだが、さすがに長くなってきたのか、退屈そうな顔をしている。

今のところ、俺が様子を覗いていることには気づいていないようだ。

「…………う〜ん」

今までも海のことをこっそりと横目で見ていたことはあるが、こうして教室の外から様子を窺(うかが)ってみると……なんだかとても悪いことをしている気になってくる。

「なんかこれ、ストーカーっぽいような気が……」

海がきちんと今のクラスで仲良くやれているか心配、という建前はあるけれど、やはり内緒でこういうことをしてしまうのは、約束違反な気がする。

たとえ恋人同士で、かつ自他ともに認めるバカップル状態な俺たちとはいえ、エスカレートしてしまうと、それはもはや『心配』というより『束縛』に近くなってしまうような気がしてならない。

海のことが大好きで、出来れば彼女のことをなんでも知りたいと思うけれど、やはり自制は必要だ。

「……うん。やっぱりやめよう」

いずれきちんと紹介してくれると海は言ってくれているので、それまでは必要以上に詮索するのはやめよう。

それでもやっぱり気になる時は、正直に気持ちを伝えればいいだけだ。

ということで、海の退屈そうな顔を見るだけで留(とど)めた俺は、すぐに踵(きびす)を返して、いつもの待ち合わせ場所へ向かうことにしたわけだが――。

「！　おっとお」

「え？　ぶふっ」

11組の教室から離れようとした瞬間、あまり前を見ていなかったせいで、こちら側に向かって来ていた人に気付かず、半ば体当たりをするような形でぶつかってしまった。

考え事をしているとついつい注意散漫になってしまう癖、いい加減に直さないと。

「す、すいません。俺、ついぼーっとしちゃって……」

「ああ、いや、そんなお気になさらず。私も我慢していた尿意から解放されて、ちょうど絶賛賢者タイムだったところだから。おっと、異性を前にして、ちょっとデリカシーがなさすぎたかな？　これは失敬」

「……は、はあ」

俺の目の前にいたのは、別のクラスの人と思しき女子生徒だった。黒縁眼鏡に、長い髪を後ろにまとめている。

一見、真面目そうな外見の人だが、多少言動が個性的なような。

あと、ぶつかった時点でなんとなくわかっていたが、俺よりも大分背が高い。望ほどではないけれど、女子の中では比較的背が高い海や天海さんよりも確実に十センチ以上高い。

「ここでぶつかったということは、ウチのクラスに何か用でもあるのかい？　見た所、別のクラスの人のようだけど」

「はい。えっと、隣の10組の前原です。その、彼女……と一緒に帰る約束をしてて、それで終わるまでここまで待ってようかなと思ったんですけど……じゃ、俺はこれで」

「おおっと、ちょっと待った」

そそくさと横を通り抜けてその場を去ろうとしたが、予想外に長い彼女の腕がぐいんと伸びて、肩をがっちりと摑まれてしまった。

やんわりと振りほどこうとするものの、握力も強いのか、びくともしてくれない。

「あの、なんでしょう？」

「ああ、ごめん。君の顔、どこかで見覚えがあるような気がして……えっと、どこだったかな。これといった特徴はないけれど、ちょっと押したらマルチ商法の勧誘に引っ掛かりそうな感じの――」

「そこはせめて『お人好し』と言ってくれると……気持ちはわかりますが」

この前冗談交じりに新田さんからも言われたが、そんなにチョロそうな見た目をしているのだろうか。自分では疑り深い性格をしていると思うのだけれど。

口ぶりから、目の前の彼女は11組の生徒で間違いないだろう。そして、癖の強そうな女性であることも。

「……ところで、もうそろそろ解放していただきたいんですが」

「まだっ。もう舌根のあたりまで来てるから、あと十秒……ああっ、そうだっ、思い出した。君、もしかして真樹君かい？　前原真樹君」

「？　はい。俺は前原真樹、ですけど」

「ビンゴぉ～。ってことは、君が朝凪ちゃんの想い人なわけだ。ふ～ん、さっきは失礼なこと言っちゃったけど、なかなか優しそうな顔面をしてるじゃないか」

「は、はあ……」

俺はまだ彼女の名前すら知らないのに、彼女はもう随分と俺のことを知っているようだ。おそらく海が俺のことを話したか。恋人同士になって以降、特に交際を隠す気はなかったから、それはどうでもいいとして。

「あの、ちなみにあなたのお名前は？」

「ん？　おっと、人のことをとやかく言う前に、まずは名乗らないと不公平だったね。私の名前は中村澪。わかってると思うけど、11組のトップを務めさせていただいている女だよ」

「トップかどうかはちょっと存じ上げないですけど……」

海が俺のことを喋った時点で予想はしていたが、やはりあのメンバー表四人のうちの一人で間違いなかった。

これまでの海の交友関係から考えると、天海さんとも新田さんとも違う、とても個性的な感性を持っている人と仲良くしているのは意外だ。

さすがに他の三人は中村さんほどではないと思いたいが……進学クラスにも、いや、進学クラスだからこそ、こういう人もいるか。

海も普段は優等生として振る舞っているけれど、俺の前ではわりと個性的だし。そして、そういう所が俺は大好きなのだ。

「前原君、もうすぐ狸ジジ……いや、担任の話も終わるだろうから、ウチのクラスにおいでよ。君と会って話したいって人、ウチのクラスには結構いてさ」

「それはその……早川さんとか、七野さんとか、」

「お、涼子たちの名前は知ってくれてるわけか。なら、話は早い」

遠慮してさっさと退散すべきと思ったが、この感じだとどうやら逃がしてはくれないらしい。仮に逃げたとしても中村さんはこのことを海に言うだろうから、であれば潔く諦めて身を差し出したほうがよさそうだ。

一旦狸ジジ……じゃなくて11組のSHRが終わるのを待つために、教師から少しだけ離れた所で立つ。

今のところ海からのメッセージは来ないので、中村さんはまだこのことを秘密にしているのだろう。

天海さんや新田さんの二人がいるだけでも多少気を遣ってしまうのに、全くの初対面の女の子たち四人とこれから会うことになるとは……自業自得とはいえ、さすがに緊張してしまう。

そこから数分して話が終わったのか、教室から一斉に生徒たちが出てくる。

もちろん、やけにニヤ付いた顔でこちらにゆっくりと近付いてきた中村さんもその中に含まれていて。

「前原君、どうぞ。ちょっと散らかっているけど」

「我が家のように言うね……とりあえず、お邪魔します」

中村さんに背中を押される形で一緒に11組の教室に入ると、ちょうど海の席の周りに残っていた三人と、それから驚いた表情の海が一斉に俺たちのほうへ顔を向けた。

「あれえ？　ねえ中村、その男の子誰？」

「実は彼氏……でもないか。中村って、そういうのあんまり興味なさそうだし」

「やけに嬉しそうに『紹介したい人がいる』って外出てったから、なんかおかしいなと思ってたけど……澪、もしかしてその人」

「フフフ……美玖、楓、涼子。朝凪ちゃんにしつこくせがまずとも、先方のほうからわざわざ来てくれたぞ」

「「「！　まさか……」」」

何かに気づいたのか、三人の目が徐々に見開かれていく。

……なに、この展開。

「そう、そのまさか。我らが11組のアイドル的存在——朝凪ちゃんの愛し(いと)の彼氏くんだっ！」

「「「やっぱり！」」」

その瞬間、同時に席を立った海以外の三人が俺のことを一斉に取り囲んだ。

「え？　え？　なに？」

「へ〜！　この子が前原君か。なるほど、朝凪ちゃんはこういうのが好みか〜！　あ、私は七野美玖、よろしくね。軽音部やってます。どう？　ギターとかやってみない？」

「ど、どうも。とりあえず遠慮しておきます……」

「私は加賀楓。前原君、GWに同人イベントがあるんだけど、お宅の朝凪ちゃんを借りていいかな？　すっごく可愛い(かわい)コスプレ衣装作ったから、売り子として協力して欲しくて」

「それは俺に言われましても……」

「ウチの澪がごめんなさい。でも、前原君のこと、最近の私たちの間では持ち切りだったから……あ、剣道部の早川涼子です。よろしく」

「そうだったんですね……こちらこそ、なんかお騒がせしちゃったみたいで」

一体何が起こっているのだろう。俺の正体を知った瞬間、ものすごい勢いで話しかけられている。

どうやら俺の知らない極一部の界隈で秘かに話題になっていたようだが……いったい、どういう経緯で俺のことが漏れたのだろう。


「……もう、真樹ってば。ちゃんと紹介するからって言ったのに」

「はは……ご、ごめん。海のこと、どうしても心配になっちゃって」

「真樹のばか。まあ、微妙にはぐらかしちゃった私も悪いけど」

そのことは、海の口からしっかりと聞いてみることにしよう。

※※※

新学期が始まって、二日目。

朝、毎日のように一緒に通学している恋人といったん別れて、私は自分のクラスである11組の教室に入った。

いつもなら、ここで親友が元気な挨拶とともに思い切り抱き着いてくるのだが、その親友はというと、私の恋人と一緒に、隣のクラスへと入っていった。

……事実を端的に言い表しただけなのだが、ちょっと表現が悪かったかもしれない。

同じクラスなのだから一緒の教室に入るのは当然のことなのに、なんだか無性に胸のあたりがもやもやとしてくる。

真樹も夕も、なんだか楽しそうに話しちゃって——ばか。ばかやろうども。

「いやいや、どんだけやきもち焼きなのよ私は……」

静かに自分の席について、小さくため息を吐く。

彼が私のことしか見ていないのは知っているし、他の女の子に手を出すような不誠実な男の子ではないことは私が一番理解している。そして、親友がそんな彼のことをあくまで『ただの友達』としてしか見ていないことも。

今まで全く自覚していなかったが、私にまさか、こんなに何かに対して執着深い一面があったなんて。

……これも、私が『恋』を知ってしまったからか。

これ以上あれこれ考えると良くない気がしたので、とりあえず別のことに目を向けることに。

そう、まずは私の所属する11組について。

難関大学等への進学を希望する成績優秀者を集めたウチのクラスだが、ざっと見た感じ、あからさまに勉強に全てのリソースをつぎ込んでいます、という人は意外にも少ない。

クラスのおよそ三分の二が女子で構成されているのだが、クラスメイトの話に耳を傾けても、授業や勉強の話はなく、お洒落だったり、ウチの担任の真似を披露して周囲に笑いを提供していたりと、そこそこ賑やかだ。

すでに二日目である程度一緒に行動するグループは固定されているようだが、今のところ、私はどこのグループにも所属せずに一人で静かに朝のひと時を過ごしている。

三十人いるクラスメイトの中で、一年次から引き続き同じクラスになった人は誰もいない。部活もしていないので、人間関係的には完全にまっさらな状態からのスタートだ。

「…………」

気軽に誰かに話しかければいいのだろうが、いざそう思った時に、意外と躊躇(ちゅうちょ)してしまって体が動かない。すでにある程度固まっているコミュニティの中に、部外者である私がずかずかと入り込んで迷惑ではないかと考えてしまうのだ。

去年入学した時はそんなこと一切なかったのに——と思ったが、以前の私と今の私とで、一つだけ違うことがあるのに気づく。

小学校(初等部)のころ友人関係になって以降、ずっと同じクラスであった親友の存在だ。

持ち前の明るさと男女構わず人を惹(ひ)きつける容姿もあって、何もせず、ただ教室でのほほんとしているだけで、夕の周りには自然と人が集まってきていた。

当の本人は親友の私にべったりだったから、その流れで私にも話しかけて、それがきっかけになって仲良くなっていく。夕と知り合う前から一緒だった紗那絵(さなえ)や茉奈佳(まなか)は例外として、高校からの付き合いの新奈も、最初のきっかけはやはり夕だった。

「……で、今の私は誰からも話しかけられず一人、と」

それまでクラスの中心としてやっていたつもりでも、夕がいないと所詮自分はこんなものだろう。真樹と付き合い始めてから少しずつ改善しているとはいえ、学校では相変わらず優等生らしく振る舞う癖が抜けないので、人によっては近寄りがたい雰囲気を醸し出しているように感じるのかもしれない。

一見静かに教科書を広げて澄ました顔をしていても、頭の中は恋愛のことで頭がいっぱいで、机の中では先生の話そっちのけで彼氏とメッセージのやり取りばっかりしているというのに。

「……真樹は、どうしてるかな」

我慢できずに、私はスマホを取り出していつものように真樹へとメッセージを送る。

彼氏といちゃいちゃする前にやるべきことがあるのかもしれないが、これだけはちょっとやめられそうにない。

『(朝凪) ま～きっ』

『(前原) なに？』

『(朝凪) どうせまだ一人で寂しくしてるんだろうなと思って』

『(前原) ああ、私はなんて彼氏想いの良い彼女なんだ』

『(朝凪) 自画自賛かい』

『(前原)　まあ、良い彼女なのは間違いないけど』

『(朝凪)　え？　なに？　真樹、今なんて言った？　ちょっと耳が遠くて聞き逃しちゃったんだけど』

『(前原)　耳関係ないでしょ。一行前のやつ読み返してみな』

『(朝凪)　もう一回送って。嫌だったら、同じことをその場で大声で言うのでも可』

『(前原)　代替案のほうがハードル激高なんですけど……』

『(前原)　わかった。じゃあ、もう一度』

『(朝凪)　わくわく』

『(前原)　そんな期待されてもな……』

『(前原)　海は、良い彼女だよ。すごく』

『(朝凪)　へへ、ありがと』

『(前原)　じゃあ、そろそろ先生来るから、一旦落ちるぞ』

『(朝凪)　ふふ、恥ずかしがっちゃって。かわいい』

『(前原)　そ、そんなんじゃないし』


「……へへっ」

平静を装おうと頑張っていても、ついついおかしくて吹き出してしまう。楽しくてしょうがなくて、顔がひとりでににやけてしまう。

うん。やっぱり真樹とこうしてお話するのは楽しい。初めのうちはあくまでクラスメイトに親しい関係がばれないようにと二人で考えた措置だったが、そのおかげで、いつまでも付き合いたての新鮮な気持ちを忘れずにいてくれている。

教室が別になって、同じような顔をしている恋人の様子をこっそりと観察することができなくなったのは残念だが、その分、あれこれと想像する楽しみが増えた。

真樹は、今どんな気持ちで、どんな顔をしているのだろう。

私と同じ気持ちでいてくれると、ものすごく嬉しい。

メッセージアプリを閉じて待ち受け画面に戻ると、そこには恥ずかしそうな顔で目を逸らしつつ、控えめにピースサインを向ける真樹の写真が。

クリスマスの時に撮影したものだが、真樹にも内緒で設定しているのだ。

普段は面倒くさくて、だらしなくて……でも、時には優しくて可愛くて、ごくたまにものすごく格好いいところを見せてくれる、私の誰よりも大切な男の子。

真樹さえいれば、別にクラスで多少浮いた存在になったところで——と思ったが、やっぱりそれはマズいとぶんぶんと首を横に振る。

本来は大人数での集団行動が苦手な人見知りの彼氏が、それでも新しいクラスに馴染もうと頑張っているのだから、まずは自分が手本となって導いてあげなければ。

　真樹が私にふさわしい恋人になれるよう努力しているように、私も、真樹にいつまでも尊敬してもらえるような彼女でいられるよう頑張っているわけで――。

「――わっ‼」

「ひゃっ⁉」

　お気に入りの恋人画像を見て元気を取り戻し、さあ今日から私も改めて行動を……と思ったところで、突然背後から大声とともに両肩を摑まれた。

　しかし、私としたことがかなり驚いてしまった。今まで真樹との会話を楽しみつつも、周囲の気配については細心の注意を払っていたはずなのに。

　私が笑いを嚙み殺しているのに気づいて近づいてきたのか……いずれにせよ、音もなく私に不意打ちをかけるなんて、中々の曲者である。

　出席番号11番、中村澪さん。私も名前だけは知っていたが、一年次、ずっと学年１位をキープしていた人だ。それも、ダントツの。

「……えっと、ああそう、中村さん、だったよね？　どうかした？」

「ん？　いや、机の中で何やらこそこそとしていたから、ちょっと興味が湧いてね。何？　机の中でイケないハーブとかの栽培？　商売が軌道に乗りそうだってんなら、私にもちょいと一枚嚙ませてもらって」

「もう、そんなことできるわけないじゃん……ちょっとこっそりゲームしてただけだよ？」

「へえ、最近のスマホゲーって、実写の冴えない男の子も出てくるんだ。私、そういう方面には疎いから、意外だったよ」

「…………」

黒縁眼鏡の奥にある瞳を輝かせた中村さんが、そう言ってニヤリと笑う。

このヤロウ、と思わず口から出そうになるのを、私は慌てて引っ込めた。

「……み、見てたの？」

「あはは、すまない。素直に白状してくれないから、ちょっと意地悪しちゃって。こう見えてお茶目な女の子だから、私」

「それ、自分で言う？」

「言うさ。じゃないと『あ、中村さんって実はお茶目な女の子なんだな、可愛いな』って思ってくれないじゃないか」

「それ、すっごい逆効果になってるような気が……」

自己紹介の時点で少し変わった人かもとは思っていたが、受け狙いでもなんでもなく、まさか本当に変わった人だとは思わなかった。

夕や新奈、そして真樹とも違うタイプ。進学クラスなので、当初はそこまで面白い出会いを期待していなかったけれど。

「で、そこの待ち受けにいる男の子は誰？　もしかして、朝凪さんの彼氏？」

「そうだよ？　訊きたいことがあるんなら、せっかくだし話してあげよっか？　もちろん、中村さんの後ろにいる三人にもね」

「なんだ、慌てているようで、ちゃんと周りが見えているじゃないか」

「当たり前でしょ。伊達に長い間クラスのまとめ役やってないですから」

「いいね。じゃあ、後ろの三人も含めて、これからよろしくね、朝凪ちゃん」

「急に馴れ馴れしくくるなあ……まあ、別にいいけど」

なるほど。新しいクラスに多少の不安はあったけれど、これはこれで面白いことになるかもしれない。

若干自分の思っていた展開とはずれてしまったが、まあ、結果オーライということにしておこう。

……真樹、ありがとね。

今はこのクラスにいない恋人に秘かに感謝しつつ、私は新クラスでの一歩をスタートさせたのだった。

※※※

「――とまあ、皆と仲良くなったきっかけはこんな感じです」

「へえ、そんなことがあったんだ」

「うん。あ、言っておくけど、今はすごく楽しいから。中村さん、楓ちゃん、美玖ちゃん、涼子さん、皆優しいし」

「ねえ朝凪ちゃん、仲良くしてるのに、どうして私は『中村さん』のままなのさ？　私も他の三人みたいに、ちゃん付けとか名前呼びしておくれよ。あ、『ミオミオ』とかどう？」

「そんなあだ名初めて聞いたんだけど……まあなんか中村さんは中村さんって感じだし」

「そうだぞ中村ぁ」

「あきらめろ中村」

「澪、さすがに『ミオミオ』だけはないと思うわ」

「そうかなあ……じゃあ、せめて前原君には――」

「いや、俺は絶対嫌ですけど……」

「むう……楓、今のすべったトコ、上手いコト編集でカットしといて」

「いや、別に今録画も録音もしてないからな？」

海を交えて和気あいあいといった雰囲気で冗談を言い合っているものの、初めの内、海がクラス内で浮きかけていたというのは意外だった。

話を聞く限り、中村さんたち四人と海を繋げることになったきっかけは、どうやら俺ということになるらしい。

……後、海が俺の写真を待ち受けにしているとは意外だった。

話を聞いて、今にも顔から火が出そうなほどに恥ずかしいが、とはいえ、海からそれだけ想われているというのは正直に嬉しい。

なんというか、つくづく俺たちはバカップルだなと思う。

「それで、朝凪ちゃん。前原君とはどっちから告白して付き合い出したのでしょうか？　その時のキラーワードなどあればお聞かせ願いたいのですが」

「えと……ど、どうだったかな。緊張してたから、あんまり覚えてない……ような」

「お？　おいおい朝凪ちゃ～ん。今さらしらばっくれるのは良くないと思うな～？　お顔を真っ赤にしてるあたり、今ちょうどその時のセリフが脳内でなんどもリピートされてるんじゃない？　あ、後でちゃんと再生できるよう録音しとかな」

「こら。美玖も楓も、いくら恋バナに興味があるからって朝凪さんを困らせるんじゃない。経験のない私が言うのもなんだけど、そういうのはおいそれと言い触らす話じゃないと思うし……ところで、その、お二人はもうキスとかはしちゃったり……」

「楓ちゃんと美玖ちゃんも大概だけど、涼子さんも興味津々かい」

なんとか普段通りに突っ込もうと頑張っているが、先程の中村さん同様、他の三人もなかなか個性が強く、あの海が勢いに押されてタジタジになっている。

恋愛的なところを突っ込むと途端に慌てる可愛い一面を持つ海だが、天海さんや新田さんといる時とは違う様子を見せる海は、俺にとっても新鮮に映る。

「どうだい前原君。これがウチのクラスのアイドルだ。可愛かろ？」

「まあ、これでも恋人だからそれは知ってるけど……でも、まさか海がこんな愛されキャラみたいな立ち位置になってるなんて」

「それは私も予想外だったよ。最初の自己紹介の時は、絵にかいたような才色兼備の優等生って感じで近寄りがたい感じでさ。スマホでこそこそやりあってんのも、どうせいけ好かない超絶イケメン彼氏だろうクソ羨ましいその幸せ私にも分けろ羨ましいぞって」

「そんなに羨ましかったんすね……」

だが、海はそんな女の子ではなく、皆と同じ普通の女の子だ。

特別なことは何もない。皆と同じものを食べて、だらだら昼寝したりゲームしたり、普通の恋愛をして。

そんなの、誰がどう見ても可愛いに決まっているのだ。

「そんなわけで、前原君が心配せずとも朝凪ちゃんは無事クラスの一員になっているから安心して。あ、もちろんクラスの男子が余計なちょっかいかけないよう、常に監視の目を張り巡らせておくから。なあ皆」

「おう。彼氏持ちの朝凪ちゃんに迷惑かけるようなヤツぁ、この私の華麗なベース捌（さば）きでもってドタマかち割ってやんよ」

「美玖、それ捌き方の意味違くね？　ま、それは冗談としても、ちゃんと壁役は果たすから。朝凪ちゃんの初コスプレは私が買約済みだし」

「じゃあ、私は内部から裏切り者が出ないよう監視をしておくかな。楓、キミの趣味にとやかく言うつもりはないが、そういうのは一人で楽しむんだね」

「わ、わかってるよアネゴ……わかったから、背後に持ってる練習用の竹刀を早くロッカーに戻してくださいお願いします」

　四人が騒がしく質問攻めにしている時点で男子たちへの牽制は十分に効果を果たしていると思うが、海も含めて楽しそうなので放置でいいだろう。

　親睦を深める前からすでに完成している仲のような気しかしないが、ともかく、海を含めたこの五人が、今回のクラスマッチで天海さんのチームと対戦することになる11組Ａチーム。

　話を聞く限り、四人の中で運動部所属なのは剣道部の早川さんだけなので、試合自体は拮抗したものになると予想するけれど、五人全員のチームワークという点を見ると、現状、どうしても軍配は海たちに上がってしまう。

　高校二年になって初めて離れ離れになった海と天海さんの二人だが、その結果はあまりに対照的だった。

3. 前哨戦

11組チームの雰囲気の良さを目の当たりにして、より二人のチーム同士の対戦が気になるところではあるけれど、その前に、まずは自分自身の目の前の課題だ。

先日の話し合いにより、クラスマッチにはソフトボールで参加することになった俺だが、練習については一向に進んでいない。自主的に練習しようにも、グラウンドは野球部やサッカー部などが使用しているし、道具だけ借りて他で練習しようにも、近隣住民へ迷惑がかかる懸念から公園などでやるのも禁止されている。

なので、体育の授業以外でやれることは少ない。

ということで、昼休みの空いた時間を使って、俺はひとまず望と一緒にキャッチボールをしていた。

「——真樹、最初はゆっくり投げるからな。ボールをよく見て、グラブは出来るだけ自分の目の前から動かさないこと」

「っとと……こうかな？」

「ん、そうそういい感じ。なんだ、ほぼ初めてにしてはちゃんと出来てんじゃないか？」

「お、恐れ入ります」

望の教え方がいいのか、かなり離れた場所から投げられたボールでも、なんとかグラブに収めることができている。

ゆっくり、と言いつつ望の投げるボールには重さがあり、キャッチするたびに手がじんじんと痺れるが、パシンと気持ちのいい音を鳴らしながらボールがグラブに入っていく感触は、それほど悪くはない。

「そういえば、望はどこのポジションで出るの？　ソフトボールだから下手投げになっちゃうけど、やっぱり投手？」

「おう。ソフトボールは久しぶりだから、練習して感覚は取り戻さないといけないけど。そういう真樹は外野か？」

「うん。投手とか捕手って感じじゃないし、内野は球際の処理が難しいし、連係プレーとかで覚えることも多そうだから。とりあえず消去法で」

まだ本決まりではないけれど、俺のポジションはライトになるだろう。野球部エースの望はともかく、他のメンバーは野球について素人のはずなので、打球も右打者の引っ張り方向であるレフト方面に運動神経の良い人を集めようという算段だ。

「それで、バッティングの練習とかはどうすんだ？　ティーなら場所もそんなに取らないから付き合ってやれるけど……やっぱりあそこのゲーセンの中にあるバッセンか？」

「だね。お金は多少かかるけど、速い球に目を慣らすにはちょうどいいし。今日の放課後、早速行って練習しようって、海が」

「真樹が放課後にゲーセンデート……お前も、なんだかんだ普通の青春してんなあ」

「練習だよ、練習。まあ、ずっとバット振ってるわけでもないだろうから、多分ちょっとは遊ぶかもしれないけど」

目的はあくまで練習なのだが、今日は朝からずっと海が嬉しそうにしているので、おそらく色々と付き合うことになるだろう。

久しぶりにアーケードゲームやプライズゲームで遊んだり、あとは……そう、プリクラなどでツーショット写真をとるとか。しきりにスマホで最新のプリクラ機について調べていたから、おそらく抵抗しても連れていかれるだろう。

昼食＋その後の軽い運動のダブルパンチによっていつもより激しい睡魔に襲われつつ、なんとか午後の授業を乗り切った俺は、当初の予定通り、海と一緒にお馴染みのゲームセンターへ。

少し薄暗い店内と、そこかしこから聞こえてくる騒がしい音。

なんだか懐かしい気持ちだ。

「真樹、ほら、こっちこっち。後の予定があるんだから、練習は先に済ませちゃいましょ」

「いやあくまで目的は練習だから……あ、ちょっと先に行かないで」

　週末でもなんでもない平日に、こういった形で海と街に行くのは何気に初めてだったりする。平日遊ぶとしてもほとんどが俺の自宅だったから、たまの放課後デートに、隣の海も嬉しそうに声を弾ませている。

「そういえば、天海さんは誘わなくて本当によかったの？　二人きりのほうが俺は嬉しいけど、天海さんだって海と遊ぶの我慢してるはずじゃ」

「一応誘ったけど、夕は他の人と用事だって。多分バスケの練習じゃないかな？　相手の子たち、忙しくて平日ぐらいしか予定取れないみたいだし」

「へえ。天海さん、やっぱり頑張ってるんだ」

　おそらく中学時代の知り合いにコーチを頼っているのだろう。海と天海さんの出身校である女子校はスポーツにも特に力を入れているので、その中にバスケットボール部の友達などがいても不思議ではない。

　海からはあまり中学時代のことは聞かないが、もしかしたら海も知っている人なのかも。

　そんなことをあれこれ考えつつ、俺は海と手を繋いでピッチングマシンが並ぶフロアへ。ここに前回来たのがおよそ半年前——そう、まだタダの『友だち』だった頃の海と遊びに来た時のことだから、随分と間が空いてしまった。

今思えば、あの時から、俺と海の関係がちょっとずつ深まっていった気がする。

「久しぶりだし、まずは100キロあたりで感覚を取り戻すとこから始めよっか。三百円分打ってみて、それに慣れたら次は120キロって感じで」

「う、うす。よろしくお願いしますコーチ」

「うむ。できるまでつきっきりで見てやるからそのつもりでね。……へへ、真樹、応援してるから、頑張ってね」

「うん。まあ、頑張ってみるよ」

ケージの外で俺のことを見守ってくれている彼女になるべくいい所を見せようと、事故防止用のヘルメットをかぶってバッターボックスへ。

こうして金属バットを握るのは久しぶりだが、体が感触を覚えているのか、意外にも手にしっくりとグリップが馴染み、バット自体の重量も軽く感じる。ひ弱だった頃と較べて体も多少はたくましくなったので、これなら多少力を入れて振っても問題なさそうだ。

「真樹、バットに当たるまでボールをよく見て振るんだよ。前に飛ばそうと思わなくても、フォームがきちんとしてたらちゃんと鋭い当たりが飛んでくれるから」

「……ん」

今となってはもはや懐かしい海のアドバイスに頷いて、俺はバットを振る。フォームは望に教えてもらったので、それと合わせて実践あるのみだ。

　――コキンッ。

「お」

「あ、当たった」

　やはり基礎練習の効果の賜物か、ボテボテのゴロながら、マシン側のネットに届く程度には勢いのある打球が飛んでいく。

「いいじゃん！　その調子っ、もうちょっとだけボールの下を叩く感じで」

「ん」

　ぱっと表情を輝かせて声援を送る海のほうに向かって頷いて、引き続きボールを打ち返していく。

　ゆっくりとしたペースながら、コツコツ自分なりに頑張ってきたのは決して無駄ではなかったということか。時折空振りやカス当たりしつつも、いい感触でバットが振れた時は、それなりの打球がマシン上のネットへと突き刺さっている。

　――カンッ、カキンッ。

「……こういうのも、意外に楽しいかも」

　快音を残してボールが遠くに飛んでいくのを見るうち、どんどんと気分が高揚していくのがわかる。

　よく仕事終わりと思しきサラリーマンの人たちがバットを振っているのを見て、『いったい何が楽しいんだ』とこれまでは思っていたけれど……確かに、ストレス解消としてたまにやる分にはいい方法なのかも。

あと、海にもこれで多少はいい所が見せられた気もするし。

まだ遅い球しか打っていないけれど。

「真樹、お疲れ。はい、グータッチ」

「ありがとう。海のアドバイスのおかげだ」

「どういたしまして。あ、汗かいてる。拭いてあげるから、もっとこっち寄って」

「いや、ハンカチあるし、それぐらい自分で出来るから」

「私　が　や　り　た　い　の」

「……はい。では、お願いいたします」

「よろしい」

海も俺の成長を自身の目で確かめて嬉しかったのか、いつも以上に世話を焼いてくれる。

平日なので混雑具合はまばらだが、あんまり通常営業でイチャイチャし過ぎると、さすがに周囲の視線や声が気になってしまう。

今は……誰もいないようで、ほっと一安心。

「真樹、どうする？　ちょっと疲れてるみたいだし、休憩しよっか？」

「いや、今んとこ良い感じに動けてるから、この調子で次やってみたい。というか、次が本番だし」

「ふむ。まあ、ソフトボールとはいえ、球の体感速度はそれなりにあるからね。それじゃ、この勢いで120キロ行ってみよっか」

ということで、そのまま横に移動してより球速のあるコーナーへ。こちらは120キロ～140キロまでの速球や変化球なども練習することができ、普段から野球に親しんでいる人たちなどを中心に利用されているらしい。

満席ということで、順番待ちの列に並んで待たせてもらうことに。

「外から見てるだけでも、やっぱりこの辺は相変わらず速いなあ……海、120キロの球なんて、どうやって打ってるの？」

「う～ん。基本はさっき言った通りボールをよく見て打つことだけど、やっぱりバットを振るタイミングとかになるんじゃない？　相手の投球フォームとか、あとは投げてくるスピードとかをなんとなく予測して。球が速いから、じゃあスイングスピードを速くしようなんてできないし」

「なるほど、タイミング、タイミングね」

「そそ。タイミングだよ。バッティングに限らず、何事にもね？」

そう言って、海がぴたっと体を俺のほうに寄せてくる。俺はあくまで自分の気持ちに従ってやったことだけど、こうして海とここまで仲良くなれたのは、きっとそのタイミングがよかったのもあるのだろう。

……ぴったりはまり過ぎたせいでバカップルになったかどうかは知らない。

と、若干関係ない話へ脱線してしまったが、とりあえず本題へ戻す。

別の人のスイングも参考にしようと、中でも一際快音を響かせているケージのほうへと目をやる。俺たちが並んでいる場所のもう一つ隣だが、他の人が時折ミスをしている中、その人は連続で何球も『ホームラン』のボード付近に飛ばしている。

「え〜い、や〜！　と〜！」

掛け声とフォームはやや個性的だが、基本はしっかりと押さえていて、スイングがとても力強い。

センスがある人はやはり違うな、と感心してよく見ていると、ものすごく見覚えのある後ろ姿であることに気づいた。

事故防止のための網とヘルメットなどで最初は気付かなかったが、スイングする度、ヘルメットの後ろにはみ出してふわりと揺れる金色の長い髪を見れば、それは間違えようがない。

「ふう。は〜、試しにやってみたけど、すごく楽しかった……って、あっ」

「！　夕っ」

「天海さん？」

「やっほー海、それに真樹君も。へへ、都合により結局こっちに来ちゃいました」

ちょうど同じタイミングで前の人が終わったものの、一旦状況を整理すべく後ろの人に順番を譲った俺と海は、気まずそうに苦笑する天海さんの元へ。

「夕、どうしてこんなところにいるの？　バスケの練習は？」

「うん。その予定だったんだけど、都合により練習場所が変更になっちゃって。ほら、このゲームセンター、もう一つ上のフロアにバスケコートとかフットサル場があったでしょ？　だからそこでちょっと遊ぶのも兼ねて練習しようってなって」

「じゃあ、あの二人も一緒に来てるの？」

「うんっ。今はちょうど席を外しちゃってるみたいだけど。……なんて、噂をすれば。おーい紗那絵ちゃん、茉奈佳ちゃん」

「……二取さんと北条さん？」

天海さんが手を振ったほうへ顔を向けると、そこには橘女子の特徴的な白いブレザーを着た二人が。

俺と海の二人に気づいて意外そうな顔をしているが、以前のように遠慮した感じはなく、笑顔だ。

「まさか夕ちゃん、二人もここに来てること内緒にしてたの？　わかってたら、もうちょっと心の準備をして来てたのに」

「紗那絵、それどういう意味？」

「もう、冗談じゃん。海ちゃん、そんな顔しないで」

「前原さん、ども〜。お久しぶり〜」

「お、お久しぶりです北条さん」

こうして顔を合わせるのは海の誕生日会以来なので、二、三週間ぶりだろうか。二人ともその時より髪を短めにしているが、顔を見ればさすがにすぐにわかる。くっきりとした丸い瞳が目を引く二取さんと、おっとりとした喋り方通りの大きなたれ目が印象的な北条さん。

どうして二人が天海さんと一緒に……と思ったが、二人の持っている大きなスポーツバッグを見れば一目瞭然である。

「もしかして、天海さんの練習相手っていうのは、二取さんと北条さん？」

「ええ、そうです。私と茉奈佳は中等部のころからずっとバスケ部に所属しているもので、時間のある時にコーチしてくれないかって頼まれたんです。もちろん、海ちゃんにも」

「……ああ、なるほど」

海の言う伝手というのは、二取さんたちのことだったか。

橘女子のバスケ部も地元ではかなりの強豪校で知られているようだから、確かに、教えを請うにはうってつけの存在かも。

「そうだ、せっかくこうして揃(そろ)ったことだし、今日のところは皆で一緒に練習しようよ。教える側としてもそっちのほうが手間も省けるし。あ、でもそれじゃあせっかくのデートが台無しかな？　ね、茉奈佳？」

「うん。海ちゃんのほうから無言の圧力を感じるよ～」

「べ、別にそんなこと……あと、今日はあくまで練習が目的だし」

少し前の俺みたいなことを言って、海はこっそりと俺の手をきゅっと強く握る。

強豪校で忙しい合間を縫って練習に付き合ってくれる二人の申し出は断れないが、しかし、俺と二人で過ごしていたい気持ちも当然心の中にはあって……というところだろう。

俺はあくまで海の味方なので、申し出を断ってこのまま自分の練習を続行することも出来るが。

「うん、わかった。二人がそう言うんなら、せっかくだし私も一緒に練習やらせてもらおっかな。予定とは違うけど、それだけ二人に見てもらう時間は増えるわけだし」

「海、いいの？」

「まあ、ね。それに、真樹ばっかりに良い所を見せられるんじゃなくて、私もきちんと頑張ってるんだぞってとこ、ちゃんと見せたいし」

「やたっ。じゃあ、決まりだね！」

海が了承したところで、天海さんが嬉しそうな顔でぱんっ、と大きく手を叩く。

クラスマッチでは敵同士ということで練習も別々というスタンスをとってはいるけれど、天海さんにとってはやはり皆とやりたい気持ちのほうが強いはず。

「もう、しょうがないんだから」

そう呆れたように海は言うけれど、天海さんを見るまなざしは優しく、表情も穏やかだ。

本当は海だって望んでいたくせに……まったく、素直じゃない彼女だ。

昔なじみの四人が揃ったところで、一旦俺のほうの練習は切り上げて、エスカレーターでもう一つのフロアへ。

こちらはプライズゲームやプリクラのようなアミューズメント機器はなく、あくまで体を動かすことを目的としたスペースだ。ビリヤード台や卓球台、あとはダーツの試合などでよく見るマシンもあるが、中心は先程の話にも出たように、バスケットやフットサルコートがメインだ。

五人分の利用料を払って、網で囲まれたコート内へ。ハーフコートだが、五人で利用する分には十分すぎる広さだ。ボールやシューズも無料で使い放題+料金もお手頃なので、学生にも使いやすい。

「ストレッチと準備運動の後、今日はシュート練習でもしよっか。それが終わったら、それぞれの担当に分かれて、二対二のミニゲームってことで」

「？　担当って、二取さんと北条さんで、それぞれ一人ずつ見てるの？」

「基本はそうですね。私、二取が夕ちゃん担当で、茉奈佳が海ちゃん。そっちのほうが効率もいいですから」

「私と紗那絵、どっちもスキルは似たり寄ったりだからそんなに差はないよ～」

ということで、早速それぞれのコンビに分かれて練習が始まる。

俺の方は、ボール拾いやパス出し役などで二組の補助に回る。

「海ちゃんと夕ちゃん、まずは二人で交互にシュートを打ってみて。今はまだフォームとか気にしないでいいから」

二取さんがどこかから取り出したホイッスルを合図に、海と天海さんの練習が始まる。

まずシュートだが、フォームのほうは海と天海さんで大分違っている。

海は両手でしっかりとボールを持つ、女子バスケットでよく見るシュート。

対して天海さんは、左手は添えるだけのタイプのフォームだ。

この点について、どちらが正解ということはない。シュートが決まればいいのだから、やりやすいほうを選べばいい。

「海ちゃん、腕に力が入りすぎてるよ～。肩の力は抜いて、下半身で打つ意識で～」

「う、うん。ごめん茉奈佳」

「夕ちゃん、気持ちはわかるけど、プロ選手の真似（まね）しすぎ。今はゴール決まってるからいいけど、ヘンな癖がついたら後から大変だよ」

「りょ、了解です紗那絵コーチ」

少し離れたところで見る限り、本当にしっかりとした練習をしていると思う。直前までは天海さんや海に対して遠慮があったコーチ二人も、今はビシバシとそれぞれの生徒たちを指導している。

手取り足取り、一対一の指導が始まってから十数分——海も天海さんも、元々多少の嗜みはあったのか、徐々にシュートの際の姿勢が綺麗になっていき、それに伴ってシュートの成功率もどんどん上がっていった。

「はい、オッケー。二人ともその感じを忘れないように。じゃあ、ある程度教えたところで次は二人でシュート対決、やってみよっか」

「「…………！」」

二取さんが『対決』という言葉を発した瞬間、海と天海さんの間に、ほんの一瞬、ピリッとした空気が流れたように感じる。

……本番はもう少し先だが、二人ともすでに意識し合いすぎでは。

「フリースローラインから交互に打って、外したらその場で腕立て十回。とりあえず十本ずつやってみて、ゴール数の少ない方が、さらに追加で腕立て五十回……なんだけど、ねえ紗那絵～、これ本当にやるの～？　二人にはちょっと厳しくないかな？」

「そう？　私たちなんてこの倍以上はいつもやってるし、二人なら問題ないでしょ？　夕ちゃん、海ちゃん、どう？　やる？」

「「やる」」

何気に負けず嫌いの親友同士だから、そんな風に言われたら、当然こうなる。

わざと煽るように言った二取さんも、そして二人のことを心配するふりして実はやはり煽っている北条さんも、さすが二人と昔から一緒にいるだけはある。

ここで俺が口を挟むのはきっと野暮なので、黙って行方を見守っておくことに。

「えへへ」

「ふふ」

表向きは笑っている二人だが、なんというか、ちょっと怖い。

コイントスにより、天海さん先行でシュート対決が始まった。

「ようし、まずは一本決めて海にプレッシャーかけちゃうぞ～」

「一丁前に揺さぶり？　そんなのいらないからさっさと打ちな。コート使える時間もそんなにないんだから」

「は～いっ。……じゃ、いくね」

すう、と小さく息を吸って真剣な眼差しをゴールリングへと向け、天海さんがシュートを放った。

真っすぐとした姿勢の、とても素人とは思えないほどの綺麗なフォーム。

　ふわりと放たれたボールは、周りのリングにぶつかることなく、パスッ、と気持ちのいい音をさせてゴールのちょうど真ん中を通り抜けた。

「夕ちゃん、ナイスシュート」

「ナイシュ～」

「えへへ、ありがと～。はい、海の番だよ」

「わかってるっての」

　天海さんからボールを受け取った海が、ちらりと俺の方を見た。

　緊張はしていないようだが、少し表情が硬いような気がするので、何か一声かけてあげたほうがいいのかも。

「えと……海、頑張れ」

「うん、ありがと。……で、アンタたち三人はどうしてそんなに私たちのことみてニヤニヤしてるわけ？」

「「「べつに～」」」

「ったくもう……」

　他の三人からの生温かい視線に頬を赤らめつつも、先程教えられた通りのフォームでシュートを放って……入ったと思ったが、リングの内側で運悪く跳ね返って、そのまま外れてしまった。

「あっ」

「海ちゃん失敗。じゃあ、約束通り、腕立て十回ね」

「むう……惜しかったと思ったのになあ」

悔しそうな表情でその場で腕立てを始める海。

まだ残り九本残っているものの、天海さんの完璧すぎる一本目を見ると、これ以上の失敗はできないか。失敗がかさんで腕立て回数が多くなってくると、腕の疲労でシュート精度も落ちてしまうだろうし。

滑り出しは良くなかった海だが、その後はいつもの調子を取り戻して、順調にシュートを決め始める。

本数を重ねるほど危なげなくなっていくので、あとは天海さんがミスをするのを待つのみだが……そちらはというと、相変わらず絶好調だった。

「――――った！　これで七本連続っ」

「お～、さすが夕ちゃん。相変わらずセンスの塊だね」

「ばけもの～」

「もう、二人とも言い過ぎだよ。今日はたまたま調子がいいだけだって」

そう謙遜する天海さんだが、シュートだけを見ると経験者だと言われても信じてしまいそうだ。

去年の文化祭の時の絵も驚いたものだが、本当になんでもできる人だなと思う。これで勉強が出来ると完璧だが、そちらは冗談かと思うほどからっきしなので、それが逆に人を惹（ひ）きつける魅力になっているのかもしれない。

ただ、やはり俺の視線は、何事もひたむきに頑張る彼女のほうへ。

「海、いい感じ。残り全部決めてやって、天海さんにプレッシャーかけてやろう」

「うん。夕のヤツ、今はバカ当たりしてるけど、ちょっとしたことでバランス崩すかもだしね。ねえ紗那絵、もしお互い同点だったら、その時はどうするの？」

「白黒つくまでやりたいって顔だね。でも残念、そこは引き分けです。利用時間もあるし、延長もできないみたいだから」

「勝負は本番に持ち越しってことで～。あ、引き分けの時はどっちも腕立て三十回だよ～」

「……それ、何気に理不尽じゃない？」

勝っても負けてもいないから、それなら罰ゲームを両方で分け合えということか。なぜ回数が十回分増えているのかは甚だ疑問だが。

八本目、九本目とそれぞれ難なくゴールに沈めて、勝負は残り一本。

天海さんと海の差は、相変わらず一ゴール差のままだ。

「ようしっ、全部決めちゃって。海に腕立て五十回分押しつけちゃうぞっ」

「え？　親友なんだから、もちろん私と三十回やってくれるよね？　もしかして、私のことひとりぼっちにするつもり？」

「そ、そんな揺さぶりなんか……というか、海には真樹君がいるんだからいいじゃん。きっと三十回と言わず、五十回でも百回でも付き合ってくれるよ？　ねえ真樹君、恋人なんだから、そうだよね？」

「そこで俺に振るのやめてくれませんかマジで……」

あくまで練習の付き添いだったはずなのに、いつの間にか一緒に対決している形で話が進んでいるような。

俺も先程のバッティングで張り切り過ぎたせいで、まだ腕の疲れがとれていないのに……まあ、海を一人にさせるつもりはないので付き合うけれど。

海の軽いジャブに多少動じるような素振りを見せた天海さんだったが……さて、どうなるか。

「――っ」

ボールが天海さんの手から離れて、ゆっくりとゴールへと向かって行く。

よし、と天海さんの口元がわずかに動いた気がしたので、おそらく手応えはばっちりなのだろう。

これが決まれば、海の十本目を待たずに天海さんの勝ち――だったのだが。

――バチッ。

「「「──え？」」」

まったく予想外のことが起こり、俺たち四人は、ほぼ同時に呆気にとられてしまう。

決まるかに見えた天海さんのシュートの軌道が、違う方向からなぜか飛んできたボールによって強制的に逸らされてしまったのだ。

当然シュートは外れて、二つのボールが、それぞれコート上で大きく弾んで、勢いを失いながら網のほうまでころころと転がっていく。

「ちょっと、誰ですか？　まだ私たちが練習しているのに、勝手に邪魔なんかして……」

真っ先に反応したのは二取さんだった。俺はボールに意識を集中していたこともあり一瞬理解が遅れてしまったが、どうやら俺たち以外の誰かが、突然俺たちに向けてボールを放り投げたらしい。

入口に目を向けると、そこに立っていたのは、ウチの高校の制服を着た女子生徒だった。

「……ああ、すまんね。さっきまで順番待ちしてたんだけど、あまりにもダルいことやってるもんだから、つい悪い癖が」

そう悪びれもせず言ったのは、数人の女子グループの中で一際目立つ容姿をしている小麦色の肌の生徒で。

俺と天海さんにとっても、ここ最近で特に因縁深い人──荒江渚、その人だった。

「荒江さん？　えっと、もしかして荒江さんも自主練でここに？」

「自主練？　んなわけないでしょ。ちょっと連れが体動かしたいっていうから、付き合ってあげただけ。なに？　私が学校帰りにゲーセンに遊びに行っちゃダメって決まりでもあるわけ？」

相変わらず、天海さんを見つけた時の敵意の向け方が凄まじい。

周囲の友人と思しき人たちも、一応やんわりと制止しているように見えるが、グループの中のリーダーである彼女のことを強くたしなめることのできる人はいないようだ。

「そこまでは……と、その前に、いくら私がいたからって、さすがに練習の邪魔をするのはダメなんだよ？　私だけならともかく、今日は他校の子だっているんだから」

「夕ちゃんの言う通りです。あなたがどなたかは存じ上げませんが、ここは公共の場なのですから、最低限のマナーは守っていただかないと困ります」

「あ？　ああ、その制服とバッグ……橘女子か。相変わらず良い子ちゃんぶりやがって」

天海さんに近しい人なら誰でもおかまいなしなのか、荒江さんは同調した二取さんのことも同様に睨みつける。

「アンタたち二人、もしかしなくても女バスだろ？　大変だな。強豪校で練習も大変だろうに、こんなヘタクソどもの練習までみてやってるなんて。迷惑なら、ちゃんと迷惑だって伝えてやったほうがいいよ」

「っ……」

荒江さんがそう発言した瞬間、海の瞼が片方だけぴくりと反応する。

俺もほとんどお目にかかることはないが、海が怒っている時によく出る癖だ。

「ヘタクソなんて……海ちゃんも夕ちゃんもすごく上手です。ヘタクソなんかじゃありません。訂正してください」

「そうですよ～。それに、アナタには関係ない話ですし～」

二取さんと北条さんは冷静に反論しているけれど、友達のことをこれだけ悪く言われてしまえば、さすがに口調も強くなってくる。

そして、それは俺にとっても同様だった。

こんな場所で揉めたくはないが……これはさすがに言わなければならない。

「……荒江さん、ちょっといいかな」

「あ？　誰だよお前、天海のオトコか？　いいトコ見せたいだけなら引っ込んでろ」

癇に障る物言いだが、こんなことでいちいち怒っても相手のペースに乗せられるだけだ。

カッとなりそうな心を落ち着かせて、そっちが間違っていることを強く伝えなければ。

「違う。俺は同じクラスの前原だよ。それより荒江さん、今回のことはどう考えても君が悪い。順番待ちしてたってことだけど、まだこっちの時間は少し残ってるし、それについてイライラされる筋合いはないよ。もちろん、下手かどうかもそっちには全く関係ない」

「………………」

荒江さんの鋭い視線が俺に突き刺さるものの、そんなことで怯んではいられない。

この人は、天海さんだけでなく、その友人である二取さんや北条さん、そしてさらには遠回しに海のことも悪く言っている。

友人として、恋人として、そこは見過ごせない。

「ともかく、さっきのことを謝ってください。天海さんの何がそんなに気に食わないかは知らないけど、少なくとも、邪魔をしてきたのはそっちなんだから」

「……別に、そいつだけが嫌いなわけじゃねえよ」

「え？」

「あ～はいはい。邪魔してすいませんでした。私が悪かったですもうしません……ほら、これでいいんだろ？」

「そ、そんな投げやりな言い方……」

ただ単純に謝罪を並べただけの、一切気持ちのこもっていない言葉に、さすがの俺も呆れそうになる。

しかし、そのことを指摘したところで、今の彼女が反省するとは思えない。

このままこの状態で揉め続けるのも無駄な気がするけれど、ここで俺たちが引くのも、彼女のことを許した感じになってしまうので受け入れがたい。

「――真樹君、もういいよ。ありがとう、私たちのために怒ってくれて」

「うん。ここで喧嘩(けんか)してても埒(らち)が明かないと思うし……それに、コートの使用時間ももう過ぎちゃってるから。お店の人にも迷惑が掛かっちゃうよ」

ここが学校の教室ならまた話は違ってくるだろうが、ここは他校の人たちやその他一般のお客さんも利用するスペースだ。

もしここでお互いに熱くなって、それこそ喧嘩になったりでもしたら……善意で俺たちに協力してくれている二取さんや北条さんにとっても良くない。

天海さんも、それだけは避けたいはずだろう。

……そうなると、落とし所としては。

「その、荒江さん。時間だから俺たちは退散するけど、今回のことはこれで水に流したりとかは一切しないから」

つまり、日を跨(また)いでも今回の件は持ち越しにするということだ。

頑なな態度を崩さない荒江さんが、果たして本当の意味で俺たちに謝ってくれるのかはわからないけれど……でも、これぐらいはしておかないと、俺たちの気が済まない。

「ごめん、とりあえずそんな感じで決めちゃったけど……皆も、それでいい？」

「うん。私は、全然」

「夕ちゃんがいいのなら、私もそれで」

「天海さん、いいの？」

「私も～」

　天海さんと二取さん、北条さんはＯＫ。

「……」

「えっと、海？」

「……ん」

　少し海の様子がおかしい気もするが、ひとまず全員の了解は取れたので、今日はこの辺で終わりにしよう。

　俺も、ここから離れて少し気分を落ち着けたい。

「じゃあ、俺たちはこれで」

「じゃ、じゃあね。荒江さん、また明日、学校でね」

「……さっさと出てけ」

　完全にそっぽを向いてしまった荒江さんを一瞥（いちべつ）して、俺たちは用具の片付けを始める。

　今までは蚊帳の外だった俺だったけれど、これで俺も立派に荒江さんの敵になってしまった。

　また余計なことをしてしまっただろうか。相変わらずのお人好し（ひとよし）だが、しかし、今の俺にはこうすることしか思い浮かばなかった。

　……もう少し立ち回りが上手（うま）ければ、なんとかなったのだろうか。

まあ、今さらあれこれ考えても仕方がない。

「——さってと、邪魔者もいなくなったし、気を取り直して適当に遊ぶか」

先程とは一転して柔らかい口調で友達に喋りかける荒江さんを背に、俺たちは五人揃ってコートの外へ——というところで、

「……だっさ」

荒江さんへと向けるように、海が、はっきりとそう口にした。

今まで一歩引いて様子を見ていた海の一言に、俺を含めた他四人が固まる。

はっきりと聞き取れるレベルだったので、当然、荒江さんの背中がピクリと反応する。

「……は？　なにお前、私に今なんか言った？」

「言ったけど、それが何か？」

「……ふうん。揃いも揃って腰抜けばかりと思ったけど、やる気があるのもいんじゃん」

持っていたボールを近くにいた友達にぽんと投げ渡して、荒江さんが眼光鋭くこちらへと向かってくる。

「海……気持ちはわかるけど、とりあえずここは抑えて」

「大丈夫。別に喧嘩しようってわけじゃないから、あんな子供みたいな人じゃないし」

「海はそうでも、あちらさんは大分マズいことになっているような……」

荒江さん側の人たちもさすがに大事にはしたくないようで、荒江さんのことをなんとか

落ち着かせようとしている。

　この二人が合わないことはどう考えても明らかなので、できるだけ衝突しないよう、俺のほうでなるべく頑張っていたのもあったが……やはり海も、最後の最後で我慢できなかったらしい。

「荒江渚、だっけ？　私の親友は甘いみたいだけど、私はアナタみたいな人、絶対に認めないから。高校生にもなって子供みたいに当たり散らして、私の大事な友達のことも、それからそこにいるアナタの知り合いにも、皆に迷惑をかけてさ。ねえ、自分でやってて、ちょっとでも恥ずかしいとか思わない？」

「この期に及んでまだ説教かよ。ってか、お前こそ誰だよ。ウチの制服着てっけど」

「２年11組、朝凪海。夕とは小学校からの親友」

「……また良い子ちゃんかよ。揃いも揃って、マジでウザい」

　制止されていることもあって手が出るような気配はないけれど、一触即発の空気であることに変わりはない。

　ふと、周囲を見渡すと、入口付近ということもあって、こちらの様子に気づき始めている人もちらほらいるようだ。

　スタッフの人に見つかると、さらに説明が面倒になってしまうかも――というところで、施設の制服らしきものを着た人が、こちらへと近づいてきて。

「──あのー、お客様。少し騒がれているようですが、いかがなさいましたか？」

「あ、すいません。ちょっとコートの使用時間の件でちょっと……って、あれ？」

「ん？　あ、おお」

なぜこんな所で、とお互いに言いたくなるところだが、話しかけてきたスタッフさんは意外や意外、

「真樹じゃん」

「泳未先輩」

心配そうに俺たちの元に駆け付けてくれたスタッフさんの正体は、なんと俺のアルバイト先の先輩である泳未先輩だったのだ。

なぜこんなところで働いているのか……と聞きたいけれど、とりあえず今はそれどころではない。

「ところでどした？　なんかこう……わりと修羅場ってる感じだけど」

「えっとですね……」

ひとまず現在の状況を伝えると、察しの良い泳未先輩が、すかさず海と荒江さんの間に割って入った。

「お客さま、トラブルということでしたらお聞きいたしますが」

「……別に何も。ちょっと私が時間を勘違いしてただけ。もう解決したから」

「なるほど。じゃあ、海ちゃ……じゃなくて、そちらのお客さまも？」

「あ、えっと……はい。大丈夫です。お騒がせして申し訳ありません」

第三者の大人が入って頭が急に冷えたのか、お互い丸出しだった敵意をすぐに収めてバツの悪そうな表情を浮かべている。

一時はどうなることかと冷や冷やしたが、さすがは泳未先輩。

「……もう帰る」

「？　お客さま、良いのですか？　先程料金を払われたばかりなのでは……」

「金払ったんだから、どうしようが私らの勝手でしょ。……皆、ここにいるとイライラするから違うとこ行くよ」

一気に熱が冷めたのか、いつものようにむすっとした不機嫌顔に戻った荒江さんは、そう言って、友達を引き連れてフロアを後にしていく。

……ボールやその他の用具を出しっぱなしにしたまま。

「あ、ちょっと荒江さん片付け……」

「いいよ、大丈夫。そんぐらい私がやっておくから。一応、ここのスタッフだし」

「すいません何から何まで……ところで、先輩はどうしてこんなところに？　ウチの店はどうしたんですか？」

「掛け持ちだよ、か・け・も・ち。夏休みに友達と一緒に海外旅行にでも行こうかと思って、その資金稼ぎ。今のバイトだけじゃ、ちょっと足りないからね」

「なるほど、それで……」

もしかしたら店長とケンカでもして仕事を辞めてしまったのかもと思ったが、それは杞憂だったようで内心ほっとする。

この場をすぐに収めてくれたように、仕事中の（あくまで仕事中）泳未先輩はとにかく頼もしい。

俺自身、普段の仕事も徐々に慣れてきたとはいえ、先輩の助けがないとまだまだ厳しい。

「さて、面倒そうなお客さま方も帰ってくれたみたいだし、私はいつも通り業務に戻りますかね。あ、私はメダル貸し出しのコーナーにいるから、何かあったらすぐに声かけてね」

「すいません、先輩。忙しいのに、余計な面倒までかけちゃって」

「気にすんなって。他の人ならともかく、ここにいる皆は大事な可愛い後輩だからね。あ、そこのお二人さんは海ちゃんのお知り合い？　せっかくだし、連絡先交換しない？」

「え？　あ、はい、私たちで良ければ——」

こんな感じで泳未先輩はどんどん自分のコミュニティを広げていく。いつの間にか連絡先を交換していたのか、すでに海や天海さんとも知り合いになっている。

これでまだ大学三年生……俺も経験を積んでいけば、泳未先輩のようになれたりするのだろうか。

「あんまり油売ってると先輩にどやされっから、今度こそ私はこれで。皆、せっかく来たんだし、気を取り直してもうちょっと遊んでいきなよ」

「はい、ありがとうございました」

泳未先輩と別れた俺たちはスポーツコーナーを後にして、一つ下のアミューズメントフロアへと戻る。

ああいうことがあったので、そこまで遊ぶ気にはなれないが……しかし、多少は強引にでも気分転換したほうがいいのかもしれない。

「海、せっかく来たんだし、ちょっとは遊ぼうか」

「……だね。夕たちはどうする？」

「じゃあ、私も遊ぶっ。最近海が真樹君にべったりで付き合ってくれないから、こういうとこで遊ぶ機会ってめっきり減っちゃたし。紗那絵ちゃんと茉奈佳ちゃんは？」

「いいよ。親には部活の自主練で遅くなるって伝えてるし」

「まあ、これもある意味自主練ってことで～」

二人も快く頷（うなず）いてくれたので、もう少しだけ遊ばせてもらうことに。

メダルゲーム、プライズ、レースにリズムゲー。最初の内はあまり気乗りしなかったものの、やはりゲームは楽しい。やっているうちに、次第に気分も上向きになってきた。

「あ～！　海、そこでそのアイテムずるいっ。ダメっ、せっかく今１位になったところなんだからそれ禁止！　禁止カードですっ」

「あ〜あ〜、キコエナイキコエナイ〜。はい発射」

「ぎゃっ⁉　もう、海のイジワル〜！」

「そう言われてもね、コレも勝負ですから〜」

特に、海と天海さんが楽しそうでなによりだ。半年ほど前、一時は関係に溝が出来ていたとは考えられないほど、二人とも、心の底から笑っているように見える。

……俺が海と『友だち』になる以前は、きっとよく見られていた光景。

「前原さん？　何か考え事ですか？」

「二取さん……まあ、色々と」

レースゲームに興じる海と天海さんを後ろから眺めていると、隣にいた二取さんから話しかけられる。

以前、海に対して犯した過ちがきっかけで、海とはかなり疎遠になってしまったけれど、彼女（と北条さん）もまた、海とは『親友』と言って差し支えない存在だ。

「その、ちょっとした時に、考えてしまうというか……もしかしたら俺、海と天海さんの二人に悪いことをしてしまったのかもって」

「ふむ。それはその、二人の時間を自分が奪ってしまったのでは、という感じの」

「あ、はい。……よくわかりましたね」

「あはは……まあ、私にも思い当たる節が、ないわけではないので」

「……そういえば、そうでしたね」

考えてみると、彼女たちは、それまでずっと『親友』のように付き合っていた海を、新しくやってきた天海さんに取られている。

立場は逆だが、似た境遇の二人。

「正直に言うと、私も初めの内は夕ちゃんに嫉妬してましたよ。海ちゃんとはずっと自分たちと仲良しだったのに、あっという間に私たちのことを追い抜いて……って。まあ、そんな私たちもあっさり夕ちゃんの魅力にやられちゃって、結局はあんなことに……すいません、前原さん。私たちのせいで」

「その話は無しにしましょう。もう、海も許してるんですから」

俺に対して今にも土下座せんばかりに頭を下げているので、海に嘘（うそ）をついて傷つけてしまったことは、かなり反省しているのだろう。

その代償も、ちゃんと払っているわけで。

「……では、話を戻しますね。前原さんがそう考える気持ち、私にも理解できますよ。あの二人って、一緒にいると本当に楽しそうにしてますから。仲が良すぎて、私たちでも間に入るのを躊躇（ためら）っちゃうぐらい」

「やっぱり、二取さんもそう思いますか」

「もちろん。私たちは海ちゃんを取られちゃった側なので、この場合、前原さんとは立場が逆ですが。……前原さん、こう言ってはなんですが、いいご身分ですね？」

「き、恐縮です……」

今の状態を昔の海たちの関係性に置き換えると、【昔の天海さん＝俺】、【昔の二取さんたち＝天海さん】となるので、そう考えると二取さんの言う通りかもしれない。

しかし、こうして話してみると、二取さんも何気に圧がすごい。

……俺の周囲にいる女子たち、皆怒らせると怖……いや、みんな自分の意見をきちんと持っている人で素晴らしい。

「ふふ、冗談ですよ。とにかく、あの二人は昔からあんな感じでしたけど、私も茉奈佳も、それはそれで楽しかったですよ。海ちゃんと夕ちゃんのことを見てると、なんだかこっちまで楽しくなって、元気がもらえて……多分ですけど、夕ちゃんもきっと、海ちゃんと前原さんのことを見て、同じ気持ちになってるんじゃないでしょうか？」

「天海さんが、俺たちのことを見て……」

「はい。友達の幸せは、自分の幸せ……とでも言えばいいのでしょうか。確かに今までずっと仲が良かった人が自分から離れていくのは寂しいですけど……でも、それ以上に、友達の幸せが一番大事なんだって今は思うんです。海ちゃんの誕生日会の時、ふと気になって夕ちゃんのこと見てたんですけど……すごく優しそうな笑顔をしてました」

あの時は海へのプレゼントのことばかり考えていて、他の人にまで気を回す余裕はなかった。

これまで天海さんが俺と海の仲を揶揄って楽しんでいたのは、俺が海のことを独り占めにしてしまったことへの嫉妬も込みだと思っていたけれど。

「……どうです？　少しは参考になりましたか？」

「はい、まあ、とりあえずは」

「それはよかったです」

そうして話し終えた俺と二取さんは、再びレースゲームの画面へと視線を戻す。

「あ～ん負けちゃった～！　海、もっかい！　もっかいだけ勝負～！」

「しょうがないなあ……じゃあ、皆にも悪いし、後一回だけだよ？」

「うん。えへへ、海大好きっ」

「こ、こらっ。もうすぐゲームスタートなのに抱き着かないの……もう」

相変わらずの掛け合いを見せる『恋人』と『友達』を見て、俺は思わず顔が綻んだ。

友達の幸せは、自分の幸せ。

……良いことだと思う。

一通りゲームを楽しんですっかり気分と財布を軽くした俺たちは、今日の締めくくりとして、とある機器の前に並んでいた。

女子四人と、男子一人で、プリクラ機の前に。

天海さんの提案で、今日五人で集まった記念に取っておこうということになったのだ。

「あ、ほら皆、前の人たち終わったみたいだよ、入ろ入ろっ！　ほら、真樹君も。遠慮しないで！」

「あの……やっぱり俺は外で待ってるので、あとは四人でごゆっくり積もる話でも……」

「真樹、おいで」

「……はい」

やっぱり逃げようとしたところを海に捕まえられて、万事休す。

女子たち四人に付き合った時点で、なんとなくこうなるだろうなとは思っていたけれど……なんだか場違い感がすごい気がするのは、俺だけだろうか。

「へえ、今はこんな感じなんだ。プリクラなんて久しぶりだけど、結構進化してるんだね」

「ねえ、私たちで色々選んでみてもいい〜？」

「うん！　いい感じのヤツでよろしく！」

「まあ、夕なら何でもいい感じのヤツになるけどね」

俺は全くのプリクラ初心者なので、わちゃわちゃとしている四人の決定に従うのみ。

音声案内に従ってフレーム等を選び、ひとまず撮影へ。

とりあえずこの場の主役は俺以外の四人なので、とりあえず画角の端へ移動を――と思ったが、なぜ、いつの間にか四人の中央に押し出される形になっているのか。

「あの〜……皆様、説明を求めてもよろしいでしょうか」

「だって、そっちのほうが絶対面白いかなって。ねえ、皆」

「「「うん」」」

天海さんの意見に他の三人が満場一致なので、四対一。多数決ならば仕方がないという
ことで、俺は海と天海さんのちょうど間に収まり、その両サイドに二取さんと北条さんが
それぞれ立つ配置で決まった。

——3、2、1。

ぱしゃりと音がして、どう考えても皆に勘違いされるようなハーレム画像がでかでかと
画面に表示される。

まるで示し合わせたように、緊張気味の俺の顔を指差す、元・橘（たちばな）女子仲良し四人組。

なぜこうなった。

「へへ、皆すごく可愛く写ってるね。さすが最新機」

「夕、せっかくだし、適当に修正とかしてみる？　真樹の肌を白くしたり、真樹の瞳を女
の子並みにでっかくしたり」

「どうして俺だけなんすか……」

「ふふっ、そういうのもいいかも……だけど、今回はこのままでいこうよ。記念として残

しておきたいし」

「……そ。なら、今日の日付とか名前とか、簡単なやつだけ入れるだけにしておこっか」

そうして撮られた写真の上から、備え付けのペンでそれぞれの名前を記入していく。

可愛いフレームの中にちょうどよく収まる四人＋俺。

色々遊べる機能が満載のプリクラにしてはかなりシンプルな出来上がりになったけれど、これなら後で見返しても恥ずかしくはないだろう。

これもまた、俺にとっての新たな記録の一つだ。

「ん～っ、今日は色々あったけど、こうやって皆と遊べて楽しかった～！　紗那絵ちゃんも茉奈佳ちゃんも、今日はありがとうね！」

「ううん。久しぶりに四人で集まれて、私もよかった」

「私も～。部活とか習い事で忙しいけど、また遊べると嬉(うれ)しいな～」

「だって。海、次もまたこうして遊べるといいね？」

「……うん」

一度はバラバラになってしまった四人の仲だけれど、それまでに積み上げた思い出や記憶が全て消え去るわけではない。

間違ったことは、確かにあったと思う。

でも、まだ少しでもやり直せる可能性があり、自分がそう望んでいるのなら。

出来上がったシールを眺めて一人微笑む海を見て、仲直りを勧めた俺の選択は間違っていなかったと、改めて思った。

泳未先輩に改めて今日のことをお礼し、俺たちはゲーセンを後にしてそれぞれの帰路につく。

練習あり、対決あり、ちょっとしたトラブルもあって、ついでに柄にもなく青春っぽいこともして。

色々あって疲れたが、今日がまだ平日であることを忘れてはいけない。

週末までは、まだあと少し。なので、もうちょっと頑張らなければ。

「じゃあ、私と茉奈佳はこれで。夕ちゃん、海ちゃん、またね」

「前原さんも、またね～」

「うん。また」

二取さんたちとは今後も練習の予定があるので、また近いうちに顔を合わせることになるだろう。

今日は時間の都合で練習はちょっとだけだったが、次はもっとみっちりやるらしいので覚悟しておかなければならない。帰りの電車内で話したが、二人が自主練習でいつもやっているメニューに付き合ってもらうそうだ。

……俺の心臓が、どうか途中で爆発とかしませんように。

「俺たちも行こうか。海、良ければ家まで送ってくけど」

「ありがと。そう言ってくれるなら、お言葉に甘えちゃおっかな」

いつもの面子になって気を遣う必要がなくなったのか、海が甘えるようにして俺の腕に抱き着いてくる。夕方を過ぎて、辺りはすでに薄暗い。恋人と隠れていちゃつくには、とてもいい時間帯だ。

「あらら、なら私は一足先に失礼しなきゃ。あんまり間で私が五月蠅(うるさ)いと、二人も集中できないだろうし」

「また変なトコで気を回して……もう遅いし、別に一緒に帰っても」

「ううん。さっきお母さんに連絡したら、ちょうどお父さんの車が近くにいるから、拾ってもらいなさいって」

「おじさん？　ねえ、もしいいなら、久しぶりに挨拶させてもらっていい？　誕生日会の時も、結局会えなかったし」

「お父さんに？　うん、いいよ。真樹君はどうする？」

「えっと……」

じゃあそこらへんで適当に時間を潰すから終わったら呼んで……とはとてもじゃないが言えない『圧』を隣の可愛(かわい)い恋人から感じる。

天海さんの父親。会うのは初めてだが、どういう人なのかは知っておいた方がいいかもしれない。

「……俺も、ってことで」

「わかった。じゃ、三人でもうちょっと待ってよっか」

駅の入口付近で五分ほど待つと、一台の車が俺たち三人の側に近付いてくる。

助手席側のウインドウが開くと、奥の運転席に、銀フレームの眼鏡をかけた真面目そうな顔をした人が。

「お父さん、ただいまっ。あと、お仕事お疲れ様」

「お帰り、夕。急にお母さんから電話が来たから、どうしたのかと思った」

「えへへ。寄り道が楽しくて、ちょっと遅くなっちゃった」

「すいません、おじさん。本当はもっと早く帰るつもりだったんですけど……あ、お久しぶりです」

「海ちゃん、久しぶり。本当は誕生日の時に直接お祝いすべきだったんだけど、ちょうど外せない出張があって。……あと、そちらの男の子はもしかして――」

「あ、はい。前原真樹です。天海さ……夕さんにはいつもお世話になっており――」

「そんなにかしこまらなくていいよ。君のことは妻や娘からよく聞いているから、僕も一度ちゃんと顔を合わせておきたいと思っていたし。こちらこそ、いつも娘の夕がお世話になっております。父の天海隼人(はやと)です」

　急な挨拶だったにもかかわらず、隼人さんは嫌な顔一つせず、穏やかな様子で俺たちの話を聞いてくれている。

　こんな時間まで大事な娘を連れまわして、場合によっては怒られることも覚悟していたが……海の父親である大地(だいち)さんといい、天海さんの父親である隼人さんといい、俺は優しい大人たちに恵まれてとても運が良い。

「君たちも帰りなら、よければ一緒に送ろうか？　前原君も、方向は一緒だろう？」

「はい。でも、俺たちは歩きで大丈夫です。そんなに時間もかからないですし、それにその、海と二人で帰るって約束もしちゃいましたから。な、海」

「……ん」

「ああ……なるほど。うん、それならしょうがないね」

　しっかりと指と指を絡ませ合っている俺と海のことを見て、隼人さんはあっさりと引き下がってくれる。

　特に俺たちの関係を追及せず、察しもいい……さすがは天海さんのお父さんだ。

　その隣で『んふふ〜』と、俺たちのことを見て楽しがっている娘さんも、それを見て少しは学んで欲しいものだ。

「では、僕たちはこれで。夕、シートベルトはちゃんと締めて」

「海、真樹君、ばいばいっ。また明日、学校でね！」

「夕、寝坊しておじさんとおばさんに迷惑かけないようにね」

「天海さん、また明日」

窓から身を乗り出さんばかりの勢いで手を振る天海さんに別れを告げ、俺たちはようやく二人きりに。

天海さんや二取さん、北条さんたちと合流して遊んだのは楽しかったし、個人的にも良かったとは思うけれど。

……我儘（わがまま）を言えば、海と二人きりでじゃれつく時間が、あとほんの少し欲しかったかも。

「海、行こうか」

「うん」

肩を並べて、俺たちは街灯の明かりが照らす道をゆっくりと歩き始める。

しかし、この時期でも、さすがに夜になると肌寒い。

風邪を引くことなどないよう、ぴったりと寄り添って暖め合わないと。

「真樹、今日はお疲れ。ぶっちゃけた話、めっちゃ大変だったでしょ？」

「うん。なるべく顔には出さないようにしてたけど、正直、プリクラあたりでわりと限界だった」

天海さんたちの手前、気を遣わせてはならないと頑張って平静を装っていたが、荒江さんとのひと悶着が終わった時点で、気分的に俺の一日は終わっていた。

遊ぶだけならまだしも、今回は間に厄介事が挟まってしまっているので、疲労感はいつもの倍以上――アルバイト初日を終えた直後ぐらいは疲れていると思う。

「そっか。真樹、頑張ったね」

「うん。俺頑張った。海、労って」

「いいよ。よしよし、偉いぞ。真樹、格好良かった」

本当なら海の胸に飛び込んで思う存分甘えたいところだが、まだ帰り道の途中なので、ひとまず頭を撫でてもらうだけで我慢する。

「……ね、真樹」

「ん？」

「ごめんね。あの時、私、らしくないことしちゃって」

「それって、荒江さんとのこと？」

「……………」

こくり、と海が頷く。

海が言う通り、確かにあのタイミングであんなことを言ったのは予想外ではあった。

荒江さんの話については俺や天海さんから聞いているから、彼女の反応がああなるということは、当然、海もわかっているはず。

わかっていて、海はわざとやったのだ。

「でも、あれだけのこと言われて、やっぱり黙ってられなかった。私が言われるだけならまだしも、皆にまで矛先を向けて……夕は根気強く話し合おうと頑張ってるけど、私には無理。私、あの人とは仲良くできそうにない。こんなこと言いたいわけじゃないけど……生理的に無理、っていうか」

そう、はっきりと拒絶の言葉が出る。これまで表向きにはどんな人ともコミュニケーションをとっていた海がここまで言うのは本当に珍しい。

つまり、学校でも、彼女のことをそのように扱うということだ。

海と仲良くなって、いや、多分、その前からだって聞いたことがなかった陰口。

「！　……っと、ごめん。私、またらしくないこと」

「そうかな？　俺は逆にいつもの海で安心してるけど」

「え？」

だが、俺にとってはそれほど驚きでもなくて。

「だって、海は完璧な女の子じゃないだろ？　学校では見せないようにしてるけど、本当はわがままで、やきもち焼きで、あと、口だってたまに悪くなる。あと、わりとすぐに手も出る。普通の女の子だ」

「それ、本当に普通かな？　あと、手を出すのは真樹が悪いからで、私のせいじゃないし」

「それと、すぐ人のせいにする、も追加で」

「……いじわる」

そう言って、海は俺の胸に頭突きをするようにして甘えてくる。

中々俺以外の前では見せないけれど、朝凪海は全てにおいて常に品行方正ではなく、誰しもが持っている人間の汚い部分をちゃんと持っている。

今日みたいに誰かにむかつくことがあれば怒るし、それが我慢できなければ喧嘩を売るようなことだってする。隠れて誰かの悪口を言ったりすることも。

「とにかく俺が言いたいのは、海はいつだって『らしくない』なんてことはないってこと。学校での優等生モードの海も『らしいし』、こうして俺に愚痴って、らしくないって自己嫌悪に陥るのも、全部海らしいと思う」

「つまり、私のやること全部が私らしいってことでいいの？」

「まあ、そういうことかな」

そう思っているのは俺だけで、もしかしたら俺以外の皆は『らしくない』と言うかもしれない。

優等生の『朝凪海』はあくまで自分の本性を隠す仮面で、こうして俺に見せている姿こそが正体だと。

では、その本性を隠す仮面は、いったいどこから出てきたのだろう。

内面を隠すための仮面は、決してどこか外から引っ張ってくるような代物ではない。汚い部分をあまり多くの人に大っぴらにするべきでない、という彼女の中で育まれた意識から生まれ出たもの――つまり、その仮面だって、海という存在を形成するのに大切なピースの一つなのだ……と俺は思っている。

だから、そういうのも全て含めて、俺は海のことを大事に想っている。

……こういうことを言うのは、恥ずかしくて、なかなかちゃんと口にはできないけれど。

「海、耳貸して」

「？　うん」

「――――」

ぎゅ、っと海のことを抱きしめて、俺は耳元で、彼女だけが聞こえるようにこっそりと囁く。

ドストレートに気障なことを言ってしまったと、みるみるうちに熱を帯びていく頰を隠したくて、俺はさらに抱きしめる腕に力を込める。

すると、それに応じるようにして、海も俺の背中に手を回して、さらに密着してきた。

「もう、真樹のばか。最近ちょっとひどいよ。……私のこと、好きすぎ」

「い、いいだろ別に。恋人なんだから」

「でも、いくらなんでも私のこと丸ごと肯定しすぎ。そんなことされたら、私、どんどんダメなヤツになっちゃう」

「それもいいんじゃない？　それなら俺とちょうど釣り合う感じになるし、俺は大歓迎」

「……本当に、ばか」

海の腕の力がふっと抜けて、その代わりに、俺に全てを委ねるようにして海のほぼ全体重が俺に寄りかかってきた。

「なら……そこまで言うんだったら、私のこと、これからもずっと支えてよね？　多分もう、私、真樹無しじゃ、自分一人で立っていられないかもだから」

「もちろん。俺たち二人、ずっと一緒だ」

「じゃあ、おんぶ」

「あれ？　いつの間にか物理的に支えてって話になってる？」

「なんだよ～、さっき支えるって言ったくせに～。真樹のウソつき、ばか」

「いや、それはあくまで精神的な意味でですね……」

海の我儘に振り回されるのはそれなりに大変だけれど、それすら愛おしく思ってしまったのだからしょうがない。

夜になって人通りのなくなった田舎道には、くすくすと笑い合う俺と海の声だけがいつまでもこだましていた。

昨日のこともあり、さらに天海さんチームの雰囲気が良くないものになっていく中、俺のフォローもあって普段以上に練習に励む海チームとの差が明らかになりそうな出来事が、さっそく翌日にやってきた。

昼休み明けの5時限目の体育の授業。

予定通り、クラスマッチ本番までは、通常の授業から離れて、それぞれが出場する種目の練習をすることになっている。

俺はソフトボールで、海はバスケットボール。なので、本来ならグラウンドと体育館で、練習場所が異なるはずなのだが。

「……雨、止まないな」

どんよりとした空から断続的に降り注ぐ雨を教室から眺めつつ、俺はそう呟く。

ちょうど気候の変わりやすい季節ということもあり、昨日とは打って変わって、今日は朝から冷たい雨が降っている。

体育委員のクラスメイトからも、正式に今日は男女とも体育館に集合となったことを聞かされて。

『(朝凪) 真樹、久しぶりに一緒だね』

『(前原)　だな』

『(前原)　といっても、練習自体は男女分かれてやるから、遠くからお互い見守ることぐらいしかできないけど』

『(朝凪)　見てくれるだけで十分だよ』

『(朝凪)　あ、もし夕のチームと練習試合とかになったら、ちゃんと私のこと、応援してくれるよね？』

『(前原)　大丈夫。声には出さないけど、心の中ではちゃんと祈ってるから』

『(朝凪)　ふふ、よし』

『(朝凪)　支えてくれるって、約束してくれたもんね？』

『(前原)　そうだけど、そう言われると、なんだか途端に重い響きに聞こえるな』

『(朝凪)　冗談だよ。もう、そんなに真剣に捉えられたら、私のほうが逆に困っちゃうじゃん』


そうは言いつつも、昨日のことが嬉しかったのか、海は今朝からずっとこの調子だ。

それだけ俺の言葉が海にとって心強いものになっている証拠でもあるから、海からさらなる信頼を得られたということで、俺としても嬉しくはあるけれど……いくら昨日いい雰囲気だったからといっても、さすがに柄にもなく格好つけすぎた。

……今思い出しても恥ずかしい。

『（朝凪）じゃあ、私は着替えなきゃだから先に行ってるね』

『（前原）うん。また体育館でな』

この調子なら、きっと練習でもいいパフォーマンスを見せてくれるだろう。海がやる気だということは、当然他のメンバーにもそれが波及するわけで、ウチのクラスにとっても、かなりの強敵になりそうだ。

で、海たち11組チームを迎え撃つ、天海さんチームはというと。

「…………」

「…………」

こちらのほうは、これまででかつてないほど最悪な雰囲気だった。

昨日の衝突があったこともあり、件（くだん）の謝罪について『持ち越し』の判断をした俺にも、何か言ってくるかと思っていたが、当の荒江さんはと言うと、特に俺や天海さんのことを睨みつけるようなことはなく、ただ静かに自分の席で退屈そうにしているだけ。

まあ、静かといっても、俺たちのことを完全に無視しているだけなので、危ない雰囲気であることには変わらないが。

「天海さん、私たちもそろそろ行かないと」

「あ、うん。早くしないと、更衣室混んじゃうしね」

他のクラスメイトたちに言われて天海さんも教室から出ていくが、視線の方は、ずっと荒江さんのことを心配そうに見つめていて。

そういえば、天海さんは昨日のことについてどう思っているのだろうか。

昨日は俺や海が先に荒江さんに抗議したこともあって、天海さんはずっと一歩引いた状態で俺たちのことを心配してくれていたけれど、決して彼女の気持ちを代弁したわけではない。

引き続き根気よく対話を続けるのか、それともここで見切りをつけて、お互い完全に距離を取って、必要最低限の関係に留（とど）めるよう努めるか。

俺の軸足はあくまで海の側にあるけれど……クラスメイトとして、友達として、天海さんのこともやはり心配だ。

……余計なお節介なことは、わかっているけれど。

俺は、すぐさまスマホを取り出して、とある人にメッセージを飛ばした。

『（前原）　新田（にった）さん、ちょっといい？』

『（ニナ）　んお？』

『(ニナ) 委員長からメッセとか珍しっ。なに？　もしかしてナンパ？』

『(前原) いや、お昼休みに話したことの続きで』

『(ニナ) ちょっとは慌てて否定とかしてよ。ノリが悪いぞお』

『(ニナ) んで、なに？』

『(ニナ) グルチャじゃちょっと難しい話なんでしょ』

『(前原) まあ、はい』

『(前原) といっても、海には後で話すけど』

『(ニナ) 相変わらずだね、アンタら。で、なに？』

『(ニナ) 一つ貸しで、話だけ聞いておいてあげる』

『(前原) どうも』


ということで、俺たちの中で、唯一今回の件に関わっていない新田さんに、天海さんへのフォローをお願いすることに。

荒江さんともある程度の繋がりがあり、大体の女子グループに対しても満遍なく付き合いのある彼女なら、きっと力になってくれるはずだ。

一つ貸しと言うことで、この後のお返しがどうなるかは多少不安だけれど。

とりあえず、ファミレス奢り＋ピザの出前サービスぐらいは覚悟しておこう。

『(ニナ)　なるほどね。今のところは様子見って感じだけど、ヤバそうならそれとなくフォローしておくわ』

『(前原)　すいません』

『(ニナ)　だるいけど』

『(前原)　こういう時に頼れる人って、俺、あんまりいないから』

『(ニナ)　だろうね。まあ、私もそんなに思い当たらないけど』

『(前原)　そうなんだ、意外』

『(ニナ)　いや、意外でもなく、これが普通だよ。フッー』

『(ニナ)　委員長は運が良いね。周りにいるのがいい人ばっかでさ』

『(前原)　そこは感謝してます』

『(ニナ)　ほんとかよ』

『(ニナ)　ま、いいや。授業始まるから、そういうことで』

『(前原)　うん、ありがとう』

『(ニナ)　はいよ』

『(ニナ)　あ、あと最後に言っておくけど、今後はこういうこと、あんまりしないほうがいいよ』

『(ニナ) 人によるとは思うけど、自分以外の異性と内緒でやり取りするのって、わりと嫌な思いする女の子多いから。報告するにしても、事後は良くないし』

『(前原) それは、理由があっても?』

『(ニナ) あっても。理由って言っても、それはあくまで委員長がそう思っているだけであって、朝凪にとってはそうじゃないんだから』

『(ニナ) あ、朝凪って言っちゃった』

『(ニナ) ごめん、今のカット』

『(前原) カットはしなくていいけど……でも、そっか。そうだよね』

『(前原) 今後は気をつけます』

『(ニナ) ん~』


スマホを介しているから気づきにくいけれど、今のこのやり取りも、結局は彼女に隠れて二人で会話をしているのと同じだ。

気を遣い過ぎかもしれないが、海を完全に安心させるには、多分このぐらいでちょうどいいはず。

「……とりあえず、海には簡単に報告を入れておくか」

新田さんに相談した件を海のスマホにも連絡して、俺は海の後を追うように体育館へと向かった。

　恋人付き合いと、友達付き合い。

　わかっていたようで、やっぱりまだまだわからないことだらけだ。


　上履きから体育館用のシューズに履き替えて室内に入ると、すでに男女で二面あるコートを半々に分けての練習が始まっていた。

　先生と一緒に準備している用具を見る限り、男子はバレーボール、女子はバスケットボールをやるらしい。

　体育館のちょうど中央に引かれたネットの向こうでは、女子たちがそれぞれのゴールへ向けてシュートを放っている。

　俺の方は……まあ、バレーボールに出場する予定はないので、球拾いに徹しておこう。

　練習前に各自ストレッチということで、コートの隅のほうで一人黙々と硬い関節と筋肉を伸ばしていると、ふと、どこかから、男子たちのひそひそ声が聞こえてくる。

　……。

　詳細は聞きたくなかったのですぐさま離れたが、どうやら彼らはシュート練習をしている天海さんを見て何か話していたらしい。

　胸がすごいとか、どうとか。

これから体を激しく動かすということで、現在、天海さんはジャージの上を脱いで、体操服のシャツ一枚の状態だ。

左胸の上部に、二年生であることを示す青色で刺繍された校章のついた白いシャツ。襟の隙間から肌着が見えているので、下着が透けているということではないようだが……。

何がすごいのかは、天海さんの練習風景を見ていると、まあ、すぐにわかった。

「――いやあ、揺れてるねえ。何がとは言わないが」

「……それ、俺に話しかけてます？」

「周りにキミ以外に誰かいるかい？」

「……いませんけど」

「おっと、気を悪くしたのならごめんよ。暇なら、ちょっと話さない？」

いつの間に寄ってきたのだろうか。俺の隣でストレッチをしながら、デリカシーのないことを口にしているのは、中村さんだった。

「まったく、普段は別々だからいいものの、こうして一緒になった途端、じろじろこそこそと女の体を見てああだこうだと品定めとは。男子ってのはつくづくおバカな人種だよ。汚らわしいとまでは言わないけど、下半身に思考を支配されすぎだよ」

「そうですね。まあ、俺も似たようなもんですけど」

「そう？　君は他と較べるとまだ男性として分別があるほうだと思うが……ああ、いや、君の場合は分別というより、ただウミパイに夢中なだけか、これは失礼」

「う、ウミ……？」

なんだかすごく独特な表現だが、中村さんが何を指して『それ』をそう表現したのかは大体わかったから、特に突っ込まないようにしておく。

中村さんには気づかれてしまったようだが、俺がメインで見ていたのは、天海さんではなく、天海さんと反対側のゴールでシュート練習をしている海のほうだ。

……言い訳するようだが、俺はあくまで海のことを全体的に見ていただけで、他のクラスメイトたちのように一部分だけを見ていたわけではない。

まあ、思わず目に留まってしまったのは事実なので、そういう意味では俺も『おバカな人種』だったり。

「こうして並ぶと改めて感じますけど、中村さん、すごく背が高いですよね。中学の時、何かやってたりとか？」

「ううん。ミステリ好きの、いたって普通の文学少女だったよ。でも、なぜか体格はよかったから、こういうイベントの時は引っ張りだこさ。バレーとどっちにしようか迷ったけど、今回はウミパイの魅力にやられてしまったよ」

「……あの、突っ込みませんよ」

「おや、残念」

けらけらと笑いながら、中村さんはかけていた黒縁眼鏡を外す。

地味なデザインのフレームの眼鏡と個性的な言動に引っ張られて意識していなかったが、こうして近くで見ると、とても凛々しい顔つきをしている。

どちらかというと中性的で、異性というより、同性から人気を集めそうな容姿をしている。

「さて、てなわけで、私はそろそろ行かなきゃ。これから試合だけど、前原君、ちゃんと愛しの朝凪ちゃんのこと応援してあげるんだよ？」

「それはもちろん……でも、クラスマッチ的には敵チームですから、そこは悩むというか」

「そう？　悩む必要なくない？　同じクラスとはいえ、あんなチームを応援するなんてフラストレーションしか溜まらないと思うケドねえ？」

「え？」

「じゃ、そういうことで」

ふふんと鼻で笑うように言って、中村さんは海たち他のメンバー四人が待つゴールのほうへ向かっていく。

『おいおい中村、前原氏と一体何話してたん？』

『澪、あなたが前原君と楽しそうに話してたせいで、ウチのエースのシュート精度がガタ落ちなんだけど？　ねえ、朝凪さん？』

『っ……!?　い、いや私は別に、その、信用、してるし……』

『おい皆ぁ、やっぱり朝凪ちゃんは可愛いなあっ！』

『『『わかる』』』

『も、もう、みんなのバカっ……』

　こちらまで声が筒抜けなのでこちらとしてもむずがゆい気分だが、ともかくチームワークはどう考えても良さげである。

　あと、顔を赤くしてもじもじとしている海が可愛い。

　そして、その一方で。

「あ、あの、荒江さん」

「……なに？」

「昨日はあんなことになっちゃったけど、その、今日はよろしくね？　私も精いっぱい頑張るから、一緒に頑張ろう？」

「…………」

「？　あの、荒江さ――」

「うるさい。話しかけんな」

「っ……」

　天海さん側の四人はともかく、荒江さんは準備運動の時からずっと一人外れて行動して、今のところ取り付く島もない状態だ。

「もういいよ、天海さん」

「あんな人のことはいいから、なるべく私たち四人で頑張ろう」

「天海さん、頼りにしてるよ」

そして、昨日のことを知らない天海さん以外の三人は、一向にチームに溶け込もうとしない荒江さんに対して不満を隠さないようになっていて。

あんなチームを応援してもフラストレーションしか溜まらない、か。

「……そうだけど、でも、違うクラスの人に言われると、なんか悔しいな……」

確かに中村さんの言う通りかもしれないが、天海さんも所属している以上、簡単に見放すことも、どうしても出来なくて。

様子を見ている限り、これから天海さんチームと海チームの練習試合をするみたいだが、さて、どのような展開になるか。

それぞれのクラスメイトが自分たちを代表するチームを見守る中、10組Aチーム対11組Aチームの試合が開始されようとしている。

クラスマッチの試合は、学校側で定められた規定により、女子の部の試合時間は、前半10分、後半10分の計20分。リーグ戦は試合終了時に同点だった場合は引き分け（決勝トーナメントは延長あり）で、その他のルールは現在採用されているルールがそのまま適用される。

試合前、海チームのほうは気合が入っていて、円陣が組まれていた。

「ようし、皆。今日はあくまで予行に過ぎないけど、あちらさんとは本番でも当たるわけだし、やるからには勝ちに行こうか」

「中村、なんでアンタが出しゃばってんの。こういうのはキャプテンの仕事でしょうに。ねえ、朝凪ちゃん」

「キャプテンがやる決まりとかはないんだけど……まあ、私でいいんだったら」

そう言って、海は目をつぶって大きく深呼吸する。

因縁のある相手だけれど、今のところ落ち着いているようでなによりだ。

「――みんな、勝とうね。11組、ファイトっ」

「「「おーっ」」」

本番さながらに気合の入った声が体育館に響き渡ると、11組側の女子たちからも声援が飛ぶ。

海のクラスは女子の比率が高いので、必然的に応援の声はそちらのほうが多い。

その様子を見て、天海さんも自分のチームで円陣を組みたいのか、チームメイトにそれぞれアイコンタクトらしきものを送るけれど、一人が完全に無視してしまっているので、諦めてしまったようだ。

先生のホイッスルを合図に、全員がコート中央へ。

キャプテンである海と天海さんの視線がかちあう。

「海、わかってると思うけど、手加減なんてしなくていいからね。そんなのつまんないし」

「もちろん。まあ、夕相手に舐めプできるだなんて、これっぽっちも思ってないけど」

しっかりと握手を交わして、いよいよ試合開始のジャンプボールへ。

「中村さん、予定通りお願いしていい？」

「任せなさい。このデカい図体を使う、絶好の機会だ」

11組のジャンパーは、五人の中ではもっとも身長の高い中村さんである。こうして見ると、海は五人の中では下から二番目に身長が低い。平均身長も、海側のほうが勝っている。

「えっと、私たちはどうする？　一応、この中では荒江さんが一番高いけど……」

「……天海がやれば。私はパス」

「じゃあ、そうするね」

対するウチのほうは天海さんということで、中村さんと比較すると、十センチほどの身長差はあるだろうか。バレーにも誘われたという本人の話どおり、腕のほうもかなり長そうなので、総合的な差はそれ以上だろう。

だが、最初のジャンプボールを制したのは、天海さんだった。

「うえっ、た、高……⁉」

「――んんっ！」

中村さんのジャンプも決して悪くなかったように思うが、それ以上に天海さんのジャンプ力が高い。

身長とリーチをものともせずに高さ勝負を制した天海さんが、自陣のほうへとボールを叩く。

さすがの運動神経に、周りから感嘆の声が上がった。

転々と弾んだボールは、そのまま荒江さんのほうへ。

「……はあ」

そのままスルーするかと思ったが、面倒くさそうな顔をしつつも、弾んできたボールを自らの手に収めると、そのままゆったりとしたリズムでドリブルしながら、ゆっくりと敵陣側へと歩き出した。

「荒江さんっ」

「まあ、一応はやってやるよ。サボったらまた面倒なことになりそうだし」

「……うん。今はそれで十分、ありがとう」

「……うざ」

悪態をつくのは相変わらずだが、プレーを放棄しないだけでも十分だろう。

かといって、積極的にプレーするわけでもなさそうだが。

「パス」

「あ、う、うん……」

少しだけ前にボールを運んだだけで、荒江さんはすぐに天海さんへとボールを戻す。おそらくウチのチームのエースは天海さんなので、できるだけそちらにボールを集めるのは間違いではないが。

(荒江さん……なんか、ボールの扱いが上手いような)

ぱっと見ただけなのでなんとも言えないが、先程のドリブルといい、天海さんへのパスといい、一つ一つの所作がとてもこなれているような。実際、天海さんへのパスも、一番キャッチしやすいであろう胸の前でぴたりと収まっている。

そういえば、昨日の天海さんのシュートを邪魔した時も、まるで狙ったかのように、ピンポイントでボールをぶつけていたような。ただの偶然の可能性もあるが、素人が適当にボールを投げても当たる可能性は限りなく低いはずだ。

もしかして、中学時代やそれ以前に、バスケットの経験があるのか。

まあ、それはこれから見ていればわかるだろう。

「ごめん朝凪ちゃん、ボールとられた」

「ドンマイ。奪い返してやろ」

「ん、オッケー」

すぐに中村さんに声をかけた海は、すぐさま皆と一緒にディフェンスの配置につく。

とりあえず、一人一人にマークをつける形でやっていくみたいだが……そのマッチアップは、意外な組み合わせだった。

「ふふ、こんにちは。ユウパ……もとい天海ちゃん。君の話は、朝凪ちゃんからようく聞いているよ。私は中村澪、よろしく」

「どうも、中村さん。海の親友の天海です。えっと、それよりさっき、私のことなんて言おうとしたの？」

「ああ、さっきのは少々セリフを噛んだだけだから、気にしないでおくれ」

耳をそばだてていると、中村さんがまたいらぬことを言おうとしているのが聞こえてくる。

先程の男子が話していた通り、確かに天海さんの『それ』は、海のものよりもさらに目立っているけれど……中村さんが変なことを言ったせいで、さっきから胸のことを考えてしまっている気がする。これはよくない。

まあ、彼女たちのことはともかく、問題なのは残りの一組である。

「…………」

「…………」

きゅ、と靴の音を慣らしつつ、海が荒江さんのマークについた。

「なに、オマエ」

「別に」

一言だけ交わすと、二人は互いに視線を逸らして、つかず離れずの距離に。

荒江さんの性格から考えるとわりと平常運転の対応だが、昨日の今日ということもあって、さすがに内心冷や冷やとしてしまう。

お互いに熱くなりすぎて、ディフェンス以外で手が出たりなど、なければいいが。

「ああもう、マジで揃いも揃って……」

「？　荒江さん」

「天海、こっち」

そういって、荒江さんが天海さんへ人差し指をくいくいと動かす。

多分、ボールよこせ、のサインだろうか。

瞬間的に意図を察知した天海さんが、呆気にとられつつも、要求通りにパスを送る。

「ふうん、ちょっとはやる気出た感じ？」

「別に」

「そう」

相変わらずぼーっと突っ立ったような状態でボールを保持する荒江さんへ、海の手が素早く伸びてくる。

一瞬の動きの隙をついた形で、カットできると思った俺だったが、ボールに触れているはずの海の右手にボールの姿はなく。

「!?」

海がカットに動くと同時、嘲（あざわら）うようにボールを背後に通して躱（かわ）すと、荒江さんはそのままボールを前に持ち出してゴール前へと切り込んでいった。

それまで一切やる気を見せることのなかった人の意外なプレイに、コート上の全員の動きが固まる。

「……はい」

海のディフェンスをあっさりと振り切ってフリーになると、そのままの勢いでシュートを放った。

レイアップとも、普通のゴール下シュートともつかない、やる気のないフォーム。

しかし、ボールのほうは綺麗（きれい）にゴールリングの中央に吸い込まれていって。

「す、すごい……」

コートにいる誰かから、そんな声が上がる。声質の感じからおそらく天海さんだろうが、それを確認する余裕がないほど、俺も、それからコート外で試合を見ている他の人たちも驚いていて。

ゴールのちょうど真下でボールが弾む中、荒江さんが、海のほうへ振り向いて、ぼそりと口を開いた。

「だっさ」

まるで、昨日の海の口調を真似するように。やり返すように。

本人は何も言わないが、おそらく経験者であることは間違いない。

しかも、それなりに努力を重ねていたタイプの。

「……今まで隠してたな」

「別に」

悔しさを滲ませる海を一瞥すると、荒江さんはゆっくりと自陣のほうへと戻っていく。

「す、すごいすごいっ！　荒江さん、バスケやってたの？　それならそうと言ってくれれば良かったのにっ」

「……お前に言う必要ないだろ」

「それはそうかもだけど……でも、すごかったよ今の！　格好良かった！」

「あっそ」

ある種空気の読めない個人技だったが、ほとんどのチームメイトが困惑するなかで、それでも天海さんは素直に称賛している。

これまでの二人の関係からするとこういう時素直に褒めることは中々難しいはずだが、

そこはやはり天海さんの性格というか、本来もっている人間性なのかもしれない。

ともかく、これで先制点は10組だ。

「ドンマイ、朝凪ちゃん。今のは相手が上手かった」

「経験者だったとはね。次、取り返しましょう」

「うん。だね」

荒江さんの思わぬ技術に圧倒されていたけれど、チームメイトの声かけもあり、海はすぐさま落ち着きを取り戻す。

技術的に有利な天海さんたちと、足りない部分はチームワークで補う海たち。

試合はまだ始まったばかりだ。

4. 夕と渚

気を取り直して反撃と行きたい海率いる11組チームだったが、試合はその後も10組チームのペースが続く。

天海さんや荒江さんのような飛びぬけた個人技を持つ人がいない分、チームワークで崩して点を取っていこうと試みる海たちだったが、荒江さん以外のチームメイトもしっかりと練習を積んでいるのか、なかなかゴール前まで運ぶことができない。

「うう……これはちょっと手強いかも」

「美玖ちゃん、戻して。あんまり強引にいったらファウルとられちゃう」

「あ、うんっ」

「ありがとっ。……ちょっと遠いけど、もうすぐ24秒になっちゃうし……ふっ！」

攻撃時間切れが差し迫る中、スリーポイントラインの外側からシュートを放つ海だったが、さすがに距離が遠すぎるのか、リングの外側に当たったボールは、あえなく弾かれてしまう。

「中村さん、涼子さん、リバウンドお願いっ」

海の声が飛ぶ中、素早くゴール下に入った中村さんと早川さんがジャンプするものの、それをものともせず、ぐん、と伸びてきた白い腕があっさりとボールをかすめ取っていく。

「――ボールもらいっ」

「うっ、天海ちゃん、また君か……」

「ごめんね中村さん、でも、これも勝負だからっ」

しっかりとキャッチしてマイボールにした天海さんが、すぐさまコートの前方へ向けて振りかぶった。

「荒江さんっ」

皆がリバウンドのほうに意識がいっている間に歩き出していたのか、すでにハーフコートラインを越えた位置の荒江さんめがけ、天海さんのパスが真っすぐ向かっていく。

「っ、今度こそは……」

一瞬遅れたものの、リバウンドと同時にカウンターを警戒していた海がディフェンスに戻る。

カウンターの割には随分とゆっくりボールを運んでいた荒江さんに追いつくと、先程の再現のように、二人は再び対峙する。

「次はそう簡単に抜かせないから」

「……あっそ。まあ、私も抜くつもりなんてさらさらなかったけど」

「は？」

「……スリーってのは、こうやるんだよ」

そう言って、荒江さんはその場で素早く跳躍し、弧を描くようにしてボールをゴールに向かって放り投げた。

先程のやる気のないシュートフォームとは打って変わり、まるでお手本のような姿勢のシュート。

海もすぐさまブロックしようと手を伸ばしてジャンプするものの、先程のようなカットインを警戒していたせいか、やはり反応が遅れてボールに触れることは出来ず。

「！　みんな、リバウンド――」

――すぱんっ。

海がとっさに声を上げるものの、言い終わる前に荒江さんの放ったシュートは、ゴールへとあっさりと吸い込まれた。

ついさっきシュートを外した海に見せつけるように、ゆっくりと両手を降ろした荒江さんは、やはり海を挑発するように、ぼそりと呟いた。

「……だっさ」

「こんのぉ……」

昨日のお返しとばかりに、二度目の『だっさ』。

やはり荒江さんも荒江さんで、前日の海の言動についてはかなり根にもっていたらしい。

いいようにやられてしまい、さすがに海も唇を嚙んで悔しがっている。

前半の十分間は、そんな感じで終始進んでいく。

もちろん海たちもチーム一丸となって点を取り返していくものの、勢いに乗った天海さんたちがそれ以上のペースで得点を重ねていって。

ちょうど点数差が十点の二桁になったところで、前半終了のホイッスルが鳴った。

ここから二、三分ほど休憩に入り、すぐに後半開始となる。

少ない時間で上手く切り替えられるだろうか。

（海、結構やられちゃってたけど、大丈夫かな……）

練習試合とはいえ、クラスマッチ本番を想定した試合であることは間違いないので、本来なら天海さんチームのほうへ行くべきなのだろうが。

心配なので、こっそり11組チームのいるほうへと近づいて、聞き耳を立ててみることに。

五人でまとまって、ひそひそとなにやら話しているらしいが、作戦会議だろうか。

『……で、結局、前原氏とはどこまでいったん？』

『恋人なんだから、もうチューぐらいはしてるよね？』

『お互いの親御さんにはもう挨拶とかは、その……』

『というか、結婚式はいつだい？　高校卒業後すぐ？　学生結婚だろ、君たちはどうせ』

『な、なんでそういう話ばっかりになるの……！』

作戦会議はもう終わってしまったのだろうか、五人の話が耳に入るころにはすでにバスケとはかけ離れた話が繰り広げられていた。

先日、11組に連れていかれた時に、海との交際に関する質問に関しては色々と答えさせてもらったはずなのだが、どうやら皆さん、まだまだ栄養が足りないようで。

このまま退散しようと思ったが、海に気付かれて手招きされてしまった。

「えっと、お疲れ、海」

「うん。で、前半の私はどうだった？」

「……あの人にまんまとやられちゃったな」

「本当にね。運動は出来そうな体つきだったけど、まさかバスケだったとは。真樹、アイツ、本当に自分で立候補とかしなかったの？」

「多分。本人的にはどっちでもよさそうな感じだったかな」

とはいえ、疑問は残る。

あれだけのプレーをしているのだから、中学時代まではかなり熱心に競技に打ち込んでいたであろうことは素人でもわかる。

部活動に嫌気が差したから、とかだろうか。だが、それならバスケという競技自体まで嫌いにはならないだろうから……考えれば考えるほど、余計あの人のことがわからなくなってくる。

今は多少落ち着いているものの、なぜ先生に対して反抗的だったのか、そして今現在、どうして天海さんをあそこまで目の敵（かたき）にするのか。

バスケに未練があるのかないのか。

……まあ、今はそのことより、とにかく海のことだ。

「海、前半はあんな感じだったけど、後半はどうするつもり？」

「悔しいけど、今の実力じゃアイツには敵（かな）わないからね。作戦ってほどじゃないけど、一応やることはやってみようって、さっき。ね、中村さん」

「おう。前半は私も情けない姿ばっかりだったから、あの小麦ギャルぐらいは自由にさせないようにね。なあ、美玖、楓（かえで）、涼子」

「おうよ」

「まあね」

「まあ、やられっぱなしってわけにはね」

点数差的には厳しい状況だが、さっきの雑談の時しかり、劣勢の時でも雰囲気の良さは変わらない。

この分なら、特に海のことを元気づける必要はなさそうだが……しかし、他の四人がコート中央へと戻る中、海だけは一人残って、俺のことをじーっと見つめていて。

『早く元気づけて』

多分、そう言っている。特に俺の声が必要な状況でなくても、海は欲張りなのだ。

休憩時間にまだ余裕はあるようだから、まあ、ちょっとぐらいならいいだろう。

「えっと……海、」

「うん」

「後半、頑張って。応援してる」

「……ありがと。行ってくる」

こくりと頷いて、海は軽い足取りで四人の輪の中に入っていった。

——朝凪ちゃん、前原君にちゃんと元気づけてもらった？

——ハグ？　それともチュー？

——どっちもしてないですっ。……大丈夫、ちゃんと背中は押してもらえたから。

——そっか。キャプテンは元気みたいだし、後半も頑張りましょうか。

「「「「お〜っ」」」」

後半に向けてより気合の入っている11組を見て安心した俺は、またそそくさと元の位置へ。

すると、今度はそれを見計らったかのようにして、今度は天海さんがこちらのほうへとことこと歩いてやってきた。

「――真樹君」

「天海さん」

「お帰り。後半はどういう作戦でいくのか、海からちゃんと聞いてきた？」

「多少は……でも俺はスパイじゃないから」

「知ってる。でも、海のことだから何かはしてくるんでしょ？」

「多分ね」

前半あれだけやられたのだから、海なら後半必ずそこを修正しにかかることは、親友の天海さんならきっとわかっているはず。

だが、こちらのチームのメンバーを見る限り、足並みをそろえて動くことはやはり難しそうだ。

俺と天海さんの視線の先にいるのは、一人で退屈そうに立っている荒江さんと、そこから少し離れたところで後半に向けてパス回しをしている他チームメイト三人。

「やっぱり、チームとしてまとまるのは難しそう……だね」

「あはは……荒江さん、攻撃はすごかったけど、ボール持ったら絶対パス出さないし、守備はサボってたからね。……ほんのちょっとだけど、さっき言い合いになっちゃって」

そういうのもあって、天海さんは俺のもとに来たのだろう。

　これまでこの役割は海や新田さんが担当していたが、どちらも別クラスなので、現状、こういう話を相談できる『友達』は俺しかいない。

「さっきね、私たちも相手に負けないように頑張ろうねって言ったの。でも、そこで荒江さんが、その……」

「余計な一言を、皆に向かって」

「……うん」

　苦笑しながら、天海さんが力なく頷いた。

　濁したのはきっと天海さんなりの優しさだろうが、きっとチームメイトを蔑ろにするような一言が飛び出したのだろう。

　前半の荒江さんは、確かにすごかった。だが、そう思ったのも束の間のことで、時間が経てば個人プレーに終始する姿が目立ってしまったわけで。

「ごめんね真樹君、こんな話してもしょうがないのに。でもどうしても誰かに喋っておきたくて。今は海もニナちもいないから」

「こちらこそ、大した力になれなくてごめん。……それよりも、天海さんは随分と荒江さんのことにこだわるんだね。あれだけ目の敵にされてるのに、それでも頑張ってちゃんと接しようとして。俺と海なんて、もう完全に匙を投げちゃったのに」

「ふふ、私も似たようなものだよ。チームのキャプテンだから、本番が終わるまでは少なくとも頑張んなきゃっていうのもあるし」

それにね、とコート上で一匹狼となっている荒江さんを見つめつつ、天海さんは続ける。

「もし嫌われるんだとしても、私がどんな人なのかをちゃんと知った上で嫌ってほしいかな〜、って。まだちゃんと話したこともない……はずなのに、相手の勝手なイメージだけで好きか嫌いかを決められるのって、すっごい悲しいことだと思うんだ。それは多分、荒江さんにとっても」

「結構、こだわるんだね」

「……うん。私、誰かからあれだけ面と向かって『ウザい』とか『嫌い』とか、そういうネガティブなことを言われたの、多分始めてだから。そういう意味では、実は私も意地張っちゃってるのかも」

天海さんは校内でも一、二を争うほどの有名人だから、いくら荒江さんが他クラスであってもその噂は耳に入ってくるはず。しかし、それでもなお、面と向かって良くない感情をぶつけてくるのだから、彼女も空気を読めないというか、かなりの度胸の持ち主であるに違いない。

そういうところに、きっと天海さんも興味を持っているのだろう。

天海さん本人が果たしてそれに気づいているのかは、わからないけれど。

「じゃあ、私そろそろ行くね。真樹君、海の応援もいいけど、私だって一応は同じクラスなんだから、たまには私のことも応援しなきゃ嫌だよ？」

「えっと……ぜ、善処します」

「あはは、真樹君、相変わらずだね。……まあ、別にいいけど」

「……天海さん、今ちょっと俺の真似（まね）した？　したよね？」

「へへっ、どうかな～？」

海といい天海さんといい（後は新田さんも）、たまにこうして俺の喋（しゃべ）りをいじってくる。

そんなに特徴的な口調や喋りではないと個人的には思っているけれど。

ひとまず、天海さんも多少は元気を取り戻したので、今は不問ということにしておこう。

……しかし、海のことを応援すると宣言したにもかかわらず、結果的に天海さんにも肩入れしてしまう形になってしまったような。

天海さんも望（のぞむ）や新田さんのように俺の大事な友人ではあるけれど、少し前に新田さんが注意してくれたように、海は他の人と較（くら）べてもよりやきもち焼きな性格である。

今のやり取りは、果たして海的には大丈夫な部類なのだろうか。

俺は恐る恐るといった感じで、海のほうを見る。会話の中身はさすがに聞かれてはいないだろうけれど、当然、俺と天海さんが何をしていたのかは見ていたはずだ。

「――べっ」

「…………ん～」

これはどう判断したものだろう、あっかんべーをされてしまった（可愛い）。これだけだとＮＧっぽいが、そこまで怒っているようにも見えないので、判断は微妙なところだ。

とりあえず、正解は試合が終わった後ということで。


後半開始になると、すぐに海のほうが動いた。

「……ださ。勝てないからって二人がかりかよ」

「作戦だから。……中村さん」

「おうよ」

ボールを持った荒江さんに海と中村さんのマークがついた。天海さんにはチーム唯一の運動部である早川さんがついているが、残り二人のポジションは流動的で、特定のマークにはついていない。

天海さんチームが揉めている状態なのは、天海さんから話を聞くまでなく様子を見ていればきっとわかるだろうから、そこを的確についてきた形だ。

「中村さん、相手の進路をふさぐだけでいいから。後は私で頑張ってみる」

「うん。実にいい私の使い方だ」

「……ちっ」

長い手足でまとわりつくようなディフェンスの中村さんと、そこから少し距離をとって、シュートでもカットインでもどちらでも対応できるよう待ち構える海に、荒江さんがそこで初めて舌打ちをする。

「荒江さん、こっち！　空いてるよっ」

二人が一人に対してマークするから、当然数的優位が発生する。

海と中村さんの様子を見るに、パスをされるのは元から織り込み済みのような守備をしているているので、マークがいない他の三人や、もしくは持ち前のフットワークで早川さんのマークを外す天海さんなど、コースはいくらでもあるし、そちらのほうが点を取る可能性が高いはず。俺は素人だが、そのぐらいならわかる。

「……」

「荒江さんっ」

「……うっさい」

しかし、それがわかっていながら荒江さんは誰にもパスを出さず、二人の守備をかいくぐろうとしている。

「出さないの？　味方が欲しがってるみたいだけど？」

「だから、っさいって——」

見え見えの海の挑発に乗せられて、強引に抜きにかかろうとするものの——そこで先生のホイッスルが鳴った。

強めに体が接触したせいで、海が尻餅をつく形で倒れた。オフェンス側のファウルだ。

「はあっ⁉　今のどこがファウルなんだよ。軽くぶつかっただけだろ」

とはいえ、彼女が押したことには変わりないので判定は変わらず。逆に審判に対する口答えを注意されて、もう1ファウル取られてしまった。

ウチの高校のクラスマッチは退場がないものの、かわりにチーム全体で5ファウル以上になると問答無用でフリースローが与えられる特別ルールが採用されている。

なので、不用意なファウルはわりと厳禁だったり。

「朝凪ちゃん、お尻、大丈夫？」

「お尻って言わないでよ……でも、全然平気」

ぽん、とお尻を軽く叩いて立ち上がった海を見る限り、怪我の心配もなさそうだ。

……ちろりと小さく舌を出したあたり、もしかしたら多少演技をしてファウルをもらいにいったかも。

それだけなりふり構わず、海はやり返そうとしているのだ。

ボールを取ってしまえば、あとはこっちのものとばかりに、海たちはあっさりと得点を入れる。苦手なのか、単純にサボっているのか、荒江さんが守備をしないので簡単に数的優位が生まれてしまう。

後半のたった1プレーだったが、それを境に、試合の主導権はあっさりと11組へ。

前半あれだけ目立った荒江さんだったが、後半は人が変わったように海たちに抑え込まれる。相手にパスは要求するのに、パスをもらったらやはり強引に一人で攻めて、味方を頼ろうともせず、最終的にはファウルや無理なシュートでボールを取られる羽目に。

後半が始まってまだ五分も経っていないが、みるみるうちに点数差が縮まっていき。

「——美玖ちゃん、シュート！」

「あいよ〜っ！」

海からのパスを受けた七野(しちの)さんが、拙いフォームながらもシュートをねじ込んで、ついに海たちが逆転に成功した。

「いえーいっ、逆転っ」

「まだまだいけるよ、頑張っていこ〜っ」

海の想定通り、まんまと作戦がハマってくれたことによる、想定外の逆転劇に、11組の声援がさらに高まっていく。

このままだと、ウチのクラスはどんどんと差を広げられてしまうが。

リスタートのタイミングで、天海さんが荒江さんのもとへと駆け寄る。

どれだけ彼女が勝手でも、今はチームメイト。だから、その行動におかしい所はないはず。

……ないはず、なのだが。

「荒江さん、大丈夫。まだ時間はあるから、私たち全員で攻めれば——」

「……ねーって」

「え？　今、なんて……」

「いらねーって、そう言ったんだよ。ヘンに慰めてんじゃねーよ、気持ち悪い」

「そ、そんなっ、私はただ気を取り直して頑張ろうって……」

「っ……だからさぁ……！」

どこまでも粘り強い天海さんの行動の何かが気に障ってしまったのだろうか、それまで冷めた態度を取っていた荒江さんの目の色が、明らかに変わっている。

これはまずい、と思ったものの、ネット越しに状況を見つめていた俺では、瞬時に割って入ることもできなくて。

「そういうの、いらねーって……そう言ってんだよっ！」

そんな声とともに、荒江さんが、天海さんの持っているボールを、まるで平手打ちでもするかのように、ばちん、と強く叩き落とした。

突然体育館内に響いた大きな音と声に、隣のコートでバレーをしていた人たちも含め、その場にいるほぼ全員の視線が、一斉にバスケコート上の二人へと注がれる。

「荒江さん、なんでこんなこと急に……」

「……うるさいな、だからもう話しかけんなって」

さすがにマズいと思ったのか、すぐにいつもの調子に戻る荒江さんだったが、こちらとしても、こんな空気になっておいてスルーすることもできない。

俺の視線に気づいた海が頷いて、すぐさま天海さんのほうへと駆け寄り、それに遅れて先生も二人の間へ割って入ろうとする。

試合は一時中断となり、周囲も何事かとざわざわとしている異様な雰囲気の中、それでも天海さんはなんでもないといったように、近づいてきた二人へ笑顔を返した。

「……大丈夫だよ、海。それに先生も」

「いや、でも」

「平気。子供がぐずってるようなものだから」

「！　夕、アンタねえ……」

にこやかな顔で言うものの、言葉の内容はかなり強烈だった。

なんとか気を紛らわせて頑張っていても、天海さんだって普通の人間だ。独りよがりな言葉と行動に対して苛立つのは当然のこと。

「……へえ、今までお友達に庇ってもらってただけだと思ってたら、案外言うじゃん。それがアンタの本性ってワケ？」

「本性も何も、私はもともとこうだよ。人より気は長いとは思うけど、それでも限度ってものはあるし」

怒っている天海さんを見るのは、俺個人で言えば、おそらくこれで二回目。去年の実行委員決めのくじ引きはもう遠い思い出となりつつあるが、感情的だったあの時と較べ、今の天海さんは静かに怒っているような気がする。

どことなく海と姿が重なるような、そんな雰囲気もある。

「はっきり言うけど、今の荒江さん、すごく格好悪いよ。一人で意地張って、イライラして、色んな人に迷惑かけて……ちょっとはさ、自分の行動を冷静に振り返ってみなよ。そうじゃなきゃ、この前海が言った通りだ。ダサくて、恥ずかしくて見てられない」

「なっ……!?」

「荒江さんが私の何を嫌ってるのかなんて知らない。知りたくもないし、なんならもっと嫌いになってくれて構わない。でも、だからって、私の好きな人たちや大切な人たちにまで嫌な思いをさせないで。狙うなら私だけにして。荒江さんなら、それぐらい余裕でしょ？」

「…………」

これまで荒江さんに対しては及び腰な態度だった天海さんだったが、それとは打って変わった天海さんの様子に、さすがの荒江さんも面食らったようで言葉に詰まっている。

そして、それは、これまで長いこと親友をやってきた海でさえも。

「……ごめんなさい、ちょっと感情的になっちゃった。でも、私だって、今までは友達が近くにいて怒ってくれてたから大丈夫だっただけで、何も思うところがなかったわけじゃないから」

「だから、うるさいんだよ。ただ教室が一緒になっただけの、友達でもなんでもないくせに、偉そうに私に説教垂れやがって」

「そうだね。友達……じゃないのはそうだけど。でも、一緒のチームには変わりないわけでしょ？　たとえ友達じゃなくても、メンバー同士でチームのために助け合うのは当然でしょ？　荒江さんだって、バスケをやってたんなら、それぐらい知って――」

「――仲間なんかじゃない」

「え？」

「……足手まといは、仲間なんかじゃない」

荒江さんの口からぽろりとこぼれた呟き（つぶや）に、天海さんと、それから近くにいた俺と海は一瞬戸惑う。

なんだか、先程の一時だけ、荒江さんの様子がおかしかったような。

「っ……もういい。もう疲れた。……すいません、先生。気分が悪くて吐きそうなんで、ちょっと休みます」

自分で言ったことに気づいた荒江さんは、ちっ、と舌打ちを残すと、そのまま近くの女子更衣室へと引っ込んでしまった。

先生が後を追いかけるものの、内側から鍵をかけてしまって、出てくる気配もなく。

試合時間はまだ少し残っているが、この状態では続けられそうにない。

そして、天海さんのほうも。

「……先生、すいません。もう試合時間もないですし、他の人たちの迷惑になっちゃうので、今回は私たちの負けってことで、次の試合に行ってもらっていいですか？　私も、ちょっと外で頭を冷やしてきます」

ごめんね、と残りのチームメイトたちに力のない笑顔で謝った後、天海さんはそのまま体育館外の水飲み場のほうへ一人小走りで駆けていく。

結果だけで言うと、本番前の前哨戦（ぜんしょうせん）は海たちの勝利に終わったものの、このような形では素直に喜べるはずもなく。

「……朝凪ちゃん、どうする？　ゲームが終わった後は得点係とか片付けとかやんなきゃだけど」

「中村さん……ごめん、私もちょっと喉渇いたから、水飲み場に行ってくる。ついでに夕のことも放っておけないし」

「了解。他のことは私と他の皆でやっておくから、朝凪ちゃんは天海ちゃんのほうに行ってあげて。大事な親友なんでしょ？」

「うん。ありがとう。それから皆も」

荒江さんのことは放っておくしかないが、天海さんのフォローは海や俺の役目だ。体育の授業を一時放棄してしまうことになるけれど、それはどうでもいい。とにかく今は大事な友達のケアが先だ。

「真樹、行こう」

「うん」

おそらく今ごろ一人で落ち込んでいる天海さんの支えになるべく、俺と海は一時体育館を後にした。

天海さんを追いかける形で水飲み場へ行くと、すでに蛇口から出る水でバシャバシャと顔を洗っている天海さんがいた。

俺たちの気配に気づいてぱっと顔を上げると、すぐに彼女の目の周りが若干赤くなっていることがわかった。

多分、泣いていたのだろう。

「夕、はいタオル。ちょっと使っちゃってて申し訳ないけど」

「……海」

「夕、無理しないで。今は私たち以外誰もいないから」

「……海ぃ」

海が首にかけていたタオルを天海さんに渡そうとすると、天海さんは、それを受け取らずにそのまま海の胸へと飛び込んできた。

あまりの勢いに海が一歩後ろへとよろけるものの、海のすぐ隣にいた俺が、それをしっかりと受け止めて支える。

「うみ、うみぃ……」

「もう、水でびしょびしょじゃない……ほら、私に甘える前に、ちゃんと顔のほう拭かなきゃ。ほら、いったん離れて、顔上げて」

「うん……ぐすっ」

鼻声で応じた天海さんの顔を、海がタオルでやさしく拭っていく。顔を洗ってもなお瞼(まぶた)からとめどなく溢(あふ)れる涙を、まとめて引き受けるように。

「ごめん……ごめんね、海。本当はもっとちゃんと落ち着かなきゃって思ったんだけど、荒江さんがボールを思いっきり叩(たた)いたのにびっくりしちゃって……あんなこと、言うつもりなんかなかったのに」

「ううん、こっちもちょっとアイツの鼻を明かしてやりたくて、本番でもないのにちょっと露骨にやりすぎちゃった。……ほら、おいで」

「……うん」

涙が少しおさまったところで、海が再び天海さんを自分の懐へと抱き寄せ、天海さんの柔らかな金色の髪をくしゃくしゃと撫で、慰める。

去年の冬、ちょうど家庭のことで取り乱した俺にやってくれた時と同じように。

やはりそうされていると落ち着くのか、嗚咽を漏らしていた天海さんの呼吸が、ゆっくりと落ち着いていく。

「……えへへ、海の匂いだ」

「少しは落ち着いた？」

「うん、ちょっとだけ。……こんなふうにしてくれるの、いつぶりだっけ」

「ん～、覚えてないけど、多分初めて会った時以来じゃない？　あの時はまだ夕も泣き虫だったし、同じクラスになるまではたまにこうして慰めてたよね」

「そうだっけ？　じゃあ、今度からはもっとして欲しいな」

「甘えん坊な親友だなあ……まあ、気が向いたらね」

「え～？　それ絶対してくれないやつじゃん」

「これは特別な時にしかしてあげない主義なの。いつもやってたら慣れちゃうし」

「……真樹君にはいつもやってあげてるのに？」

「⁉　え、あの、それ、なんで……⁉」

すぐに海が慌てた様子で俺のことを見てくるが、俺は必死に首を振って否定する。

海の胸に顔を埋めて慰めてもらうスタイルは、天海さんが言う通り、恋人になって以降は確かに何度かやってもらっている。

　二人でじゃれ合っていい雰囲気になっている時や、俺がアルバイトで疲れて帰ってきた時など……だが、これは本当に二人だけの間の秘密で、いくら天海さんといえど、そんなことを言いふらすことなどありえないわけで。

「あ、なんだ。あてずっぽうで言ったけど、やっぱりそうなんだ。真樹君、いいな〜」

「……夕、離れてもらっていい？　もう泣き止んだし、落ち着いたっしょ？」

「ああんっ、ごめんなさい〜！　謝るからもうちょっとだけ〜！」

　そう言って、天海さんが海の胸に顔を擦り付ける。俺たち以外誰もいないとはいえ随分な甘えん坊モードだが、その場所の心地良さは、俺にもわかる。

　以前、両親との件で不眠気味になっていた時、そうやって海の部屋で朝までぐっすりと眠ってしまった俺が言うのだから、間違いない。

「真樹君も、ごめんね。せっかく止めようとしてくれたのに、私ったら突っぱねて、結局カッとなっちゃって」

「いや、全然大丈夫。当事者なんだから、天海さんは怒ったっていいと思うよ。それに、先週の海に較べたら全然——」

「ま　き　く　ぅ　ん？」

「……すいません、調子に乗りました」

「ばか」

ぴしん、と軽いデコピンをもらってしまったが、その様子を見ていた天海さんが笑ってくれたので、このぐらいの痛みでフォローできるなら良しとしよう。

それに、天海さんも人前でつい感情的になってしまったとはいえ、これまでのもやもやを吐き出したことで多少はスッキリできたはず。

怒りに身を任せて行動を起こすのは、確かに良くない。良くないが、もやもやを抑え込み過ぎて、結果的に自分の心をダメにしてしまうのも――俺も経験があるが、ここのバランスが本当に難しくて。

コミュ初心者には、わからないことだらけだ。

「ねえ、夕。もしよければ、今日は私と一緒に紗那絵と茉奈佳のとこ行かない？　約束破っちゃうけど、一緒に練習しようよ」

「え？　いいの？　私も皆とできれば嬉しいけど……」

本番までは別々に練習すると最初に決めたこともあり、天海さんはどうしたものかと戸惑いを見せる。

しかし、それでもなお、海は天海さんへ手を差し伸べて。

「いいんだよ。こういう時は体を思いっきり動かして発散するのが一番なんだから。紗那絵と茉奈佳には迷惑かけちゃうけど、二人なら、この前みたいにきっと喜んでくれるよ。

ね、真樹？」

「うん。もちろん、俺も付き合うよ」

クラスマッチの上ではあくまで敵同士でも、天海さんと海は親友だ。それに変わりはないのだから、遠慮なんてする必要ない。

皆で練習して、皆で頑張って、試合ではお互いの手の内を全部知ったうえで、後はその場の駆け引きで勝負する。

そういうのも正々堂々という感じがして、俺はいいと思う。

「そう、かな。そうだったら、私も嬉しいな。……ぐすっ」

「もう、夕ったら、また泣いちゃって……しょうがないんだから」

「ごめんね、海。……へへ、私、幸せ者だ」

再び瞳を潤ませる天海さんだったが、今のはどちらかというと感極まっているほうなので、こちらの涙は全く問題ない。

やっぱり天海さんは、今みたいに明るく笑っているほうが似合う。

「二人とも、そろそろ授業終わっちゃうみたいだし、早めに戻ろうか。先生とか、後は中村さん達にも改めてお礼をしておかないと」

中村さんたちにはお世話になりっぱなしなので、放課後、改めて俺のほうから11組に挨拶に向かうことにしなければ。

　ちょっと個性的な人たちではあるけれど、皆、頼もしい人たちばかりである。

「……うん。あ、それから、荒江さんにもね」

「アイツにも？　夕、あれだけ色々言われても懲りないね」

「うん。さっきのこともあるし、ちょっと怖いけど……でも、やっぱりそっちのほうがいいかなって。ダメ？」

「いいよ。まあ、なんだかんだそっちのほうが夕らしい気もするし」

「ありがと、海。さすが私の親友」

「本当だよ。もっと私のことを褒め称えて。尊敬して」

「うん、すごいすごいっ。海ってば、もう、ホント最高」

「語彙が貧弱だなあ……まあ、別にいいけど、な～んて」

「……海、一応聞くけど、今俺の真似した？　それ、海たちの中で流行りなの？」

「別に～？　ね、夕」

「ふふっ。ね、海」

「……この親友同士め」

　とはいえ、ここまで来れば、もう俺は彼女たちのことを近くで見守っていればいい。

　久しく感じていなかったが、二人がこうして仲睦まじくしている姿は、クラスの誰かが言った言葉を借りれば本当に『尊い』？　と表現すればいいのか。

これからずっと、というわけにはいかないかもしれないが、できるだけ二人には仲良しでいて欲しいものだ。

「ってことで、夕。もういい加減離れようか」

「ぶ〜、もうちょっと堪能したいのに〜」

ともかく、ウミパ……じゃなくて海の活躍により、ひとまず天海さんを元通りにしたところで、次にやるべきことのため、体育館のほうへと戻った俺たちだったが。

幸か不幸か、もう一人の当事者である荒江さんとは話すことのできないまま、その日は終わってしまったのである。

体育館に残った中村さんたちによると、荒江さんは、俺たちが天海さんを追いかけていったのと同じタイミングで早退してしまったらしい。いつものサボりの可能性もあるので、先生も注意して見ていたそうだが、本当に顔色が悪く、様子もおかしかったので認めざるを得なかったそうだ。

そして、その翌日である今日。

荒江さんはいつも通り登校してきたものの、今度は徹底的に天海さんのことを遠ざけた。

『あの、荒江さん』

『……』

『昨日のことで、どうしてもお話したいんだけど』

『……』

俺もさりげなく様子を見ていたが、朝から放課後まで、ずっとこんな感じである。天海さんが話しかけても無言で、それでも近づこうとすると、今度は自分から席を立って教室を出て行ってしまい……まさに取り付く島もないといった状況だったのだ。

放課後、いつものように集まった俺たちの話題は、それで持ち切りだった。

「ったく、アイツは……言いたいことがあるならはっきり言えばいいのに、子供みたいに意地ばっか張っちゃってさ」

「うん……でも、どうしてあの時、荒江さんはあんなに怒ったんだろ？　いつもはどっちかって言うとウザがる感じで、先に手を出すようなことはしなかったのに」

「何となく理由はありそうだけど。……でも、それなら余計言ってくれないと。どういう人間かもわからないのに『察しろ』だなんて、そんなのただの我儘じゃん」

それについては海の言う通りだが、友達でもなんでもない『ただの他人』に打ち明けるのは難しい類の話になると、いよいよ俺たちに出来ることはなくなる。

「荒江っちなあ……ちょっと近寄りがたい雰囲気だけど、一年の時はそこまで変な感じはなかったんだけど。春休みの時に何かあったのか、それとも中学生の時に部活関係で何かあったか。ねえ夕ちん、あのコって、見た感じ経験者なんでしょ？」

「うん。個人技とかはびっくりするぐらい上手だったよ。それだけなら、紗那絵とか茉奈佳といい勝負かなって。個人的な感想だけど」

後半はスタミナ切れ＋海たちのしつこい守備で見せ場なく終わったが、前半は本当にやりたい放題だったから、天海さんの言うこともわかる気がする。

ということは、もしかしたら中学時代に、二取さんや北条さんのいたチームと試合で対戦したことなどもあったのかも。

「まあ、アイツのことはともかく、今日はひとまず目いっぱい練習しよ。紗那絵と茉奈佳も、遅い時間だけど時間作ってくれたし」

「そのことだけど、本当に私も練習についてきちゃって良かったん？　二人とは面識もあるし、一応連絡先も交換はしてるけど、今回はわりとマジに部外者の部類だし」

「大丈夫。二人に言ったら『新田さんもぜひ一緒に』って言ってくれたから。私も、ニナちとか真樹君とか、皆と一緒のほうが嬉しいし」

俺もここにいる皆と一緒に練習するが、ソフトボールのほうも昼休みなどを利用して練習している。

ちなみに今日の練習のことは望にも話しているが、そのせいか今日はいつもよりもたくさん素振りをさせられた。

……とりあえず、今日は皆の足手まといにだけはならないようにしないと。

今日の練習は、バスケットコートがある二取さんの自宅で行われることになっている。

自宅の庭にバスケットコート（※しかもナイター設備も完備）……私有地なので、遅くまで練習するにはもってこいの場所だが、さすがは生粋のお嬢様である。

海の自宅から、さらに徒歩で二十分ほど。

びっくりするほど大きな敷地の玄関前に到着すると、練習用のウェアに着替えた二取さんと北条さんが出迎えてくれた。

「皆さん、いらっしゃいませ。ふふ、こんなにたくさんお友達が来るなんて、いったいいつぶりだろ」

「ごめんね、紗那絵ちゃん、茉奈佳ちゃん。今日だって練習あったのに、その終わりに無理言って付き合ってもらっちゃって」

「ううん。もともと今日は茉奈佳と自主練するつもりだったから」

「その代わり、今日は私たちの練習に付き合ってもらうから覚悟してね〜？　前原さんも、付き添いだからってサボったらダメ。いい？」

「……は、はい、頑張ります」

ということで、各自練習着に着替え、まずはウォーミングアップから。

「真樹、ストレッチ一緒にやろ」

「うん」

海と俺、天海さんと新田さん、二取さんと北条さんに分かれて、まずは全身の筋肉をほぐしていく。

順番にメニューをこなしていくが、他の人に較べて、やはり俺は体がものすごく硬い。前屈は爪先に手が届かないし、肩甲骨や、その周りの筋肉の可動域も絶望的で、ちょっと筋肉を伸ばそうとするだけで、全身が悲鳴をあげそうになる。

「まーきっ、ほら、頑張って。もう少し。はい、ぐーっと」

「は、はいっ……んぎぎ……海、ダメ、もう許して」

「ダーメっ、許してあげな～いっ。ふふっ」

「う……海の鬼ぃ……」

「はいはい、なんとでもどうぞ～」

俺の体を出来るだけ前に倒そうと、海が俺の背中にのしかかってくる。

後ろからぎゅっと抱きしめられて、海の柔らかいものが俺の背中に自然に押しつけられるが、今はそれに嬉しさを感じる暇もない。

「おいこら、そこのバカップルども。ストレッチにかこつけて何をイチャついてんだ。人ん家だぞここは～」

「そうだぞ～、新田ちゃんの言う通りだぞ～」

「二人とも、ウチの周りでよければちょっと走ってきますか？　十周ぐらい」

「「……いえ、遠慮しておきます」」

　ペアでいるとついついじゃれ合いたくなる気持ちを抑えつつ、素直に残りのメニューへ。

　ウォーミングアップといいつつ、それだけですでに三十分以上はやっている。腕立て・腹筋といった筋トレ、時間を設定してのランニングやコート内を使ったシャトルランなど、ボールを扱う前にへとへとになってしまいそうだ。

　海や天海さんですら額に汗が浮かぶほどだが、同じことをやっているはずのコーチ役は平然としている。

　二人曰く、これはあくまで『軽いウォーミングアップ』らしく、いつもはこの三倍以上の練習量をこなしているそうで。

　……俺にはちょっと想像もできない世界だ。

「じゃあ、早速シュート練習から始めようか。ゴール下から私と茉奈佳で皆のほうにボールを放るから、ボールを受け取ったらすぐにシュートを打つこと。

　シュートはレイアップでも、スリーポイントでもなんでもいいけど、ボールを取ったら三歩以内に必ずシュートね。ドリブルは基本ダメで、外したらその場で腕立て十回。これはこの前と一緒ね。とりあえず、まずは私たちでやってみるから」

　まずは見本と言うことで、二取さんがふんわりとした山なりの軌道で、フリースローラインあたりにボールを放り、それをハーフコートラインあたりから走り込んできた北条さんがキャッチして、そのままレイアップでシュートを入れる。

決めたらまた元の位置に走って戻り、それを何度も繰り返す形だ。パス役はゴールが決まったらすぐにボールを出すので、ゆっくり戻っているとパスを受け取れず、そのままペナルティが課される……と。単純に見えて、地味にスタミナを消耗させられる練習だ。

「そういうやり方ね、了解。あと、真樹の方はどんな感じにする？　一応、あくまで私のお手伝いって感じではあるけど」

「前原さんには、海がシュートに失敗して腕立てをしてるときの代理をやってもらおうかな。失敗しても前原さんにペナルティはつけないけど、彼がシュートを一本外すごとに、腕立て1セットを海に追加ってことで」

ということは、俺が失敗し続ける限り、海はずっと腕立て伏せをやる可能性が出てくるわけか。

もしかしなくても、これはかなり責任重大である。

「以上、これがウチのバスケ部がウォーミングアップにやっているシュート練習です。ってことで二人とも、ここまでで何か質問は？」

「ちなみにこれでシュートが上手くなるとか、そういう効果のほどは不明ですので、そこらへんは悪しからず〜」

技術練習というよりは、体力練習に近い感じだろう。で、これでもまだウォーミングアップという。本当の練習はいつやっているのだろう。

「……真樹、こんな感じだけど、どう？」

「……で、出来る限り頑張らせていただきます」

「だね。頑張ろう」

どうしても体がへばってしまった場合はすぐに二人へ申告し休ませてもらうことを了解してもらい、俺たちは意を決して、練習を開始した。

「はい、じゃあ行くよ〜。まずは一本目」

その言葉を合図に、二取さんがふんわりとした軌道でボールをゴール前へと放った。

「これをとったらすぐシュートってことね」

「うん。一投目は簡単なところにしたけど、ちょっとずつ意地悪なところだったり、パススピードを変えたりするから気を付けてね。あ、今回はフェイントまでは入れないから、ちゃんと私の目線とかを見て、ある程度パスコースを予測して動くように」

「了解」

ゆっくりと大きく弾むボールをキャッチした海は、そのまま軽やかなステップでレイアップを決める。相変わらず素人とは思えない綺麗なシュートフォームだが、これはおそらく二取さんと北条さんのプレーを直に見て学んだのだろう。

「ナイシュ～、はい。それじゃあ次々行くよ～」

「おう、どんとこい」

そこから二本目、三本目と、立て続けに海はシュートをゴールへと沈めていく。

シュート練習は十分間なので、このまま順調にいけば、俺は見ているだけで終わることになるが、当然、コーチ役の二人がそんなことを許してくれるはずもなく。

「はい、じゃあ、ここからはちょっと意地悪なパスをしますので。茉奈佳、パス役よろしく」

「はいよ～」

「え？　あっ——」

二取さんから北条さんへパス役が変わった途端、それまで海のほうに向けて投げられていたパスが、誰もいないライン際すれすれへ。

なんとか反応してボールを拾う海だったが、スリーポイントラインからかなり離れたところなので、当然、シュートのほうも入れるのは難しく。

「う、くぅ……やっぱり外した」

「はい、ミス。海ちゃん、腕立て十回。ちゃんと顎を床につけないと、一回にはカウントしないよ」

「むぅ……二人のいじわる」

「はい口答えしな～い。ほらほら早く、じゃないと前原さんも自分も無駄に疲れちゃうよ」

い～ち、に～い、という二取さんの声とともに、ホイッスルの音が響く。

特訓ということで気合が入っているのか、二人も俺たちに対してまったく容赦がない。

「前原さん、ぼさっとしてないで、海ちゃんの代わりにシュート決めてあげないと。一生腕立てじゃ、海ちゃんの練習になりませんからね」

「あ、うん。二人とも、よろしくお願いします」

お嬢様二人による俺たちへのバスケ特訓は、まだまだ始まったばかりだ。


そこから十分間しっかりとコート内を走らされてウォーミングアップを終えた俺たちは、いよいよまともな『練習』へと入っていく。

ここからはぐっと実践的になって、二取さんたちを相手にした一対一や、数的優位の状況で行う二対一でのディフェンス、パス練習など、様々なシチュエーションを想定したメニューが分刻みで続けられる。

「――ようしっ、そろそろ練習始めて一時間ってところだから、少し休憩しましょうか」

「「「……は～っ」」」

二取さんたちの『休憩』の言葉に、俺たち四人は同じようにして座り込んだ。

俺もそうだが、比較的体力に自信がある海や天海さんでさえ肩で息をするぐらいだから、にした。

かなり内容の濃い一時間であったことは想像に難くない。

予め用意していたというクーラーボックスから水を受け取って渇いた喉を潤しつつ、昨日の体育の授業であったことについて、二取さんと北条さんの二人にも話してみることにした。

荒江さんが経験者であることは、当然プレーを見ていない二人は知らなかっただろうと思っていたのだが……返ってきたのは意外な反応だった。

「……あ～、やっぱり。実はあの日以来、ずっと『どこかで見たことあるかも？』って茉奈佳と話してたんですけど、あの『荒江さん』でしたか」

「ほらね～、紗那絵。やっぱり私の予感が正しかったでしょ？　ボール持ってた時のあのコ、すごい雰囲気あったもん。なんていうか、エースの風格、みたいな？」

「え⁉　紗那絵ちゃんも茉奈佳ちゃんも、荒江さんのこと知ってたの？」

「知ってたっていうか、ただ中学時代に一回対戦したことがあるだけなんだけど」

「そーだね。えっと、夏の県大会のベスト4ぐらいだったかな～？　一人だけすごく飛び抜けて上手いコだったし、その試合の後も色々あったからなんとなく覚えてて……ほら、このノートにも、その時の記録が残ってるよ～」

北条さんがバッグから取り出した『バスケットノート』なるものを見せてもらうと、確かに、該当のページに『荒江渚』の名前と、プレーの特徴や対策などが事細かに記載されていた。

　後は、その当時のユニフォーム姿なども。当然ながら、今の垢抜けた感じのファッションではなく、どこにでもいそうな真面目なバスケ少女といった風貌だ。

「４番キャプテン、荒江渚……へえ、荒江っちにもそんな時代があったんだ。意外〜」

「あの時から二年ぐらいだけど、もう部活はやめちゃったんだ。……で、その荒江さんが、今は夕ちゃんのことを目の敵にしてるなんて」

「そこもびっくりだよね〜。試合の映像も残ってるはずだけど、プレーでも声でも他のチームメイトのこと引っ張ってて、まさにチームのエースって感じだったのに」

　ノートの情報によると、元々それほど強くない学校だったが、荒江さんがキャプテンになってからは快進撃を続け、三年次、ついにはベスト４にまで上り詰めて、県大会常連校である橘女子とぶつかったと。

　あわせて、タブレットに残っていたというフォルダの中から、試合の対策のために撮影された過去の試合動画も見せてもらう。

　すると、今の垢抜けた姿で天海さんの前では常に仏頂面の荒江さんからは想像できない、中学時代の彼女がそこにはあった。

「……わあ」

「……ふ〜ん」

天海さんと海が、それぞれそんな反応を見せる。

映像で確認しているのは、橘女子と対戦する前のベスト8時のものだが、その中で、荒江さんはチームの中心として躍動していた。

劣勢の時にはチームメイトが下を向かないよう、プレーで、声で活を入れ、劣勢をひっくり返してからはさらに勢いを強めるべく周囲を鼓舞し、自らの背中で引っ張る。

映像には音声は含まれてはいないものの、チームメイトにむかって手を叩き、大きな声を張り上げている様子をみていると、実際に音が聞こえるように錯覚してしまうほどに。

当然、髪の方も今よりだいぶ短く、後ろでしっかりと結んで小さいポニーテールを作っていて——小麦色の肌はそのままだし、顔の方もきちんと面影は残っているが、雰囲気は全くの別人だった。

当時の荒江さんが、とても凛々しく映る。

「うわ、今のプレー何気にすごいじゃん……もしかしてさ、この時の荒江っちて、二取さんとか北条さんよりも上手かったり……」

「はい。今はともかくとして、当時は私や茉奈佳より若干上だったかな、と思いますよ。ウチのエースと較べても遜色ないんじゃないかな」

「だね〜。普段は堅実だけど、ここ一番って時にはトリッキーなシュートとかフェイントでゴールを決めてきて……体格もちょっと差があったから、紗那絵とどうやって止めようかって話し合ってた記憶もあるかな～」

映像内では、ちょうど三人に囲まれた荒江さんが、そのディフェンスをかいくぐって、難しい体勢でシュートをねじ込んでいるところ。

ゴールによる得点＋ファウルによるフリースローを得てガッツポーズを見せる荒江さんだったが。

一瞬、その姿がある人と重なった。

「……皆、ちょっといい？」

「真樹？　どした？」

「いや、あくまで個人的な感想だから、もし違うなら違うって言って欲しいんだけど……さっきのプレー、天海さんになんとなく似てるかな、って思って」

「……ああ」

思い当たる節があるようで、海も映像を見直して頷いている。

「他の皆はどう、かな？」

「私は本人だからちょっとわからないけど……紗那絵ちゃん、茉奈佳ちゃん、どう？」

「基本は違いますけど、プレースタイルは前原さんの言う通りだと思いますよ」

「うん。一瞬のアイデアとかは、なんか夕ちゃんっぽいね」

これまでの練習で度々目の当たりにした天海さんのセンスあふれるプレーと、映像の中で大活躍している中学時代の荒江さんのそれ。

それらが、ふとした瞬間に重なったような気がしたのだ。顔ではなく、雰囲気が似ているというか。皆を鼓舞する時の姿なんかは特にそんな気がする。

「でも、これだけ一生懸命やってて、しかもすごく楽しそうにしてるのに、バスケやめちゃったんだ……この時の荒江さん、すごく格好いいのに」

そう呟いた天海さんの言葉に、俺含め、その場の全員が頷いた。

もちろん、やめる理由は人それぞれあるとは思う。家の事情、成績との兼ね合いその他――荒江さんが納得した上でやめたのなら、そのことをとやかく言うつもりはない。

だが、そうなると、今日の11組との練習試合の終盤、天海さんと言い合いになった時の荒江さんの呟きがどうしても引っ掛かる。

――足手まといは、仲間なんかじゃない。

果たして、中学時代にここまでのプレーをしていて、やりきったと納得して部活を引退した人が、素人とはいえ、チームメイトに対してそんなことを言ったりするだろうか。

もちろん、何か理由があるからといっても、荒江さんが天海さんのことをとやかく言う権利はないし、何かにつけて突っかかってくるのは違う。

この前のゲーセンでの一件だってまだ終わっていないわけだし、そのことも含めて、なんとかして謝罪して欲しいところだが。

彼女も、どこかで人に打ち明けられない悩みや、心の中にもやもやを抱えてしまっていたりするのだろうか。


それから数日経ち、ついにクラスマッチ当日を迎えた。

カーテンの隙間から差す朝日が眩しくて、俺は体を起こす。四月の下旬ともなれば朝もかなり過ごしやすく、眠気はあっても布団が恋しくなるようなことはなくなってくる。寒くもなく、かといって暑すぎるわけでもない。ちょうどいい時期だ。

昨日の夜早めにベットに入り、約八時間の睡眠。ぐっすりと眠れたので、体調は万全だ。

「ん……しょ、と。うん、これなら大丈夫かな」

これまでの練習でわずかに筋肉痛の残る体を気にしつつ、軽く伸びをする。バスケにソフトボールと、前日までほぼ毎日練習を頑張ったおかげもあって、練習を始めた当初は子犬同然だった俺の体も、多少は成長してくれたようだ。

早朝の内に仕事に出て行った母さんが残したコーヒーの飲み残しと一本だけ吸殻の残った灰皿を片付ける。

これまでと特に変わらない、いつもの朝のルーティン。

洗面所で顔を洗っていると、ガチャガチャという音ともに、家のドアが開く音がした。

多分海が迎えにきてくれたのだろうが、玄関から聞こえてくる足音はいつもより多い。

海のほかに、一人、いや、二人いるか。

「おはよ、真樹」

「おはよう、海。……それから、天海さんと新田さんも」

「おはよ、真樹君」

「よっす委員長。上も下もグレーとか、寝間着もやっぱりダサいね」

「一言多い……ところで今日は珍しいね、海が二人を連れてくるなんて」

海が朝迎えに来てくれる（もしくは寝ている俺を起こしに来てくれる）時はだいたい一人で、天海さんと新田さんの二人とは学校に行く途中で合流し、それから一緒に登校することが多いので、朝に限れば珍しい組み合わせだ。

「ごめんね真樹君。普段はこうじゃないんだけど……その、昨日はちょっとだけ緊張しちゃって。えへへ……」

「そっか……夜、あんまり眠れなかったとか？」

「うん、そんな感じ。いつもはねぼすけさんなのにね」

困ったように笑う天海さんの目元が、いつもよりもほんの少しだけ暗く見えたのは、どうやら気のせいじゃなかったらしい。

「本当はいつも通り途中で合流するつもりだったんだけど、モーニングコールした時点で様子がおかしかったのはすぐにわかったから。それで、今日はできるだけ一緒にいてあげようって。ついでに新奈も誘って」

「ついで言うな。私だって夕ちんのことは心配してんだから」

いきなり大勢で来たのは意外だったが、そういう理由なら俺のほうも特に問題はない。強いていうなら、人数分のコーヒーを用意する手間が増えたのと……後は海とのじゃれ合いの時間が減るぐらいだか……それについては我慢するとしよう。

なぜなら、今日は週末の金曜日——クラスマッチが終われば、いくらでも二人きりの時間は作れるわけで。

改めての眠気覚ましということで海と一緒に四人分のコーヒーを淹れ、一口飲んでからふうと息を吐いた。俺も含めて、皆砂糖ないしミルクを入れているのでブラックではないが、まあ、こういうのは気分だ。

「——で、結局、荒江っちとは先週の体育の授業以来、特になにも進展ない感じなわけね」

新田さんの言葉に、俺たち三人は一様に頷いた。

「この前の中学時代の話があったから、なんとかお話したいなって、思ってはいるんだけど……でも、皆の前で話すようなことじゃないし、荒江さんも私のこと、ずっと無視してる感じだから」

俺もその様子は見ていたのだが、体育の授業以降、荒江さんはさらに露骨に天海さんを避けるようになっていた。

これまでの場合、天海さんが負けじと近づいてきた時はなんらかの反応を示していたのだが、今はそれもまったくなくなってしまった。

他人の気分を悪くさせるようなことを言ったりやったりはしてこなくなったので、クラス内の空気は比較的穏やかに保たれてはいるが、しかし、荒江さんとその他のクラスの女子たちの溝がより一層隔たってしまった感じがして。

小競り合いから、今は完全な冷戦状態へ。

10組の状況は、より悪化していると言えるかもしれない。

そんな状態で、天海さんは今日のクラスマッチ本番を迎えようとしている。

クラスマッチは本来、新しいクラスの結束を少しでも深めるためにと毎年行われている行事なのだが、ウチのクラスはその逆を行っている形だ。

「夕、何度も言ってるけど、あんまり自分のことを責めちゃダメだよ。夕は何も悪くない、悪いのは荒江渚なんだから」

「そうそう。もしそれなりの理由があるにしろ、今回の荒江っちはさすがにわがままますぎると思うし」

これまでクラスであったことや、二取さんや北条さんからもらった情報を合わせると、荒江さんもただ『なんとなく』天海さんを嫌っているわけではないのは予測できる。

しかし、それは単に荒江さんが抱える個人的な事情というだけで、それをこちらが察したり、また気を遣ったりするのはどう考えたって筋違いだ。

もし今までのことを正直に謝って、天海さんをどうして嫌っているのかを、自分の言葉でしっかりと話してくれるのならば、また多少こちらの対応も違ってくるのだろうが。

荒江さんが今のままなら。俺たちとしては、もうどうしようもない。

「ありがと、皆。ふあ……む～、皆に話したら、安心してちょっとだけ眠くなってきちゃったかも……」

「まだ学校行くまで三十分ぐらいあるから、もし天海さんが良ければ、ちょっとぐらい横になったほうがいいんじゃない？　ベッドなら母さんの部屋のやつ使っていいし……あ、でもちょっとタバコ臭いかも」

「なら委員長の部屋でいいんじゃないの？　ちょっと寝るだけなら別に夕ちんも……あ、そっちはそっちで別のアレがあるか、メンゴメンゴ」

「別のアレってなに」

いくら友達とはいえ、さすがに天海さんを寝かせるような環境ではないので、そこは気を遣っておかなければ。

ちなみに海はよく俺のベッドで昼寝をしているが、それはそれ、これはこれだ。

「夕、ちょっとだけそこのソファ使わせてもらお。服に変な皺(しわ)がつかないように私が支えてあげるから」

「あ、うん。海がそう言ってくれるなら」

そうしてソファに移動した天海さんは、そのまま海に抱き着くような形で仮眠をとることに。

「夕……大丈夫だよ。何があっても私たちは味方だから」

「ん……ありがと、海、みんな……すう」

海が優しく頭を撫でていると、一分ほどで天海さんは小さな寝息を立て始めた。

安心してぐっすりと眠る天海さんの寝顔は、本当に綺麗だ。

やはり彼女には、出来ればずっとこのまま、不安を感じさせることなく過ごさせてあげたい。

天海夕に曇った顔は似合わない——この場にいる俺たち全員がそう思っているだろう。

「ねえ、真樹」

「……うん」

「……もしかしたら私、もうちょっとだけ悪者になるかもしれないから、その時はよろしく」

おそらく試合時かその直前のことを言っているのだろうか。具体的なことは海に任せるが、何かあってもすぐに行動を起こせるよう準備しておこう。

「わかった。じゃあ、その時は一緒に俺も悪者になるよ」

「じゃ、私も。荒江っちと関わるのは正直面倒だけど……まあ、それ以上に夕ちんは大事な友達だし、協力するよ」

「ありがと、真樹、新奈——じゃあ、私たちももうちょっとだけ休みますか。本番に備えて」


家を出る五分前にアラームをセットして、俺たち三人もそれぞれ目をつむってリラックスすることにした。


三十分ほどの仮眠で気分を落ち着けた後、俺たちは改めて学校へ。

クラスマッチ当日ということもあり、道行く生徒たちの中には、制服に交じって、ジャージ姿の人がちらほらと見える。さらに気合の入っているクラスだとハチマキを巻いている人たちもいたので、優勝目指して張り切っているのだろう。

「ねえねえ、海。今日終わったらさ、皆でどっかに遊びに行こうよ。一緒にご飯食べて、カラオケとか行って、めいっぱい歌ってさ」

「……って姫は仰せですけど、真樹、どうする？」

「遊ぶのは別に構わないけど……カラオケじゃなければ」

「え〜？　いいじゃん、行こうよカラオケ〜。私も真樹君の歌声聞いてみたい〜」

「は？　え、マジ？　委員長歌うん？　ってか歌えるん？　なら私もその話乗るわ、面白そうだし。あ、歌ってるとこ動画撮るね」

「撮るね、じゃなくて撮っていいですか？　じゃないの……」

週末なので、いつもは海と二人きりの時間を過ごすのが普通になっているが、これまでのこともあるし、今日に限っては天海さんも含めた全員で遊んでもいいかもしれない。

海との二人の時間については、その後の休日など、時間を作ろうと思えばできるし。

「……わかった。三人が良ければ、俺も付き合うよ。歌はあんまり上手くないけど、それでもいいっていうなら」

「大丈夫大丈夫。私も今日は好き勝手歌うだけだし。えへへ、金曜日だからもしかしたらダメかなと思ったけど、誘ってみてよかった。じゃあ、今日はすっごく楽しみしてるね！」

海の胸を枕にして眠れたのがよかったのか、天海さんの顔色も、先程に較べると多少マシな部類に戻っている。

仮に天海さんのチームが最後まで勝ち残るとすると、リーグ戦三試合＋決勝トーナメント二試合の計五試合を戦う。

無理のないよう頑張ってほしいところだ。

校門をくぐり、昇降口へと続く緩い坂道を歩いていると、こちらに向かって走ってくる人影が視界に入った。

タオルで汗をぬぐいながら、練習着姿の望が俺たちのもとへ。

「よう、四人ともおはようさん」

「望、おはよう。頰に白い粉ついてるけど、もしかして、グラウンドの準備？」

「まあな。野球部だからって雑な理由で朝練ついでにライン引きだよまったく。まあ、他の奴らにまかせてぐにゃんぐにゃんの線引かれても困るからやってやったけどさ」

野球とソフトボール。似ているようで違うところも多いのだが、そこらへんをよく理解していない人が教師の中にもいたりするから、望含む野球部の人たちには頭が下がる。

「あ、そうだ。望、あのさ、今日の放課後なんだけど……」

「……しゅう」

「え？」

「れん、しゅ、しゅ、しゅ、しゅしゅしゅしゅ……」

「？　関、なにそれ、機関車の真似？　似てないし、面白くないんですけど」

「新田、お前はうるさい。クラスマッチの片付けが終わった後、普通に夜まで練習だよこっちはちくしょう」

「な、なるほど……」

なんとなく予想はしていたが、クラスマッチがあろうとなかろうと、やはり野球部の活動に支障はないらしいので、今日のところはそれ以上訊かないことにした。

……まあ、懲りずにまた誘おうと思う。

「んじゃ、俺はこれからクラスの連中とウォーミングアップだから行くわ。真樹、多分二試合目で当たるけど、そん時はよろしくな」

「うん。望の球、なんとかバットに当てられるように頑張るよ」

「おう。……あ、それと天海さん」

「ふぇっ？　私？」

急に望から声を掛けられた天海さんが、びっくりとした表情を浮かべる。

こうして五人でいても、望から天海さんに話しかけることはほとんどなかったので、意外だったのだ。

「っと、ごめんね、びっくりしちゃって。なに？」

「あ〜、えっと……その、今日の天海さん、なんか具合良くなさそうに見えたから。無理だと思ったらちゃんと保健室に行っておいたほうがいいよって言いたくて。顔色も、なんかいつもと違う感じするし」

「大丈夫だよ。ちょっと寝不足なのは確かだけど、それ以外は全然元気だから。心配してくれてありがと、関君」

「いや、別に……じゃ、じゃあ、今度こそ俺はこれで。他の皆も、今日は昼から気温も高くなるらしいから、熱中症に注意な。こまめな水分補給と、きついと思ったらすぐに休憩すること」

最後にさりげなく天海さんへの気遣いも見せて、望は４組のメンバーが待つ駐車場の敷地へと去っていく。

「まったく関のヤツ、夕ちんの前で顔真っ赤にして……どっちが熱中症なんだか」

「……新田さん、一言多いよ」

しかし、さりげない気遣いはさすがにスポーツマンといったところか。

二年生に進級して心境の変化があったのか、望も少しずつ頑張ろうとしているらしいが、その気持ちがしっかりと好きな人に届くのは、いったいいつになるのだろう。

その後、途中で新田さんとも別れて、俺、海、天海さんの三人は、ＨＲの時間が来るまで、教室には入らずその前の廊下で少し話すことに。

「真樹、10組のソフトボールの試合って何時頃になる？　一応、うちのチームの皆も見に行きたいって言ってたから、連絡しておかないと」

「試合の進み具合にもよるけど、確か予定では十一時前ぐらい……って、中村さんたちも来るの？　俺、そんな大した活躍できないけど」

応援は自由にしてもらっていいけれど……ふと、俺に打席が回ってきた時のことを想像してみる。

おそらく、以下、こんな感じで。

『がんばれ真樹。大丈夫、練習通りしっかりやればバットに当たるから（海）』

『いえーい！　真樹君やっちまえ～、かっとばせ～！（天海さん）』

『へいへい委員長ビビってる～（新田さん）』

『おい皆、朝凪ちゃんの彼氏君の打席だぞ。ここはやっぱり我々の黄色い声援が必要ではないだろうか？　なあ？（中村さん）』

海と天海さんがしっかりとした声援を送って、それを面白がった新田さんが悪ノリし、さらに中村さんが他の人たちをも焚きつける……こんな感じになりそうで怖い。

落ち着いたとはいえ、まだまだ男子たちからのやっかみの声が多いなか、そこからさらに女の子の数が増えるとなると……違う意味ですごいプレッシャーだ。

とにかく、対戦相手のピッチャーの手元が狂って胸元の厳しいコースばかりボールが来ないよう、今から祈っておこう。あと、舌打ちの大合唱は耐える。

俺も俺で今日は心を強く持たないと。

そして、後は。

「海、今日は頑張ってね。普段の体育の授業の時みたいに側にはいれないけど、コートの近くで応援してるから」

「うん。今日は私のこと、ずっと見ててよね。……頑張っちゃうから」

「わかった。敵チームだから声援までは無理だけど、ずっと見てるから」

「言ったな？　たまにチェックしてやるから、よそ見してたらデコピンじゃすまさんからね」

「はは、了解」

言われてしまったら仕方ないので、試合中はずっと海の活躍をこの目に焼き付けておこうと思う。

これだけ頑張り屋で可愛い彼女が側にいるのだから、周りのやっかみなんて大したことはないのだ。

「む～、海だけずるい～、真樹君、当然私のことも応援してくれるよね？　ね？　同じクラスの味方だもんね？」

「ああ……えっと、うん。そうだね」

「あ～ん！　『頑張って』すら言ってくれなくなったんですけど～！」

話のオチがついたところで、三人でくすくすと笑い合う。

やはり、俺たちはこれでいい。

色々と片付いていない問題はあるけれど、クラスマッチが終わった後も、こうしてまた顔を合わせることができれば、俺としてはそれで十分だ。

……十分なので、後は試合に集中したいところなのだが。

「――三人とも楽しそうじゃん。今日の天気と同じく、能天気なもんだ。ヘラヘラ、ヘラヘラ、こっちの気も知らないで」

直後、予想外の人物から声を掛けられた。

着崩した制服に、小麦色の肌に明るい茶髪。

いつも見ている荒江渚その人だった。

「！　荒江、さん？」

「……んだよ天海、そんな変な顔して。私がアンタたちに声かけんのが、そんなにおかしなことかよ？」

「そこまでは言ってないけど……でも、」

しかし、珍しいことに変わりはない。

今まで露骨に天海さんを避け、極力こっち側へアクションをかけないようにしてきたはずの荒江さんが、まさか、このタイミングでわざわざ話しかけてくるなんて。

しかも、いつも周りにいる友達もおらずに一人きり——これまでのことを考えると、俺たちとしては何かあると勘繰ってしまうのが当然の反応である。

「別に何かしようって思ってきたわけじゃないよ。……ただちょっと、アンタに伝えておきたいことがあっただけ」

「荒江さんが、私に？」

「そ。アンタが一応チームのリーダーなんだから、当然じゃん」

「……荒江渚、今度はどういうつもり？」

「お前には話してない」

海の反応をそう一蹴して、荒江さんは続ける。

「——私、今日はアンタにパス集めるようにするから。天海中心にさ、今日は頑張ってよってことで」

「え……？」

荒江さんが自ら話しかけてきたのも意外だったが、その内容についてはさらに意外だった。

これまで、荒江さんは天海さんや海のプレーを酷評し、練習試合においても、足手まといは邪魔とばかりに個人プレーに終始していた。

雰囲気は悪くするし、チーム練習にだって結局一度も参加せず……そういうこともあり、天海さんは、チームで一番個人技の上手い荒江さんを極力サポートできるよう、マークの上手い外し方やパスの練習などを、二取さんや北条さんたちと重点的に鍛えてきたのだ。

他のチームメイトにも頭を下げて、チームとしてなんとか連動できるように。

やるからには、どんな形でも、敵として戦うことになった親友に勝つ。

初めから、天海さんの考えは変わっていない。チームとして一丸になろうと頑張っていたのも、粘り強く荒江さんとコミュニケーションを取ろうとしていたのも、全てはそのためだ。

もちろん、そんな天海さんの内心を、荒江さんが知る由もないことはわかっている。

でも、この本番当日に、なぜいきなりそんなことを言ってくるのだろう。

穏やかな表情に戻りかけた天海さんの顔が、時を戻すように、またしても曇っていく。

「……荒江さん、それ、どういうこと」

「どういうも何も、言葉通りでしょ。私、今日はアンタらのサポート役に回るから。練習はちゃんとしてんでしょ？」

「それはそうだけど……でも、荒江さんは本当にそれでいいの？」

「それでいいって、何が？」

「それは、その……」

天海さんが、隣にいる海へと視線を向ける。

先日の、消化不良で終わった練習試合の件だ。

あの時は11組に負けてしまったけれど、それでも途中までは、荒江さん一人の力だけで、スコア的にはまだまだ互角だったし、まんまとやられてしまった海に対しても、まったく借りを返せていない。

思い出すのは、中学時代の荒江さんの姿だ。

映像の中の荒江さんは、とにかく負けず嫌いだった。相手に上手(うま)く突破されたらお返しと言わんばかりに抜き返し、スリーポイントを決められれば、その直後に同じくスリーポイントでやり返す。

たった一年やそこらで、部活をやめたぐらいで、その性根が変わるはずがない。

「海にまんまとやり返されたままで、悔しくない？」

そう、天海さんは問うものの、

「──はっ、別にいいけど？」

荒江さんは天海さんの問いかけを鼻で笑い飛ばした。

「ってかさ、天海もなにそんな本気になってんの？　クラスマッチなんて、たかがお遊びの一環じゃん。勝敗関係なく皆で楽しんで親睦深めて……ってさ。そんなんにマジになったところで、何ＫＹなことやってんのって感じだし」

「で、でも、海との試合の時はあんなに真剣に……」

「あの時はちょっとそこの女がムカついたからムキになったってだけだよ。その前のこともあったし。まあ、冷静に考えてみれば、ちょっとガキっぽいことしたなって、私もちょっと後悔はしてる」

今日の荒江さんは随分と口が滑らかだ。もともとこういう一面もあるのだろうが、俺たちにとってみれば、これまで舌打ちや悪態ばかりだった姿とはまるで別人に映る。

あの時の練習試合で海にやられて反省でもしたか……いや、そんな人なら最初から天海さんに突っかかったりなどしないだろうし。

これならまだ、舌打ちをしていた時のほうがマシにすら感じる。

「……そんなわけで、ちょっと色々あったけど、私のスタンスはそんな感じだから。恥をかかない程度に適度に手を抜いて……ってね。体動かすの、メンドいし。やるからには勝つとか、そういう暑苦しいのは天海に任せるわ。んじゃ、そういうことで」

「あっ、ちょっと荒江さん、待って……！」

言いたいことだけ言って去っていこうとする荒江さんの肩を、天海さんがとっさに摑む。

振り向いた荒江さんの顔が一瞬だけ以前のような不機嫌顔になったが、すぐに先程の、どことなくへらっとしたような表情に戻る。

「なに？　もう用件は終わったんだけど」

「そんなこといきなり言われても困るよ、急に……せっかくチームのみんなにもお願いして、今日はできるだけ荒江さんをこの前みたいに孤立させないようにって、皆嫌な思いしちゃったけど、ボールを皆で集めて、サポートしてあげようって、そう、思って」

天海さんとしても、苦渋の決断だったと思う。チーム皆で楽しく頑張りたいという思いを曲げるのは不本意だったろうが、それでも天海さんは五人で試合をなんとか成立させる方を選択した。

それをこんなにも直前にひっくり返されては、天海さんだって一言いいたくもなるはずだ。

当然、それは俺や海だって。

俺の手をいつの間にか握りしめていた海の手を、俺はやさしく握り返した。

今はとにかく、二人のことを見守るしかない。

「アンタの言いたいことはわかったけど。でも、なんで？　ダメなの？　いいじゃん別に。私はなにもしないって言ってるわけじゃない。サポートはするって言ってんじゃん。ってか、アンタだって、そっちのほうが都合いいんじゃないの？　話聞こえてたけど、アンタたち二人、個人的に勝負してんでしょ？」

「それはただ単にお互い頑張ろうねってだけで、個人的な事情を試合に持ち込むなんてこれっぽっちも――」

「あ、わかった。もしかして、そこの前原を二人で取り合ってるとか？　なんかやたらとクラスで仲いいもんね。アンタとソイツ。んで、なんとかいいトコ見せて、彼女から横取りしようってんだ。へえ、可愛い顔して結構エグイことやるじゃん、アンタも」

「っ……！」

その言葉に、最初に反応したのは俺だった。

おそらく勢いで口を滑らせてしまったのだろうが、それでも言っていいことと悪いことがあり、先程の発言はどう考えてもその一線を大きく踏み越えている。

まだ人が周りにいないのが幸いだが――しかし、間違いは絶対にこの場で訂正してもらわなければいけない。

「荒江さん、今の発言、訂正してよ。何と言われようと、さすがにそれは許せない」

「は、はあ？　なにこんな冗談にマジになってんの？　ってか、アンタだって実は天海のこと――」

「…………」

「っ……んだよ、彼女の前だからって、急にイキりやがって……ちっ、ああはいはい、適当言ってスイマセンでした～……ほら、これでいいだろ？　とにかく、着替えるから私もう行くわ」

「ちょっとっ、その前に一言みんなに謝ってから――」

強引に俺の手を振り払った荒江さんが、逃げるようにして小走りで去っていこうとしたその時。

――だっさ。

そんな声が、背後から聞こえてきた。

「え？」

「だっさ！　荒江渚、アンタ、最悪だよっ、ダサすぎる！」

廊下内に響くほどの声でそんな言葉が投げつけられれば、さすがの荒江さんも反応しないわけにはいかない。

「――ねえ、アンタ、今なんて？」

「……聞こえないんなら、もう一度近くで言ってあげるから来なよ。大丈夫、別にいじめたりなんかしないから。私、アナタみたいな卑怯(ひきょう)なヒトじゃないし」

「……へえ？」

そう言って、血相を変えた荒江さんがずかずかとこちらへ引き返してくる。

立ち止まったのは、天海さんの前。

そう、つい先程荒江さんに罵倒を浴びせたのは海ではなく、顔を真っ赤にして怒りをあらわにしている天海さんだった。

ほんの一瞬だけ、海が言ったものとばかり思っていた。

試合直前、ないしは試合中に、もし荒江さんが天海さんにまた突っかかるようなことがあれば、海が以前のように悪役になり、試合中、天海さんと荒江さんの『共通の敵』となって、少しでも二人がまとまるきっかけを作るべく動くつもりだ、と。

出発直前に、海は俺や新田さんにそのことを伝えていた。

そして、海を一人にしてはいけないということで、俺や、状況次第では新田さんもそれに加わるつもりだった。

なので、この時点で、この展開はある程度海の想像通りだった。どういう話になるかまではわからないものの、大なり小なり必ず衝突があり、その時点で海が出てくるはずだった。

以前、ゲームセンターで揉めた時と同じ構図だ。

天海さんが怒ることも、わかっている。

しかし、まさかここまで大声で感情をあらわにするとは。

「で、お望み通り来てやったけど、もう一回言ってくんない？」

「うん、いいよ。気が済むまで何回でも目の前で言ってあげる」

目に涙を浮かべて、天海さんはまくしたてるように続けた。

「ダサい、ダサすぎるよ荒江さん。同じクラスになってからずっとそう。恥ずかしいよ、わがままだよ。本当にみっともない。皆の前でわざわざ私を困らせるようなこと言って。私の大事な人たちも構わず馬鹿にして。

それだけじゃない、バスケのことだってそうだよ。最初の内はこんな奴ら一人で十分だって調子に乗ってたくせして、いざ対策されて負けそうになったら具合が悪いって涙目で逃げて、挙句の果てには『こんなのたかがお遊び』とか『なにマジになってんの』とか。荒江さん、アナタ、どれだけ自分が小物なこと言ってるのかわかってる？　ああ、ごめん、自覚してないからこんなこと言ってるのか。荒江さんって、本当に残念な頭してるんだね」

「っ……んの、天海ぃっ……！」

全て図星だったのか、天海さんと同じく顔を紅潮させた荒江さんが、反射的に天海さんの胸倉をつかみ、その拍子にブラウスのボタンがはじけ飛んだ。

これはまずいと、俺は即座に荒江さんの腕を掴む。

「！　んだよ、前原、気安く私に触るな」

「荒江さんこそなにやってんだっ、いくらなんでも暴力は……」

「真樹君、待って」

しかし、即座に二人を引きはがそうとした俺の手に、天海さんがそっと優しく触れた。

「真樹君お願い、止めないで。それから、海も。もうちょっとだけ待って」

「天海さん、でも――」

「そうだよ、何言ってんの、夕。そのまま放っておいたらソイツ、本当に何するかわからないんだよ？」

「いいよ、別に」

それでも天海さんは頑（かたく）なだった。

「殴られたところで、こんな駄々（だだ）っ子（こ）のパンチなんて、痛くも痒（かゆ）くもないんだから」

「天海……お前、人の気も知らないで……」

「だからさ、言ってくれないんだから知るわけがないでしょ？　なんで私たちが、知るはずもない過去までいちいち察して気を遣わなきゃいけないの？　そんなだから、昔のチームメイトにだって愛想つかされちゃったんじゃないの？」

「‼　ああ、そうかよっ……！」

「んくっ……！」

俺と海の制止を無視した荒江さんは、さらに天海さんの胸倉を摑む手に力を込め、そのまま廊下の壁に押しつける。

部活を引退した後もなんらかのトレーニングは続けているのだろうか、荒江さんの腕は思った以上にしっかりと引き締まっている。怒りによるものもあるのだろうが、俺と海の二人がかりで止めるのが精いっぱいなほどだ。

「うっす〜、ちょっと時間が空いたから様子見に……って、アンタたち何やってんの⁉　そ、それはさすがにマズすぎるって」

「ごめん、新田さん、手伝って！」

「しょうがないなあ……ってそんなこと言ってる場合じゃないけどっ」

タイミングよくやってきてくれた新田さんの力も借りて、なんとか荒江さんと天海さんを引きはがすことに成功する。

いったん天海さんを海に任せて、俺と新田さんで荒江さんをなんとか押さえつけるものの、睨みつけるような視線は天海さんから一寸たりともずれていない。

時刻はもうすぐ九時を指すあたり。そろそろ朝一の試合を戦うチーム以外の生徒たちが教室に戻ってくる時間帯だが――しかし、だからといって、スイッチの入った二人をこのまま解放するわけにもいかないし。

どこか、どこか少しの時間でも、邪魔の入らない場所があれば――。

「――ん～、ちょっと表が騒がしいなと思ってみれば……なんだいどうしたいこの騒ぎは」

「！　中村さん」

と、ここで、11組の教室から、今日は眼鏡をかけていない運動モード（本人談）の中村さんが、ドアの隙間からひょこっと顔を出した。

天海さんと海、そして俺と荒江さんと新田さん、それぞれをざっと見ると、すぐに状況を察してくれたようだ。

「ん～……ふむ。ちょっと状況はわかりかねるが、困っているみたいだね？」

「う、うん……中村さん、今、そっちの教室のほうに何人ぐらい残ってる？」

「男子は朝一の試合だからすでにグラウンド。女子は、今のところ朝凪ちゃんが来るのを待つ我ら11組Ａチームと、他若干名ってところだよ。……よければ使うかい？」

「！　ありがとう、中村さん」

「いいってことよ。その代わり一つ貸しだからね。……美玖、楓、涼子、ちょっと頼まれた」

中村さんの呼びかけに応じてくれた、七野さん、加賀さん、早川さんの三人のおかげもあって、ほどなく11組が一時的に無人の状態へ。

天海さんと荒江さんがこういう状態になった以上、ここである程度の決着をつけなければならないから、少しの時間でも邪魔の入らない状況を作ってくれたのはありがたい。

これが果たして正しいことなのかはわからないが、天海さんの心情的にも、そして、俺や海の心情的にも、試合前に吐き出すものを全て吐き出してすっきりしたほうがいいと思う。

そして全てが終わったら、協力してくれた皆に謝らないと。

「荒江さん、せっかく皆がお膳立てしてくれたんだから、私とアナタ、二人でちゃんと話そうよ。まさか、こんなことで怖気(おじけ)づいたりなんかしないよね？」

「……上等じゃん」

天海さんの挑発に乗った荒江さんが、天海さんに続く形で11組の教室の中へ。

当然、俺や海、そして新田さんも。

「見張りは私がやっておく。ヤバくなったらすぐに呼ぶから、それまでに話をつけるように」

「ありがとう、中村さん。俺の……俺たちのわがままに付き合ってくれて」

「なあに。たった一度きりの高校生活だ、このぐらいあったほうが箔(はく)もつくってもんよ」

「……まあ、そうかもね」

しかし、それも毎回は勘弁してほしいところだが。

中村さんと入れ違う形で11組に入って、そのままドアを閉める。

これからすぐに行われる本番の試合と、そしてその後、何の気兼ねもなくみんなで、そして、海と二人で笑顔でいられるために、俺も出来る限り頑張らなければ。

5. いざ本番

俺たち五人以外誰もいない教室は、朝の慌ただしい時間でも本当に静かで、そして重苦しい空気が漂っている。

その中心にいる二人――天海さんと荒江さんが、お互いのことを無言でじっと見つめている。

天海さんはいつになく真剣な眼差しで、そして、荒江さんはいつも以上に不機嫌を隠そうともせず、ぎろりと睨みつけて。

「――てかさ、天海」

まず、沈黙を破ったのは、荒江さんのほうだった。

「さっきのチームメイト云々って、なに？　まるで見たような口ぶりだったけど、どうしてアンタがそんなこと知ってんの？」

「教えない。私の話を聞いてくれない人に、なんで私が正直に言わなきゃならないの？」

「っ、お前さぁ……」

「夕、気持ちはわかるけど、それじゃ話進まないから。……真樹、お願い」

「うん。天海さん、俺から説明させてもらうけど、いいよね？」

「……ごめん、真樹君」

天海さんからＯＫをもらったところで、俺は、二取さんと北条さんから聞いた話について、簡単に伝えることにした。

先日の練習の際、二取さんや北条さんのノートによって、当然、荒江さんの所属していた中学との試合の結果や、その時の詳細を知ることが出来た。

もちろん、橘女子と対戦した時の結果も。

スコアを確認してみると、荒江さんのチームはかなりの大差で敗北を喫していた。

詳しい点差までは覚えていないが、トリプルスコアほどの点差がついていたはず。一点差や二点差の接戦で勝敗が分かれることもあるバスケで、ダブルスコア、トリプルスコアでの敗戦となると、チームとしてかなりの地力の差があったことがわかる。

その時の映像も一部みせてもらったが、素人目に見ても明らかなワンサイドゲームで、その中でたった一人、最後まで気を吐いていたのが荒江さんだった。

白熱した好ゲームが期待される県大会の準決勝での惨状だったから、荒江さんも内心は辛かったはずだ。実際、試合の終盤において、荒江さん以外のメンバーはほぼ俯いて戦意喪失していたように見えた。

「……そういや、天海の出身はあそこだったか。記録にも残ってるとはいえ、こっそり人の過去嗅ぎまわって、本当にウザいことするね、アンタたち」

「ウザいと思うなら、一人で勝手に過去にとらわれてうじうじしてればよかったんじゃない？　そっちが先に突っかかってきたんだから、自業自得だよ」

「っ、こいつマジ……！」

「あ〜、ほらほら二人とも！　ヒートアップすんのはいいけど、怪我させるとかそういうのは無しだよ。もし考えなしに他人様の教室で暴力沙汰なんてことになったら、二人とも下手すりゃ謹慎だよ」

　すぐにでもお互いへ飛びかかっていきそうな雰囲気の二人を、新田さんがしっかりと止めに入る。本人によると、昔、似たような経験をしたらしく、こういう時の対処もある程度慣れているのだとか。過去のトラブルについては大変気の毒だと思うが、今はとても助かっている。

　新田さんのようになりたいとは思わないが、新田さんから学べる部分も多い。

「……じゃあさ、それだけ私のこと調べたんなら、もうわかったっしょ？　あれだけアホみたいに頑張って、努力すればなんだって出来るってマンガの主人公みたいな夢見て、他の子たちが遊びやなんやでうつつを抜かしている間も頑張って、それでも結局は……ほら、私、めっちゃ可哀想な人じゃん。だからさ、察してよ。お願いだからさ。そういう暑苦しいのさ、もう面倒くさいんだよ。しかも、たかが体育の授業の延長みたいなクラスマッチで」

たかがクラスマッチ——そう思う人は、おそらく荒江さんの他にもいるだろう。というか、去年までの俺も、どちらかと言えば荒江さんの考えに近かったように思う。

別に一緒にチームを組んだところで何も変わらない、チームを組んだ以上、多少の事務的なやり取りはするけれど、それが終われば、またいつもの関係に戻るだけで、今までと何も変わらない。真面目にやるだけ無駄だ、と。

実際、去年のクラスマッチまではそうだった。そう思って周りのことを見ていた。

天海さんや新田さんのことも、そしてもちろん、海のことだって。

しかし、海と友達になって、それから天海さんや新田さんとも付き合いが増えて、少しずつ考え方が変わっていった。

そして、海が恋人になってからは、もっと。

荒江さんの言っていることも理解できる。しかし、だからと言って、俺たちが、天海さんが、『はいそうですか』と荒江さんの言うことを聞き入れるかと言えば、それもまた違う。

「……ふざけないで」

荒江さんのお願いに対して、天海さんが改めてそう答える。

「だったら、なんで初めからそう言ってくれないの？　昔のことがあってバスケに嫌な思い出があるなら、どうして最初からバレーにしなかったの？　私にだけでもこっそり、やんわりでも言ってくれれば、メンバーの変更だって出来たのに」

「っ……それは、ただ単にウチの担任が勝手に決めたせいで……」

「ウソ。荒江さん、別にバスケが嫌いになったわけじゃないんでしょ？　プレーするのが嫌だったら、あんなにムキになって一人で頑なにドリブルしたり、ボールを要求したりしないよね？」

「あ、あれは、ただそこの朝凪とかいうヤツが先に仕掛けてきたから、仕方なくそれに乗ってやっただけで――」

「またウソだ。ねえ、荒江さんはどうしてそんなウソばっかりつくの？　荒江さんが嫌いになったのは、本当は何なの？　目標のために頑張った自分？　それとも、頑張った荒江さんのことを馬鹿にしたチームメイト？」

「!?　……天海、お前、そこまで……」

「うん。……ごめんね、荒江さん。私たちもう、全部知ってるんだ」

「それ、はっ……」

　核心をついたような一言に、荒江さんが初めて狼狽えたような態度を見せる。

　荒江さんの昔の話には、実はまだもう少し続きがある。

二取さんや北条さんからの情報で、ノートや映像などの記録に残っていないものの、二人の記憶にはしっかりと残っていた出来事が。

　彼女の狼狽ぶりを見る限り、決して二取さんたちの思い違いでもない。

「とにかく、ちゃんと言ってくれないんだったら、私は荒江さんの言うことなんか聞いてあげない。荒江さんがどれだけ私にパスを渡しても、その場ですぐにパスし返してやるんだから。……そうなったら私たち、とんでもない恥をかいちゃうかもね？」

「！　天海、てめえっ……」

「ごめん、皆。私、そろそろ行かないと。荒江さんも、早く体育館に集合ね」

　そうして、天海さんは11組の教室を飛び出した。当然、すぐに追いかけるべきだったのだろうが、入れ替わりで入ってきた中村さんが『×』を作って時間切れを知らせてきた。

「……夕のことは私で追いかけるから、真樹と新奈は教室に戻って。中村さん、迷惑かけてごめんだけど、私たちも行こう」

「よし来た。皆、ちょっとゴタゴタしてるけど、準備は怠らないように……あ、もちろんそこで突っ立ってる小麦ギャル、君もね。対戦相手なんだから」

「……わかってるよ。ってか、なんだその小麦ギャルって」

「はは、睨むな睨むな。わりと可愛い顔が台無しだぞ？」

　そうして11組チームと荒江さんも海に続き、俺と新田さんだけがその場に残ることに。

「……ねえ、委員長」

「なに？　新田さん」

「あの雰囲気でこれからあのコら試合とか、どうなっちゃうんだろうね？」

「まあ、とりあえず無事を祈るしかないとは思うけど……」

HR開始直前の慌ただしい流れに飲み込まれつつ教室に戻った俺は、すぐさま、先日の二取さんと北条さんが話してくれた出来事について思い出す。

※※※

県大会の準決勝、第一試合。

私、二取紗那絵の所属する橘女子学園バスケ部は、無事に勝利して決勝に駒を進めることとなった。今年は、去年の先輩たちが惜しくも成し遂げられなかった県大会優勝を叶えるべく、キャプテン含めて新チーム結成時から気合が入っていたので、ひとまずその土俵に立つことが出来てほっとしていた。

決勝は、いったんお昼休憩を挟んだ後の午後二時から。なので、今日が終わるまでは、もう少しだけ気を引き締めておかなければならない。

「紗那絵、お疲れ〜」

「茉奈佳、お疲れ。キャプテン、この後どうするって？」

「第二試合が二十分後に始まるから、それまでは自由に休憩していいって。第二試合を見終わったら、レギュラー組はお昼ご飯食べながらミーティング」

「ん。じゃあ、ちょっと外の空気でも吸おっか」

「おっけー」

今日で県大会の優勝校が決まるということで、会場には多くの人たちが詰めかけていた。出場するチームの関係者や、すでに結果の出た他地区からの偵察、単純に応援に来ている学校の生徒や保護者など、観客席はそこそこの熱気に包まれている。県大会の会場ということで空調は効いているが、なんだか空気が蒸し蒸しとしていて暑苦しい。

夏なので外も暑いけれど、外の爽やかな空気を肺に入れておきたかったので、キャプテンにメッセージを送って許可をもらってから、私は親友の一人である北条茉奈佳を連れて、体育館の更衣室を出た。

「ねえ、茉奈佳」

「ん？　なに〜？」

「さっきの試合、結構ヒヤッとしたよね」

「……うん。第一クォーターでリードされた時は、内心ちょっとヤバいかも〜って」

「だよね。茉奈佳、焦る時はいつもより瞼が開くから」

私もフル出場した先程の試合。最終的なスコアでは圧勝だったけれど、完全に相手の戦意が喪失してしまった第四クォーターまでは、全く気が抜けなかった。

脅威だったのは、相手側のキャプテンである背番号4番の子。確か、荒江渚さんという子だったか。前年度までは予選どまりだったところを本戦出場に導き、その勢いのまま、ついにベスト4にまで駆け上がってきたチームの中心的存在。

こういう押せ押せムードで上がってきたチームは、正直言うと厄介だ。当然、試合で対戦することがわかってから注意はしていたが、いざコートで対峙してみると、改めて厄介な選手だなというのが伝わってきた。

まず、プレーの一つ一つが上手い。おそらく本や映像などでプロ選手の動きを研究し、ひたすら練習したのだろう、独特のリズムのドリブルやフェイントは止めにくいし、どこからでもシュートを決めてくる。当然トリッキーなアシストもあって、個人技だけで言えば、おそらくウチのキャプテンと同等かそれ以上だっただろう。

途中、私と茉奈佳のダブルチームでなんとか動きを封じたものの、それでも半分以上は競り合いに負けていた。

結局は、キャプテン含めた出場メンバーの総合力で、第三、四クォーターで一気に叩きのめしたけれど、もし、もう一人でも彼女並みに上手な子がいれば――準決勝は、そんな試合だった。

　私たち二人のディフェンスをかいくぐって鮮やかにシュートを決めた時の、荒江さんの『心底バスケを楽しんでいます』という顔が、まだ脳裏に焼き付いている。

　バスケが好きなのは好きだけど、私も茉奈佳も元は『部活にも入りなさい』と親から言われたから入部しただけという経緯もあって、それだけ純粋に好きなものに打ち込めて羨ましいなとも、ちょっと思ったり。

　そういう顔をする女の子を私が見るのは、荒江さんが二人目で。

　単純に、お話してみたいと思った。

「茉奈佳」

「なに～？」

「対戦相手のチームの子たちって、まだ会場内にいるかな？」

「どうだろ～？　まあ、ミーティングとか着替えもあるから、荒江さんもまだ残ってるんじゃない？　……お話したいんなら、一緒に会いに行く？」

「うん。ありがと」

「どういたしまして～」

　茉奈佳は私の言葉を即座に察してくれるのでありがたい。彼女とは幼稚園の時からの付き合いなので、お互いが何を考えているのかは雰囲気でわかる。

何か飲み物でもあったほうがいいかなと二人で話し合い、会場入り口の自販機でスポーツドリンクを買ってから、私たちは、会場中央のコートを横切って、荒江さんがいると思われる控室へ。

部屋の明かりはついていて、時折話声も漏れ聞こえている。ということで、荒江さんもまだ中に残っているようだ。

「ミーティング中かな……じゃあ、ちょっとここで待たせてもらおうか」

「だね」

部屋から出てくるタイミングを見計らって挨拶をするべく、私たちは壁に寄りかかって、ミーティングが終わるのを待つことに。

会ってどんな話をしようか……それはまだ決めてはいないけれど、とにかく印象に残るプレーだったこと、そして、ただ単純に格好良かったことを伝えられればと思う。

試合直後に勝者が敗者にそんな言葉をかけるのは変なことだろうか……もしかしたら嫌な顔をされるかもしれないが、その時はその時で謝るしかないか。

締め切ったドアの向こうで聞こえる話声がおさまり、いよいよ荒江さんが出てくるかと思った、次の瞬間、

——ドンッ！

「え……!?」

そんな大きな音ともに、ドアからジャージ姿の女の子二人が飛び出してきた。

もちろん二人には見覚えがある。先程試合を戦ったばかりなのだから当然だが、一人は確か、先程の試合にスタメンで出ていた子で、そして、もう一人は私の待ち人である荒江さんその人で。

どちらも、お互いのことをものすごい形相でにらみ合っていた。

「……なに？　なんだって？　今の……今のセリフもう一度言ってみなよっ！」

「だからさ、もうアンタのわがままについていかなくて済んでせいせいした——って、そう言ったんだよっ!!」

勢いよく飛び出した拍子にこぼれたのか、荒江さんに胸倉を掴まれていた女の子の鞄から、制汗剤やリップなど、細かいものが派手に床にばら撒かれる。

もしかして、揉めているのだろうか。派手な敗戦をやらかした時なんかは試合後に荒れるチームも偶にあると聞くけれど、ここまでの取っ組み合いに遭遇するのは初めてである。

「正直、私は、いや、『私ら』はさ、そこまで部活を頑張ろうだなんて思ってなかったんだよ。常連校でもないんだから、練習はそこそこで、後の休みは友達と買い物行ったり、ゲームして遊んだり……それで全然よかったんだよ」

「じゃあ、なんで今まで私についてきてくれたんだよ！　私たち、皆で同じ方を向いて頑張ってたんじゃないの？　絶対に県大会優勝しようって、朝早くから夜遅くまで、休みも無しで一緒に頑張ってくれたじゃんか。それはイヤイヤだったわけ？」

「そうだよ。ってか、新チームの最初の練習試合で県ベスト8の学校に勝ってから、なんとなくおかしくなったんだ。渚、アンタのほぼ独壇場で勝ってから、あのクソ顧問、急にアンタの口車に乗って調子に乗って、普段は絶対やらないような練習メニューをばんばん入れてきてさ。余計なことしてくれたよ、本当」

「だって、それは勝つために必要なことじゃんか！　アンタたちもアンタたちで、ちょっとはそういう気持ち、あったんじゃないの？」

どうやら今までの練習のことを言っているのだろうか。厳しい練習だったらしいが、それなりの成績を収めるには多少の努力は必要だとは思う。

なので、私個人としては荒江さんと同意見だが……しかし、当然、違う考えを持っている人もいるわけで。

「……まあ、確かになくはなかったよ。でもさ、それはあくまでそこそこの話じゃん。わかる？　そこそこって意味。一回戦負けとか、そういうダサいことになるのが嫌ってだけで、そうじゃなかったら、それでいいんだよ。県大会優勝とか、そんな大それた目標まではいらなかった。でも、そんなぶっちゃけたこと言ったら顧問に何言われるかわかんないし、その顧問のお気に入りのアンタにそのことが気づかれてもマズいと思ったから……」

「……だから、空気を読んで、イヤイヤ練習に参加してたってこと？」

「まあね。練習のおかげでそこそこ上手くなったし、周りにすごいとも言われて多少鼻も高かった。途中まではね。……でも、最後の最後でこんなダサいことになるとは思わなかった。こんなことなら、ベスト8でギリギリ負けていればよかったって思うぐらいに」

　最後。つまり、私たちとの試合のことだ。

　試合が始まって最初の内は盛り上がっていた相手側だったものの、時間が進んで十点、二十点、三十点、そしてついには四十点と点差が開いていくにつれ、周りの観客たちが、荒江さんたちのチームへ憐れみの視線を向けていた。

『――これでベスト4かよ。虐殺じゃん』

『――相手はエース引っ込めてもう完全に舐めプモードなのに、いつの間にかトリプルスコアだし……あ、橘女子百点超えたわ』

『――頑張ってんのあのキャプテンの子だけ？　サポートもないし、かわいそ～』

　控えといっても力の差は少ないし、交代メンバーも含めて私たちは全力だったが、外野の人達からはそう見えたらしい。

　試合終了間際、どこからかそんな声が耳には入ってきていた。

「……アンタ、本気でそんなこと言ってんの？　他の皆も、そうなの？」

荒江さんの言葉に、チームメイトの子たちが一斉に俯く。

何も言わないが、きっとそれが答えなのだろう。

「まあ、それぞれ意見は違うだろうけど、大体は私と同じだよ。今時めずらしいスポ根ちゃんの渚には、私たちの気持ちなんてわからないだろうけどさ」

「……そっか。じゃあ、もういい。できれば高校でも同じチームでって思ったけど……こんな足手まといばっかりなら、もうアンタたちなんかいらない。必要ない。遊びにでもどこにでも、好きに行けばいいじゃん」

そう言って、荒江さんは、ケンカによって乱れてしまった姿のまま、体育館の外へと走り去っていく。

「あっ……」

本当なら、その時点で追いかけるべきだったのかもしれない。格好悪くなんてない、とてもいいプレーだったと、声をかけるべきだったのかも。

しかし、そう思っても、私と茉奈佳も、その場に立ち尽くしたまま、一歩も前に踏み出すことが出来なかった。

まだ知り合いでもなんでもなく、そして、目を赤く泣き腫らして逃げるようにいなくなった女の子に、どうやって声をかけるべきか、私たちはわからなかったから。

「……紗那絵、キャプテンから連絡。もう時間だから戻って来いって」

「う……うん」

結局、荒江さんとはそれ以来、顔を合わせることは無くなってしまった。私たちは高校でもバスケを続けていたが、もちろん、コートで再会することなどあるはずもなく。

……それが、私、二取紗那絵の、いくつかある後悔のうちの一つだった。

※※※

以上が、俺たちが二取さんや北条さんから聞いた『荒江渚』の全てだ。

もちろん、それが理由で荒江さんが競技としてのバスケをやめたなどと断定するつもりはない。話を聞く限りは高校でもバスケを続けるつもりだったらしいし、それがどうして天海さんを嫌う理由になるのかはわからないが、それでも荒江さんの心境が変わったきっかけであることには間違いないと思う。

それまで一緒に戦ってきたチームメイトからの裏切りともとれる言葉は、モチベーションを失わせるには十分だっただろう。

現在、教室では担任の八木沢(やぎさわ)先生からクラスマッチについての連絡事項が伝えられている最中だが、正直、まったく話が耳に入ってこない。

海や天海さんのことが、とにかく心配だった。

HRが終わると、俺もすぐに体育館へと早足で向かう。10組は女子バスケットのほか、男子のバレーボールも早い時間帯からのスタートだが、直前の練習を優先してか、応援の数はそれほど多くない。

天海さんと荒江さんという10組の中では目立つ女子二人だが、これまでの険悪な状況を遠くから見ていると、どうしても応援を遠慮してしまうのだろう。俺と同じように体育館に向かったのは、天海さん目当てと思(おぼ)しき男子生徒と、天海さんと仲のいいグループの数人のみ。

応援の声が少ないのは寂しい気もするが、人が少ない分俺もそれほど気兼ねなく海や天海さんのことを応援できるので、小さい声ではあるが、なるべく頑張って喉を使ってみようと思う。

邪魔にならないよう、しかし、海や天海さんの話などがある程度耳に出来るような場所に腰を落ち着けて、試合開始の合図であるジャンプボールをじっと待つ。近くにはちょうど新田さんもいて、彼女は7組の子たちと一緒だ。

審判役を務めるバスケ部員のホイッスルを合図に、ジャンプボールの二人がセンターサークルの中へ。

10組は天海さん。11組は中村さん。この前の練習試合と同じだ。

「よろしく、天海ちゃん。短い時間だけど、お互い頑張ろう」

「うん。こちらこそ」

互いに軽く握手を交わしてから、女子バスケットボールの第一試合が始まった。

最初のジャンプボールを制したのは、やはり天海さん。

「っ……まったく、相変わらず跳ぶなあ……！」

「……てあっ！」

ボールへ最初に触れたのは中村さんだったものの、そこからほんのわずか遅れて伸びてきた天海さんの指がボールに触れると、自慢の身体能力で強引に中村さんからボールを奪い取ったのだ。

——おぉマジ？

——今の子のジャンプ、浮いてる時間ヤバくなかった？

次の試合でコートを使う予定の生徒たちからもちらほらとそんな声が聞こえてくるが、ずっと練習を近くで見てきた俺からしてみれば、そこまで驚くほどでもない。

そして、天海さんが頑張ってもぎ取ったマイボールを最初に受け取ったのは、やはり荒江さんだった。

以前の練習試合では、ここからドリブルで切り込んでゴールを決めたのだが。

「……パス」

ボールを受け取った荒江さんは、予告した通り、それをすぐに天海さんへと投げ返した。

まったくやる気のこもっていない、ただその場で突っ立っている荒江さんからのボールが、天海さんの足元でぽすん、と弾む。

自陣に戻ってディフェンスを整えることを海が選択しなければ、おそらくあっという間にカットされてしまっただろう、そんな無気力極まりないプレー。

「……ほら、攻撃はアンタに任せたから、さっさとゴールに行きなよ」

「っ……」

やはり一切譲る気のない荒江さんの指示に、天海さんはいったんドリブルで相手陣地の中へとゆっくりと侵入していく。

最初に天海さんのマークについたのは親友である海だったが、しかし、先程のこともあって、やはり表情には戸惑いが見える。

「夕、一応言っとくけど、手加減はしないからね」

「うん。そうじゃないと、皆に申し訳が立たないしね」

「じゃ、やるか」

「うん」

しかし、事情はあってても、だからといって他の皆に迷惑をかけるわけにもいかず、ひとまず天海さんが中心となって攻めることに。

荒江さんのほうはほぼプレーに関与せず、後方のハーフライン近くで一人ふらふらと動いているので、実質四対五のような形だが、それでも11組の連携のミスを誘い、そして。

「！　あっ、朝凪ちゃん悪い……」

「ごめん、こっちも──」

俊敏な動きに難のある中村さんのマークの受け渡しの隙をつき、同時に海のマークから抜け出した天海さんが、チームメイトからのパスをフリーで受けた。

10組チームがボールを持って、もうすぐショットクロックである24秒。

なので、ここしかないというシュートチャンスなのだが、しかし、天海さんはここでゴールとは反対方向を向いた。

「んっ……！」

荒江さんに向けて、思い切りボールを投げつけたのだ。

「なっ……⁉」

荒江さんもとっさに反応して手を出すものの、ボールの勢いが強かったせいで、後ろにボールをそらしてしまう。

そして、その直後、時間経過を告げるホイッスルが鳴る。

──え？　なに今の？

──シュートチャンスだったのに、どうしていきなりあんなこと……。

数少ない観客からも戸惑いの声が上がるが、事情を知っている俺たちからすると、『やっぱりか』となってしまう。

「天海、アンタっ……！」

「言ったでしょ、私、引き下がるつもりないって。荒江さん、一緒に恥、かこうね？」

今回の天海さんは、なかなか強情らしい。

たとえ、自分たちのスコアが0点で終わったとしても。

「……夕、本気なんだね」

「海……うん。これまでの練習の通り、私はあくまで荒江さんのサポートに回るつもり」

敵チーム側の海も、そして観客席にいる新田さんも『やっぱり』という表情を浮かべている。

そして、当然俺も。

チーム全体で考えると大きな迷惑のかかってしまうプレーだが、天海さんと一緒に練習をしていた他チームメイトは納得しているようで、特に天海さんを責めるようなことはせず、逆に荒江さんのほうをじっと見つめている。

荒江渚(あなた)が頑張らないと、今も、この後の試合もボロ負けだよ──そう言っているような顔をしている感じだ。

「ほら皆、ぼさっとしてないでマイボだよ。ウチはウチでしっかり練習の成果ださなきゃ！」

「っと、そうだったね。相手が仲間割れしている今、こちらからすれば絶好の機会だ」

一時コート内が沈黙するものの、直後にボールをもらった海の声によって、11組チームが気を取り直す。

彼女たちも練習をしっかり積んでいることもあり、仲間割れ状態の10組チームでは止められるはずもなく。

「涼子さん、いけるよ」

「うん、任せて」

海からのパスを受けた早川さんがゴール下のシュートをきちんと決めきって先制。

リスタートからゴールまで十秒とかからない速攻だった。

「はい、ボール」

「っ、揃いも揃って……」

チームメイトからボールを受けた荒江さんが、すでに相手コート内に走っている天海さんを睨みつける。

自分が受けたボールは必ず荒江さんに戻すと宣言した天海さんだが、それ以外はきちんとしているように見える。ただ突っ立ってボールを待っているのではなく、しっかりとマンマークを外し、なるべくフリーの状態で受けて、次のプレーをしやすいように心がけているのだ。

もし、荒江さんがチームのエースとしてしっかりと攻撃参加をしたとき、きちんとそのサポート役を果たせるように。

そして、それは他の子たちも。

「荒江さん、はい。返すね」

「私たちにはきちんとマークがついちゃってるんだから、よく考えてパスしてよ。あと、自分がフリーなんだから、シュート打たなきゃ」

天海さんにパスが出来なくなった荒江さんが、困って他の子へボールを渡そうとするものの、やはり天海さんと同じようにすぐさまパスを戻されてしまう。

24秒が経過するまで、ずっと譲り合うような状況が続く。

——ねえねえ何やってんのアレ?

——仲間割れ? なんかずっと譲り合ってんじゃん。

——攻めなきゃ一生勝てないぞ～!

——なにこれつまんねえの。

全く攻める気を感じない退屈な内容に、周りの観客からもそんな声がちらほらと耳に入ってくる。

だが、それでも天海さんは外野の声など意に介さず、点差を離されようが、宣言通りに荒江さんにパスを戻し続けている。

外野のほうをちらちらとよそ見をしている、荒江さんのほうへ。

そんな状態もあり、まったく目の前の敵に集中することができず。

「――もらいっ！」

「あっ……!?」

自身に対する悪口でも耳に入ってしまったのだろうか、荒江さんがコートの外にいる男子生徒たちの集団のほうへちらりと目をやった瞬間、それを見逃さなかった七野(しちの)さんが、小柄な体格を生かして懐にすっと入り込んで、ボールをカットした。

「七野さん、こっち！」

「あーいよっ！」

カットした瞬間、すぐにゴールへ向けてダッシュしていた海がパスを受けると、そのまま無人となっているゴール下へと切り込んで鮮やかなレイアップシュートを決める。

前半も半ばに差し掛かるころだが、得点差は着々と広がっていった。

――この試合もう決まりだな。

――な。他のとこ行こうぜ。

そういう試合状況もあってか、観客のほうはすでに他の競技の方に足を運びつつあり、いつの間にか試合を見守っているのは、11組の応援のほかには、俺や新田さんなど、ごく少数のみ。

覚悟していた展開とはいえ、天海さんやその他の子たちも辛い状況のはずだ。

そして、そんな状況にあっても、11組チームは攻撃の手を緩めない。

「朝凪ちゃん、いっちゃえ！」

「うんっ！」

中村さんのポストプレーによってフリーになった海が、スリーポイントラインからシュートを放つ。

「……っし、いった」

よほど感触がよかったのか、そう呟いた海がぐっと拳を軽く握ると、綺麗な弧を描いたボールが、静かにゴールネットの中を通り抜けた。

スコア的には完全にワンサイドゲームの様相を呈していた。

『ナイシュー朝凪ちゃん！』

『かっこいい！　かわいい！』

『さすがウチのアイドル！』

『も、もう、皆のばか……！』

クラスメイトたちからの声援に、顔をほんのり赤くした海が小さく手を振って応える。

かわいいし、そんな風にいきいきしている海を見るのは俺にとっても嬉しいことなのだが、10組に所属している人間としては、複雑な感情もあり。

「…………」

「…………」

10組のほうはというと、ずっと無言のままだ。普段ならたとえビハインドだとしても、元気印の天海さんがいつもの元気で周りを明るくするものの、今日に限ってはこうなる原因を作った張本人でもあるので、やはり表情は暗い。

「はい、荒江さん。パス」

「…………」

ゴールの真下を転々と弾むボールを手に取った天海さんが荒江さんへパスをするものの、ついに荒江さんはそれを無視してしまう。

ラインを割って、すぐに11組チームのボール……さすがにこれは相手チームからもため息が出た。

「……おいおい小麦ギャル、いくらなんでもそれはないだろうに」

「っさい。ただ背が高いだけのくせに」

「ふうん。じゃあ、その私たちにけちょんけちょんにされて大恥をかいてるのは、どこのどいつかね？」

「っ……勝手に言ってろ」

そしてさらに、11組チームに追加点。

こんなことをあまり言いたくはないが、これこそワンサイドゲームと表現するにふさわしい状況だった。

というか、まるで試合になってない。

「ねえ、夕ちゃん。このままじゃ11組の人たちにも悪いし、せめて私たちだけでもここから頑張らないと……」

「そうだよ。これ以上は……」

さすがにいたたまれなくなったのか、これまでずっと天海さんに協力してきたチームメイトからもそんな声が上がる。

天海さんの意思を尊重したいが、あまりに無気力な試合を見せ続けるのも印象が悪い。

しかし、それでも当事者二人は黙ったままだった。

いくらこれがクラスマッチという『お遊び』だったとしても、こんな負けをすればかなりの恥だろう。人が少ないとはいえ、しばらくは悪い意味で語り草になってしまうはずだ。

このまま意地の張り合いをしても意味はなく、むしろ悪化するばかりなのは二人ともわかっている。

全てが面倒になって全てを投げ出そうとしている荒江さんと。

そして、そのことがどうしても許せない天海さん。

試合が始まってから、二人とも引っ込みがつかなくなってしまっている。

「……どう、しようか」

天海さんと荒江さんの辛そうな表情を見て、俺は一人そう呟いた。

二人が互いに歩み寄ってチームメイトとして協力し合うことを約束すれば、逆転することは難しくても、状況は変わる。

中学時代に抜群の個人技で魅せた荒江さんと、予想もしない動きや身体能力で相手の意表を突く天海さん。

海率いる11組チームのまとまりは手強いし、点数差もすごいことになっているが、それでも、エース二人が一緒になれば、もしかしたらなんとかなるかもしれない。

海としても、そちらのほうが戦いがいもあるはずだ。海の方を見ると、手は抜いていないものの、やはり時折天海さんの方を気にする素振りを見せているようだし。

「コート内でチームの話し合いできっかけを作れないんだったら……あとは……」

ふと、俺は海の方を見た。一応敵チームとはいえ、俺が一番応援しているのは海であることは変わらない。

親友であり、クラスマッチではライバルでもある天海さんに勝ち、『どうだ、見たか』

と心の底からのドヤ顔で俺にピースサインをつくってアピールする可愛い海を、しっかりとこの目に焼き付けて、『格好良かったよ』と言って抱きしめてあげたい。

そのためには、どうしてあの二人の協力が必要だ。

海も、天海さんも、荒江さんも。

みんな必死に頑張って、その上でしっかりと決着をつけてもらいたい。

そちらのほうが、多分、ずっと三人らしいと思うから。

海や天海さんはもちろん、荒江さんだって、中学時代の溌剌とした時の顔のほうが、今のしかめ面よりは大分マシだろうし。

冗談抜きに、過去の映像に残っていた荒江さんは輝いて見えた。

……ちょうど、天海さんがそこにいるのと同じように。

「……が、んばれっ」

思ったより声が出なかったので、もう一度、すうとしっかり息を吸って、大きく息を吐き出すのと一緒に声を上げた。

「頑張れ……頑張れ、10組！」

「！　真樹、君……？」

声援に気づいた天海さんが、顔を上げて俺の方を見る。これまでまったく応援のなかった10組側に初めて届いたまともな声援に、海も、新田さんも、その他11組チームの人達も驚いている。

　こんな状況で目立つようなことをして恥ずかしさもあるが、まあ、後で多少からかわれるのぐらいは我慢しておこう。

「まだ前半終わってない！　ここから取り返せばまだいけるから！　だから、頑張れ皆！」

　たかが声援、されど声援。ただ文句を垂れるのではなく、コート内でどうにもならないときに背中を押してあげられるのも、外野としての役割だと俺は思う。

　ほぼお通夜状態だったコートに俺の声が響くと、周囲にいる人たちがぎょっとした顔で俺の方を見た。

　同じクラスのチームを応援するのは普通のことだろうが、今までずっと一人で物静かにしていたヤツが急に大声を出したのだから、まあ、驚きもするだろう。

　でも、今はそんなことは気にしていられない。

「天海さん、二取さんたちとの練習の時のこと思い出して。『たとえ負けてても、タイムアップまでは絶対に顔を上げておくことが大事』だって、あの二人は言ってた。むしろそれが一番大事だって」

「……！」

　コーチ役を引き受けてくれた二人が、親友である海と天海さんに送ってくれた大事なアドバイス。

技術や体力を鍛えている彼女たちでさえ、一番大事なのは『メンタル』だと答えていた。下を向いたらゴールが見えないし、周りにいるはずの仲間も見えない。それでは自分から負けに行っているようなものだから、と。

意地になった天海さんは、今、それを忘れかけている。

その声を届けることができるのは、今の状況では俺か新田さんしかいない。海は敵チームである以上、敵に塩を送るような真似はできないし、新田さんもこの件の当事者ではない。

だからこそ、俺が言わなければ。

「夕ちん頑張れ！　まだ前半終わってないし後半もあるよ。十本連続でスリーポイント決めれば全然追い付くよ！」

「！　ニナち……」

俺が最初に声を上げた後に続いて、すぐに空気を読んだ新田さんがいつもの調子で天海さんへと応援の声を上げる。

ちら、と俺のほうを見た新田さんが、呆れ顔の混じった笑みで人差し指を立てる。もう一つ貸しね、ということらしい。

さらに、新田さんが声をあげたのがよかったのか、次の試合を待つ新田さんの７組チームの子たちからも声が上がり始めた。

——頑張れ10組、まだ行けるよ～！

——次やる私たちのために、ちゃんと場をあったためてよねっ！

——いつまでもしょっぱい試合すんな～！

少ないながらも、一人、また一人と声を上げる人たちが増えていく。

「真樹君、ニナち、それにみんなも……」

その応援の声で、俯きかけていた天海さんの顔が、徐々に元気さを取り戻していく。

「ああもうっ、私バカだっ……今まで意地張って、一番大事なこと見失ってた……！」

天海さんも、ようやく少し落ち着きを取り戻したようだった。

コートの隅に転がったボールを拾うと、今一度、荒江さんのもとへ行き。

「荒江さん、その、」

「……何」

「……ごめんなさいっ！」

そうして、天海さんは荒江さんに向かって深々と頭を下げた。

「私、ずっと意地張ってた。私情は持ち込まないなんて言っておきながら、荒江さんのこと許せないからって、自分チームにも、相手チームにも、試合を見てくれている人たちにも迷惑かけて……本当、私、バカだよね」

「…………」

そう謝罪する天海さんに対して、荒江さんの反応は薄い。しかし、黙ったままではありつつも、今までのように、避けたり無視したりするようなことはなく、じっと天海さんのことを見つめている。

「これまで頑張って付き合ってみたけど、ごめん。私、やっぱり荒江さんのこと、嫌いだ。私は何もしてないのに勝手に嫌ってくるし、友達にひどいこと言って……今だって、やる気のないプレーばっかりで、」

でもね、と天海さんは続ける。

今までと違って、表情の方から戸惑いや怒りは消え去っていて。

「そんなアナタでも一個だけ、すごいと思うところもあった。中学の時の荒江さん、本当にすごかった。チームの皆のことを引っ張って、負けちゃった試合でも最後まであきらめずに必死に食らいついて……正直、格好いいって不覚にも思っちゃった。荒江さんのこと嫌いだから、本当にちょこっとだけど」

「……そ。そりゃ奇遇だわ。私も天海のことは嫌い」

「うん。別にそれでいいと思う。人間どうしたって、そういう人は多かれ少なかれいるわけだし。……でも」

そうして、天海さんは、荒江さんへと両手でしっかりとボールを差し出した。

「今この時だけは、協力してほしい。この試合をどうにかするには、荒江さんのことが絶対必要だから。……だから、もう一度お願いします。私に協力してください。あなたのことが必要なんです」

どこまでもまっすぐな瞳で、天海さんがとどめの一言を荒江さんに投げかけた。

「たとえお遊びでも、私は負けたくないから」

「……っ」

荒江さんが戸惑いの表情を見せる。この前のように勝手に試合を抜けることも出来ないから、10組への応援ムードが高まっているこの場で返事をするしかない。

「……勝てると思ってんの？　こうなったのは私らのせいだけど、ウチのクラスまだ0点だよ？　前半もうすぐ終わって、残りは後半の十分だけ。それでも、まだ勝てると思ってんの？」

「まあ、なかなかきついのは認めるよ。相手も強いし。でも、可能性が0でもない。そうでしょ？　相手に点を入れさせないで、自分たちだけ点を取り続ければ」

「……バカじゃないの、アンタ」

「うん、バカだよ。それ、親友にもよく言われるんだ」

「ちっ……やっぱ大嫌いだよ。アンタみたいなヤツは」

舌打ちをして、荒江さんは天海さんの差し出したボールを受け取ることなく、相手側に向かってゆっくりと歩きだした。

これだけ天海さんが言ってもダメか……と思ったものの、次の瞬間、荒江さんがパスを受ける構えを見せる。

「……天海、なにしてんの。オフェンス……パス、寄こしなよ」

「！　荒江さんっ……」

「そんなに言うんだったら、まずはプレーで証明してみなよ。口だけなら、何とでも言える」

「っ……うんっ、任せて！　皆も、今までわがまま言ってごめん、ここからしっかり攻めよっ！」

スコア的に見れば、ここからの逆転はかなり厳しい。だが、ここからは本気になった荒江さんと天海さんがいる。

ここからは、きっといい勝負になるはずだ。

「あ〜あ、せっかくこのまま自滅してくれると思ったのに、奴(やっこ)さん、こっから目の色変えてかかってきそうだ」

「誰かさんの余計な一言のせいで……ねえ、朝凪ちゃん？」

「むう……」

海チームとしてはそのまま仲間割れをしていてくれたほうが良かったので、さぞかし迷惑なことをしてくれたと思っているだろう。

ごめん、と心の中で呟きながら、海のほうへ手を合わせて頭を下げる。

「……べっ」

俺と視線があった海が、俺へ向けてあっかんべーをしてきた。

海の勝利を願っているのは間違いないけれど、やってることは敵に塩を送っていることと同等なので、当然かもしれない。

そこは後で色々言われるだろうし、俺としても謝るしかないのだが。

「……さあ皆、こっから本番だよ。お情けの応援で勢いづいている奴らの出鼻くじいて、ギャフンと言わせてやろう？」

「「「おうっ」」」

皆に指示を出す海の顔が、今まで以上に楽しそうな笑みを浮かべている。

去年の秋に海と友だちになってから、およそ半年。

俺も随分と青春っぽいことに毒されているみたいだ。

……まあ、悪い気分では、決してないのだけれど。

俺の余計なお節介により、前半終了間際にようやく一つにまとまり始めた天海さんチームの反撃が、ここから始まっていく。

「荒江さん、お願いっ！」

「わかってるよ……ったく」

天海さんからのボールを受けた荒江さんが、初めてまともにドリブルで持ち込んでいく。

「とりあえず、一本返すよ」

前半の残り時間は残りわずかだが、荒江さんは落ち着いて相手チームの五人を観察している。

すかさず、海が行く手に立ちふさがった。

「どうも」

「ったく、しつこいな、アンタも」

「まだまだ借りを返したとは思ってないから。勢いついてるとこ悪いけど、好きにはさせてやらないいんだから」

「あっ、そ……！」

互いに一言二言交わして、海と荒江さんの攻防が始まった。前回の練習試合では荒江さんの個人技に押されていた海だったが、二取さんと北条さんの二人によるディフェンス練習のかいもあって、一対一でもしっかりとついていけている。

その他の四人もそれぞれのマークにつき、もう一人の要注意人物である天海さんへのパスをカットするべく警戒している。

決められるなら決めてみろ、と言わんばかりの布陣。

残り時間は、後5秒――というところで、荒江さんが動いた。

「天海、ぼさっとすんなっ、外せ！」

「うんっ！」

「！　その切り返しは、ちょっと私には無理かなあっ……」

きゅっ、と高い靴音を慣らして、天海さんが一瞬で中村さんのマークを外した。

「……ちゃんと練習してんじゃん」

「だって、海に勝ちたいしっ！」

「じゃあ、決めてみなよ」

フリーになり、天海さんに絶好のシュートチャンスが訪れる。

ゆっくり狙いをつける暇はないが、それでも前に邪魔が無ければ天海さんは決めてくるだろう。

天海夕という女の子は、そういうことをやってのけてしまう人だ。

荒江さんの視線が天海さんのほうへ向き、誰もがパスをすると思った、その瞬間。

荒江さんの口元にわずかに笑みが浮かぶ。

「と思ったけど、やっぱやめた」

「えっ……!?」

パスをすると見せかけてボールを持ち直すと、荒江さんはそのままシュートを放った。

位置は、スリーポイントラインのわずか外側——しかし、虚をつかれたこともあり、ほぼフリーの状態から放たれたボールは、綺麗な放物線を描いてゴールへと吸い込まれて。

その直後、前半終了のホイッスルが鳴った。

——おっ、ナイス10組！

——いいシュートじゃん！

——まだ点数差はあるけど、頑張れ〜！

10組チームの初めての得点に、数は少ないものの盛り上がっている。

そして、ゴールを決めて自陣のコートへとゆっくり戻ってくる荒江さんを、天海さんが真っ先に祝福した。

「ナイシュー、荒江さん！　相変わらず綺麗なシュートだったね。私も正直ちょっと見惚れちゃった」

「まあ、久しぶりならこんなもんでしょ。大したことじゃない」

「ふふ、そうだね。でも、よかったの？　私がシュート決めなくて。さっきマーク外した時、決めてみなよって言ったばっかりなのに」

「は？　私そんなこと言ったっけ？　私そんなに頭良くないから、さっき言ったこと全部忘れちゃったわ」

「！　荒江さんっ……」

前半開始時と打って変わり、荒江さんの表情が別人のように柔らかくなっている——と思ったが、中学時代の映像を見る限りは、むしろ今の彼女のほうが本来の姿なのだろう。

「でも、勘違いはしないでよ。私はあくまでアンタの親友がムカつくから協力するだけで、アンタのことは変わらず嫌いだから」

「……荒江さん、それってもしかしてツンデレ？」

「いや、違うから。なんで私がアンタにデレなきゃなの。マジありえないし」

……いや、誰がどう見てもツンデレだと思うが。

他のメンバーたちもそう思っているのか、天海さんと荒江さんの二人のやり取りを生温かい視線で見守っている。

「ってか、さっきは私が決めたけど。後半はアンタも仕事しなよ。他の奴らも含めて、こき使ってやるから」

「！　……うんっ。よろしくね、渚ちゃん！」

「なぎっ……おい、いきなり馴れ馴れしく呼ぶな。私はアンタのそういうところがウザいって言ってんだけど、理解してんの？」

「どうかな？　私もそんなに頭良くないから、前に言われたことなんか忘れちゃったかも」

「……こいつ、マジでウザい……」

荒江さんがそう悪態をつくも、天海さんに一度でも心を許してしまったらそこで終わりだ。そこからは一気に距離を詰めてきて、いつの間にか『友達』になっている。

海によると、これが天海さんのいつもの『友達づくり』のパターンらしい。最初の印象が良くなくても、学校行事やクラス活動などで一緒に行動しているうちに、いつの間にか警戒を解いて友達にしてしまうのだ。

そういうことをしてしまうのが『天海夕』って女の子なんだ、と。

「ナイスシュート、荒江さん。あと、天海さんもナイスラン」

「うん、真樹君も応援ありがと！　ほら、渚ちゃんもちゃんと返事しなきゃ」

「は？　何で私が……ってか、別にアイツが言わなくても、私はそろそろ動くつもりだったし」

「……ツンデレ」

「あ⁉　なんか言ったか⁉」

「いや別になにも……」

ぼそりと呟いた俺の一言に、荒江さんがいつもの舌打ちを見せる。

「おい、前原」

「？　なに」

「……言っとくけど、アンタのことも許してるわけじゃないから」

そう言って、荒江さんがチームの輪の中へ戻っていく。

これで全てが解決したわけではないが、ひとまずクラスマッチの間はこれでなんとかなってくれるだろう。

ここからは、俺も静かに皆のことを応援させてもらうとしよう。

後半に向かう前の飲水休憩時を見計らって、俺はこっそりと海たち11組チームのほうへ。

離れた所で見守るつもりだったが、海も含めて五人全員から手招きされてしまったのだ。

……まあ、逃げるわけにもいかない。

「ようよう前原氏ぃ、よくもやってくれたな〜」

「この裏切りもの〜」

「朝凪さんの前で他の女の子を応援とは、あまり褒められたものではないな」

「これはさすがにお仕置き案件だなあ。ねえ、朝凪ちゃん？」

「……ばか。ばか真樹。このダメ彼氏。浮気者。ハーレムクソ野郎」

「そ、それはさすがに言い過ぎ……あ、いえ、すいません。その通りです」

囲まれて早速、全員から集中砲火を食らってしまう。他の四人はともかく、海からの視線が痛い。

いくら前半が退屈な試合展開だったとはいえ、楽に勝つに越したことはない。

海のため、天海さんのため——と言いつつ、結局はそれも俺の私情でしかない。

「まあ、過ぎたことは仕方ないとして……朝凪ちゃん、後半はどうする？　あの二人が組むとなると、大分厄介なことになりそうだけど」

「とりあえず、あの二人に対してそれぞれ二人ずつマークをつけて何とかしよう。その分二人がフリーになっちゃうけど、そこはもう祈るしかない感じで」

「そうなると、私がリバウンドを頑張るしかないか」

「うん。責任重大になっちゃうけど、中村さんに任せた」

ある程度の点は仕方ないという作戦だが、あの二人の実力を考えるとそれが一番マシな選択だろう。

前半のリードを活かして、なんとか守り切る。海らしい、堅実な作戦だと思う。

「さて、後半の作戦も決まったところだし、後は……美玖、楓、涼子」

「「「了解」」」

休憩終了まであとわずかというところ。

五人のことを見送って、今度こそ観戦に集中しようと五人の輪から離れようとした瞬間、中村さんの言葉を合図に、七野さん・加賀さん・早川さんの三人組が俺の肩を摑んで俺のことを引き留める。

もう十分怒られたはずだが、まだ何かやって欲しいことがあるようで。

「あ、あの……なんでしょう？」

「なんでしょう、ってそりゃアンタ、決まってるでしょう。ねえ？」

「うん」

「まあ、ねえ」

「⁇」

いまいち状況が摑めない俺だったが、そんな俺のことを見る三人はニヤニヤとしていて。

「中村、朝凪ちゃんのほうは？」

「うん。こっちも大丈夫」

「あの、中村さん、何を――」

「はい。ということで二名様ご案内～」

「え？　ち、ちょっと……」

海も同じように中村さんに摑まれていることに気づいた次の瞬間、後ろの四人にドンと背中を押された俺たちは、体育館脇にある体育倉庫の中へと放り込まれた。

ちょうど足元に体操用の大きなマットがあり、押された勢いそのままに、俺と海はマット上に倒れ込む形に。

「中村さん、なにこれ？　どういうこと？」

『――少しの時間だけ二人きりにしてあげるから、それでなんとか前原君に気合を入れてもらってよ。ウチが勝てるかどうかは、朝凪ちゃんの活躍にかかってるんだから』

ぴしゃりと閉められたドアの向こうから、中村さんのそんな声が聞こえてくる。

「中村さん？　中村さん、ちょっと」

海がすぐさま内側からドアを叩くものの、四人でしっかりと押さえ込んでいるのか、びくともしてくれない。

「ねえ真樹、これ」

「……うん」

……どうやら俺が海に元気を注入しないと、出してくれないらしい。

「もう、皆ってば、また余計なお節介を」

「はは……まあ、確かに天海さんだけ応援するのも不公平ではあるけど」

「……そうだよ。私のこと応援してくれるって言ったのに。真樹のばか」

「う……それはその、本当にすいませんでした」

天海さんのことが心配なのは海も同じとはいえ、俺が天海さんへ声援を送っているのを反対側から見ていた海の気持ちは複雑だっただろう。

「真樹、二人きりの今だから言うけど」

「……うん」

「真樹の応援で、夕の顔色が明るくなった時、ものすごく嫉妬しちゃった。真樹は声出すのに必死だったから見てなかっただろうけど、皆に聞いたら、その時の私、ものすごく苦い顔してたんだって」

「そっか……海、本当にごめん」

「ううん。こっちこそ、こんなこと言ってごめん。本当は私がやらなきゃいけない役割だったのに、結局真樹に全部任せちゃった。夕に活を入れるために、ビンタでもデコピンでも、なんでもして」

「いや、試合中にそれやっちゃうと反則どころの話じゃないから……」

　こう言っているけれど、海は海で、天海さんに対して行動で気合を入れなおそうとしていたのは、前半のプレーを見ていればわかる。

　我の強いメンバーをまとめ、時には自分で得点を決めてチームを鼓舞し、引っ張っていく。

　ちょうど、天海さんがやりたかったように。

「大丈夫。海がちゃんと頑張ってるの、俺にはわかってるから。もちろん、天海さんとか新田さん、あとは中村さんたちも」

「……うん」

「海は、偉いよ」

「うん。ありがと、真樹」

　前半の頑張りを労うように頭を優しく撫でると、海が甘えるようにして俺の胸に顔を埋めてきた。

　つい先程までダッシュを繰り返していたせいか、普段のほのかに甘いシャンプーの香りに交じって汗のにおいがする。

　もちろん、嫌な匂いではないので、そのまま構わずぎゅっと抱きしめた。

「ね、真樹。一つだけお願い、いい？」

「いいけど、なに？」

「私のことも……ううん、やっぱりそうじゃなくて、夕にしてあげたこと以上に、私のこと元気づけてよ」

「それはその……これからいっぱい応援するだけじゃなくて？」

「当たり前でしょ。そんなんでこの私が絶好調になると思う？　私がびっくりするくらいのやきもち焼きな女の子だって、全部知ってくるくせに」

「まあ、そうだけどさ」

　とはいえ、海が元気になってくれるなら何でもしてあげたいけれど、さすがに今は時間がない。

　体育倉庫に押し込まれてどれくらい経ったただろうか。外の方が少し騒がしくなっているようなので、このままずっと一緒にいるわけにもいかない。

　海のことを元気づける方法は、俺の中ではいくつかあるけれど……あまりこう何度も乱発すると、効果が薄れてしまう気もする。

「海、時間がないから、とりあえず手短に言うよ」

「うん、なに?」

「耳、貸して」

「……ん」

ぎゅっ、と海のことを抱きしめる力をさらに強めて、

「――――」

そうして、俺は彼女の耳元で恥ずかしいセリフを囁く。

こんなことを頻繁に言うキャラじゃない気がするけれど、これを言うと海がものすごく喜ぶのは、以前に実証済みだ。

「……真樹、もう一回」

「え……」

「もっかい。ちゃんと聞こえなかったから」

「……いいけど」

彼女のリクエストに応じて、もう一度同じことを繰り返す。

「ね、真樹」

「うん」

「私のこと、好き？」

「……好きだよ」

「私だけ？」

「当たり前だろ。……俺にとっての『好き』は、海だけだ」

わがままな海が満足するまで、何度でも伝える。

天海さんや新田さんではなく、海だけが、俺にとっての『唯一』だと。

「……海、それで、少しは機嫌直してくれた？」

「ダメ。まだ半分もいってない。もっと甘えさせてくれなきゃ許さない」

「わかった。じゃあ、クラスマッチが終わった後、俺の出来る範囲で、海の言うことなんでも聞いてあげるから」

「……半分になった」

個人的にはかなり頑張ったのだが、海的にはまだ半分ぐらいの満足感らしい。

海がここまでわがままになるのは、何気に珍しい。新田さんや中村さんたちならまだ平気なのに、天海さんが絡んでくると、途端に海はものすごく面倒くさくなる。

まあ、そういうところも可愛い（かわいい）と思ってしまっているのだけれど。

「え〜っと……な、なら、ＧＷ終わりまで延長っていうのは？　今日だけじゃなくて、連休中はずっと海の我儘（わがまま）を受け入れる」

「……むう」

「連休中はバイトのシフトも入ってるから、そこを動かすのは難しいけど。……でも、それ以外はいつでも甘えてくれていいから」

「夜に『会いたい』って我儘言ってもいい？」

「いいよ。その時は海の家まで行く。空さんたちに迷惑かけちゃうけど……まあ、そこは頭も下げるよ」

「二人でデートは？」

「……する。最近暖かくなってきたし、カラオケでも映画でも、買い物でも、いっぱい付き合うよ。俺も行きたいし」

「ん〜……」

少し考えて、海は口をとがらせつつも、納得するようにこくりと頷いた。

「……うん、それなら仕方ない。妥協してあげよう」

「……ありがとうございます」

連休の予定もこれであっという間に埋まってしまった。

海のことだから、そこまで無茶なことは言ってこないとは思うが、それなりに心の準備はしておいたほうがいいかもしれない。

連休中は、バカップル具合にさらに拍車がかかりそうだ。

「よしっ、とりあえず言質はとったことだし、いい加減外に出なきゃ。真樹、ほら」

「うん」

差し出された海の手をとって、俺は座っていたマットから立ち上がる。

「中村さん、もういいよ。開けて」

「！　お、どうやらちゃんと元気になったみたいだね」

「うん。もうバッチリ」

「それは上々。では、解放してあげよう」

後半開始前に体育倉庫でじゃれ合うなんて前代未聞な気もするが、そこは中村さんたちが上手く言い訳してくれていることを期待しよう。

海もすっかり元気を取り戻してくれたようで何よりだ。

そして、さらに。

「あ、そうだ。ねえ真樹、ちょっといい？」

「？　なに、もし最後に一言欲しいんだったら、別にい——」

——ちゅっ。

倉庫から出る直前、何かを思い出したように振り向いた海が、唐突に俺の唇に向かってキスをする。

「う、うみ……その、」

「えへへ。大事な試合中なのに、しちゃった」

はにかむように言って、ドアを開けた海は中村さんたちのもとへ。

「お帰り朝凪ちゃん。で、彼氏にいったい何をしてもらったんだい？」

「ヒミツ」

「え〜、なんだよそれ。気になるなあ」

とは言いつつも、俺と海がほんのりと頬(ほお)を染めているのを見て、中村さんたちはニヤニヤと笑っているので、おおよそのことは気付かれているだろう。

……ああもう、俺も海もそんなつもりはないはずのに、結果的に、色々な人たちに自分たちがバカップルであることを示してしまっている。

だからと言って、まあ、海に求められれば、やってしまうのだけれど。

「海、ごめん。俺もうちょっとここでいるから、先に行ってて」

「……わかった。でも、なるべく早く出て来てね。今度は私たちのほうを、ちゃんと応援してもらわないとなんだから」

「大丈夫、ちゃんと声出すから」

「よろしい。……それじゃあ、いってきます」

「うん。いってらっしゃい」

チームの皆と一緒に後半へと臨む海のことを送り出して、残された俺は再びマットの上に寝転んだ。

唇同士が触れていたのはほんのわずかの間だが、それでも海の柔らかな感触と湿っぽさは俺の口に残ったままで。

「まったくもう……海のヤツ、ずるいんだから」

キスの余韻が残る唇を指でなぞりながら、俺は頬の熱が引くのをじっと待った。


後半が始まって二、三分ほどでなんとか心を落ち着けた俺は、そのまま11組側のほうで応援することに。

後半になって突然敵チームのクラスを応援するとは何事かと普通は思われるのだろうけれど、二年になっても相変わらず存在感は薄いので、単独行動をしても、こういう時に気付かれないのは割とありがたい。

ちなみに、天海さんや新田さんにはすぐに気付かれてしまったが。二人ともこちらを一瞥すると、いつものように呆れたような表情をしていた。

それはともかく、俺が体育倉庫で一人じっとしている間にスコアのほうも動いていたようで、天海さんたち10組チームがさらに加点している。海たちも頑張っているようだが、点数差は徐々に詰まってきている。

「海っ、頑張れっ」

これからボールを持って攻めあがろうかというタイミングの彼女の背中に声援を送ると、海がわずかにこちらへ視線を移して、唇を小さく動かした。

『——みてて』

そう呟いて（多分）、海はコートのちょうど真ん中をゆっくりとドリブルしていく。

ウチの海だって、乗っている時のプレーは天海さんに匹敵するものを持っているのだ。

すかさず天海さんが、海の前に立ち塞がった。

「海、この前のシュート対決の続き、やろ」

「いいよ。私もいい加減決着つけたいって、思ってた」

荒江さんの邪魔も今度こそ入らない状態で、親友二人の真剣勝負が始まる。

フェイントや動きの緩急でなんとか天海さんのことを抜こうと試みる海と、そうはさせまいと海にしっかり張り付くようなディフェンスを見せる天海さん。

他の四人は流動的で、パスを渡してもいい場面だが、海はもちろん、天海さんも、今この時だけは一対一にこだわっているようだ。

「ふふ。ほら海っ、早くシュート打たないと、時間が過ぎちゃうよっ」

「はっ、夕のくせに一丁前に揺さぶり？　十年早いっての」

攻防を繰り広げる二人の横顔が、とても生き生きとしている。

これまでずっと一緒に戦ってきた二人にとって、公の場での初めての勝負。

楽しんでいるようで、俺としても何よりだ。

「……時間は、あと、」

「！　あ、そこっ」

海が残り時間を気にして視線を逸らしたわずかな間を見て、天海さんがボールをカットしにかかる。

と、同時に荒江さんもマークを外して一歩目を踏み出していた。

ここでボールを奪取できれば、天海さんたちの勢いがさらに止まらなくなるが。

「——焦ったね、夕」

「え？」

しかし、ここしかないというタイミングで出された天海さんの手は、ボールではなく何もない空を摑んでいて。

体の後ろを回すようにしてボールを右手から左手に持ち替えた海が、天海さんを抜いてゴール下へと切り込んでいった。

この技には見覚えがある。練習試合の時に、荒江さんにやられたものだ。

そのまま、教科書通りの綺麗なレイアップがゴールへと吸い込まれる。

「おおっ、ナイシュー、朝凪ちゃんっ」

「やるぅ。さすが彼氏パワー、絶好調だね」

「も、もう……皆して茶化さないでよ」

海が顔を赤くしているのを見ると、先程の不意打ちを思い出してこちらまで頬が火照ってしまうが、それはともかく、これで再び点数差が元に戻った。

「天海、それはちょっと迂闊すぎ」

「あはは……取れると思ったんだけど、ちょっとタイミングが遅かったね」

「……わかってんじゃん。じゃ、次は止めろよ」

「うんっ。任せて、渚ちゃん！」

「だから名前呼びは……ああ、もう、勝手にしろ」

「えへへ、じゃあ勝手にするね」

今までのいがみ合いが嘘だったかのように、荒江さんと天海さんが互いに言葉を交わし合う。

やはり天海さんがいると、荒江さんも一歩引いたポジションにならざるを得ないようだ。

容姿や口調、性格などはまったく異なるだろうが、司令塔的ポジションでチームメイトにパスを回す姿が、なんとなく海に似ているような気がした。

その後は、リスクを取って点数差を詰めるべくとにかく攻める10組と、ディフェンシブな布陣を取りつつ、相手のミスなどを突いて着実に点数を重ねていく11組の構図に。

試合展開もようやく面白くなったところで、つい先程まで離れていた観客の生徒たちの数も、少しずつだが元に戻ってきている。

そうして、試合は後半残りあと二分をきったところ。

荒江さんの放ったシュートが決まって、二桁あった点数差が、ここでついに一桁となる。

「やったっ。荒江さん、後３ポイント三連続で同点、で、それから逆転のチャンスだよっ」

「おめでたい頭してんな。警戒されてるのに、そんな簡単にいくわけないだろ」

「そうだね。でも、荒江さんなら、やってくれるんでしょ？」

「……やらないとは一言もいってないだろ」

逆転がついに現実的なものになり、10組チームの勢いがさらに増す。

――おお、これマジで逆転しちゃうんじゃない？

――いけるぞ10組、進学クラスの奴らに一泡吹かせてやれ～。

応援の声も、11組以外の生徒のほとんどが、逆転の展開を望んでいるらしい。

つい先程の前半までひどい言いようだったにもかかわらず……とはいえ、外野の声などこんなものだろう。

俺は俺で今やるべきことをやるだけだ。

「海、落ち着いてっ。まだ勝ってるから、焦らずに」

「んっ」

俺の声援にこくりと頷いた海が、焦る気持ちを抑えるように深呼吸をして、時間を使ってゆっくりと攻めあがっていく。

「皆、ずっと動きっぱなしできついだろうけど、もうちょっとだけ頑張ろうっ」

そう言って海がなんとかチームメイトを落ちつけようと声をかけるものの、相手のディフェンスを中々崩すことができない。

原因の一つはおそらくスタミナの有無か。前半の無気力プレーで結果的に温存できた10組と、試合開始から今まで全力の11組。

海は今までの特訓もあり、まだ余裕はありそうだが、他のメンバーの一部は、そういうわけにもいかず。

「——はいカット」

「っ⁉ 小麦ギャル、キミ、いつの間に……」

「ずっとアンタの視界にいたけど。まあ、多分端っこだけど」

パスコースを読んだ荒江さんが、中村さんから海へのパスを素早くカットして、そのまま無人のゴールへ。

これを難なく沈めて、さらに差が縮まった。

周りの歓声が、さらに大きくなる。

「ごめん、朝凪ちゃん。ちょっとぼーっとしてた」

「ドンマイ。一点差、いや、同点まではオッケーだから、ゆっくり行こう」

しかし、この雰囲気を覆すのは中々難しく、海以外の四人の表情は浮かないままだ。

俺も頑張って声を上げているつもりなのだが、だんだん騒がしくなってきた周囲の音にかき消されているのか、声援を届けるのが難しい。なんとももどかしい気分だ。

これも天海さんの持つ天性のものと言うべきなのだろうか……周りをどんどん巻き込んで自分たちの味方につけると、ついに。

「――天海、いけっ」

「……んっ！」

荒江さんが個人技で海たちのディフェンスをかいくぐると、シュートを放つと見せかけて、天海さんへラストパスを送る。

スリーポイントラインのわずか外側から放たれたボールが、吸い込まれるようにしてゴールへと向かっていき。

「――よしっ」

天海さんがぐっ、と握りこぶしを高く掲げた瞬間、体育館の盛り上がりが最高潮に。

後半終了間際、ついに10組チームが同点に追いついた。

「くぅ、やるじゃん夕……」

「ごめん朝凪ちゃん、やられちゃった」

「ううん。私こそ、フォローできなかった。……完全に後手だけど、攻めよう。同点じゃなくて、ちゃんと勝とう」

「……ん、だね」

「美玖ちゃん、楓ちゃん、涼子さんも」

「「「もちろん」」」

海の一声で気合を入れなおした11組が、海へとボールを預けて、最後のスタミナを振り絞って走っていく。

ラストワンプレー。しかし、それは相手側にとっても同じだ。

「海、いよいよ最後の最後だね」

「さっさとボール寄こせ」

「……ああもう、やっぱそうなるか」

他の人たちには見向きもせず、荒江さんと天海さんが海へとマークについた。

この網をかいくぐれるかどうか。試合の勝敗はそこにかかっている。

巧みにボールを操りながら何とかボールを奪わせまいとする海と、それを奪おうとする天海さんと荒江さんの二人。

──はち、なな、

——ろく、ご、

観客たちによるカウントダウンの声がコートに響き渡る。

互いに譲らず、最終的に同点となるのか、もしくはどちらかが勝負を制して、シュートを決めきるのか。

一か八かで仕掛けたのは、海。

「っ……⁉」

「⁉　あっ……と」

これまで以上に粘る海のボールキープによって、天海さんと荒江さんの距離が接近し、一瞬お見合いになったところで、海が、利き手の右とは反対側の左手でドリブルを仕掛けた。

ボールは天海さんの股下から通して、体は二人の間を強引にこじ開けるようにして——ファウルすれすれだが、ホイッスルはない。

「やら、せるかっ」

抜けた……と思ったが、そこで荒江さんの腕がぐんと伸びて、海の手からボールをなんとか弾くことに成功する。

ボールのほうはタッチライン際の、ちょうど俺の方へとこぼれてきた。

時間はあとほんのわずか。ここでタッチラインを割ると陣形を立て直されてしまうので、チャンスはここしかない。

海が体を投げ出すようにしてボールを拾いにいく。

「海っ」

「んぅっ……」

「！　危ないっ」

ライン際すれすれのボールを片手一本でキャッチし、そのまま中村さんたちチームメイトが待つ方向へ。

「お願いっ、みんな！」

そう言って、海はそのまま得点ボードのあるほうへと派手に突っ込んで——とはならず、寸前で間に合った俺の体にどすんと体当たりする形となった。

ぐえ、と少し声が出てしまったものの、特に痛いところなどはない。

ちょっと強く当たられたものの、海の体重ぐらいならしっかり受け止められるぐらいには、俺だってちゃんと鍛えているのだ。

「よかった、間一髪」

「……ありがと、真樹。真樹なら絶対にこうしてくれるって、信じてた」

「そりゃどうも。でも、あんまり危ないのは今後控えるように」

「うん、わかった……へへ」

そう言って、海は甘えるようにして俺の胸に顔をすりつけてくる。まだ一応試合中だが、もうホイッスルが鳴る寸前というところだし、時間内にコートにも復帰できないので、このままにさせても問題ないだろう。

それに、今なら全員の注目がボールにいっているだろうから、こうやって人目をはばからずにバカップルをしていても、多分誰にも気づかれないだろうから。

「お疲れ、海。よく頑張った」

「うん……私、もう一歩も動けない。このまま真樹に抱っこされて寝たい」

「まだ試合終了の挨拶が残ってるから……それはまた後で」

「ふふ、約束だよ。……ところで、試合のほうは、」

「あ、うん。試合は――」

最終的にはどちらも全力を出し切った形でタイムアップとなった試合。

海のラストパスはチームメイトに渡ったものの、惜しくもシュートはリングに弾かれて。

結果は引き分けで、勝ち点１を分け合う結果となった。

予定されていたクラスマッチの全試合が終わって、その放課後。

天海さんとの約束通り、俺たちは『クラスマッチお疲れ様会』と称して、最寄りの繁華街のカラオケ店に来ていた。以前、海とのデートで来たところと同じ店だが、それ以来全く足を運んでいなかったので、相変わらずだが、少し緊張する。

「皆、注文した飲み物とか全部届いた？　じゃ、そろそろ乾杯ってことで」

部屋にいる全員が飲み物のグラスをもったのを確認してから、会の企画者である天海さんが元気よく立ち上がる。クラスマッチで嫌と言うほど体を動かした後だというのに、相変わらずのハイテンションだ。

俺の方はというと、もうヘトヘトだった。出場したソフトボールは、予選リーグであっさりと負けて敗退したものの、その後の海たちの応援で慣れない大声を出したせいか、いつも以上に疲れを感じている。

ちなみに、初戦からものすごい鍔迫り合いを繰り広げた海や天海さんたちのチームも、やはり決勝トーナメントには進めなかった。最初に全てを出し切ったせいで、その後の試合は精彩を欠いてしまったのだ。

結果は予選敗退となってしまったが、二人とも、体を目いっぱい動かしてすっきりとした表情をしているので、俺的にはそれでよかったと思っている。

「——ふーん、誘われたから初めて来たけど、カラオケ店ってこんな感じなのか。薄暗くて部屋は狭いし、防音もされてるから外から何をしているかもわかりにくい……それをいいことに男女がしばしば身を寄せ合って……なんか、エロい感じがするね」

「何言ってんの中村。それはえっちぃ漫画の見過ぎ」

「今は監視カメラとかもあって、そういうことしたらすぐ追い出されるし」

「澪もたまには、勉強とか読書だけじゃなくて、こういう体験もしないとね。社会勉強的な意味でさ」

　そして、テーブルを挟んだ反対側には、中村さんを始めとした11組のメンバーも座っている。

　元々の約束だと俺、海、天海さん、新田さんの四人だったのだが、天海さんの提案で急遽参加してもらうことになったのだ。

　ちなみに、俺が懸念していた通り、今ここにいる女子メンバー全員が俺の応援にかけつけてくれた。もちろん予想通りの黄色い声援で、打席に入る度、俺は内外野から嫉妬やらなにやら、様々な感情を向けられてしまい（主に男子から）。

　……ということで、今、ものすごく眠い。

「真樹、大丈夫？　眠いんだったら寝ててもいいよ。ほら、私に寄りかかっていいから」

「ありがとう、海。でも、それは後に取っておこうかな」

「そう？　でも、無理はしなくていいからね」

　当然のように、俺の隣には海がいる。海の隣には新田さん、そしてその更に向こう側に天海さんという配置だ。

ここまでは、特に問題はない、いつもの四人である。11組の人たちが来ることになったのはちょっとだけ驚いたものの、今日は色々と迷惑をかけたこともあるので、これで少しでも楽しんでもらえると嬉しい。

なので、問題があるとすれば。

「……お母さんと子供かよ」

「は？」

俺から見て、天海さんのさらに向こう側にいる荒江さんが、俺と海の様子を見て呆れ顔を見せている。

最初に俺たちのことを見ると、大体こんな感想になるようだが、これが俺と海にとっての普通なので、何を言われても普段は気にしないのだが。

試合は終わったけれど、まだ決着がついてない件はいくつか残っている。

「恋人とどういう付き合い方するかなんて、そんなの当人同士の自由じゃん。ってか、夕が終わったと思ったら、次は私たち？　陰口叩かなきゃ死んじゃうの、アンタ」

「陰口じゃない、乳繰り合うなら人のいないところでやれっていう、至極全うな指摘」

「……負け犬が良く吠える」

「あっ⁉」

双方とも持っていたグラスを置き、立ち上がってお互いににらみ合う。

「負けてねえ、引き分けだ。勝手に人を負け犬にするな」

「試合は引き分けだったけど、予選の順位は私たちのほうが上だし。私たちが２位で、アンタたちは３位」

「たかが得失点差の話だろうが。個人の勝負で言うなら圧倒的に私のが――」

「こらあああっ！　二人ともいい加減にしてっ！」

　間にいる二人のことを無視してどんどん間隔を詰めていく二人に、天海さんが大声で割って入って止めてくる。

「渚ちゃん、言いたいことはめちゃくちゃわかるけど、そういうのは心に留めておくの！　すぐに口に出しちゃダメ！　それから海もだよ！　いくら渚ちゃんのことが嫌いでも、売り言葉に買い言葉じゃ、喧嘩になって皆に迷惑でしょ！」

「でも夕、あっちが先に……」

「うるさい！　いいからさっさと座って！」

「は、はい……」

「……怒られてやんの」

「渚ちゃんもだよ！　バカ！　みんなにごめんなさいするつもりで来たのに、どうしてそうなっちゃうの！」

「………」

思った以上の迫力で二人のことを叱る天海さんに、ヒートアップ寸前だった二人が思わずたじろぐ。

というか、あの荒江さんが、渋々ながらも天海さんに従っているのが意外だった。

自分たちの出番が全て終わった後、俺は海とずっと二人で一緒に居たので、その後、別行動だった天海さんと荒江さんの間に何があったのかはわからない。荒江さんが今までのことを謝って、それで二人の件は手打ちにしたのだろうか。

だが、そのあたりの話を海や新田さんが聞きだそうとしても、

『ごめんね。それは私からはなんとも言えないかな』

としか、天海さんは答えてくれなかった。

だが、半ば強引だとしても、こうして荒江さんがこの場にいてくれるのならば、二人の関係になんらかの変化があったことには違いない。

なので、海と荒江さんとの関係についてもおいおい解決したいところだが……まあ、それはまた後でゆっくり考えればいいだろう。

「私、やっぱり帰る」

「あ、渚ちゃん待って――」

「……乾杯が終わってちょっとしたら、だけど」

「あとは？」

「……謝ればいいんだろ？」

「うん。そういうこと」

それまで仲の良かった海や新田さんと別クラスになって、なかなか頼れる人が出来ずに辛い所もあっただろう天海さんだったが、これ以降は特に問題ないだろう。

天海さんが納得しているのなら、俺も海も、余計な口出しをするつもりはない。

「荒江さん、その、俺からも言いたいことがあるんだけど、いい？」

「なんで私がアンタなんかの話を……って言いたいところだけど、隣のアホがやかましいから、とりあえず聞いておく。で、なに？」

「どうも。……といっても、ただの伝言だけど」

「伝言？　誰から？」

「中学時代に、荒江さんのチームをめちゃくちゃに負かしたチームの二人。ほら、ゲーセンの時にいた人たち」

「……で？」

続きをさっさと言え、ということらしい。

「『毎週水曜日の夜七時、市民公園で自主練やってるから、もし体が鈍ってるならおいで。鍛え直してあげる』だってさ」

「……ふうん」

二取さんと北条さんからのメッセージを伝え聞いた瞬間、荒江さんがほんの少しだけ笑ったような気がした。

「そんなの私は知らないよ。バスケなんて、もうやめたんだから」

「なら、それを二人に言ってあげたら？　伝言とかは受け付けないよ」

「あ、そ。私はアンタのこと嫌いだから、伝言なんか頼まない」

そうして、荒江さんは俺からぷいとそっぽを向いてしまう。

相変わらずの態度だが、後のことは二取さんと北条さんにお任せしよう。

そういえば『その時は今の私たちの本気を見せてあげる』とも言っていたのを伝え忘れてしまったが、大まかには伝えたのでＯＫということにしておく。

「じゃあ、面倒な二人が大人しくなったところで……みんな、今日はお疲れさま！　明日は休みだし、パーっとやっちゃおう！　かんぱい！」

——かんぱーい！

少々狭い室内に、いっぱいの明るい声がはちきれんばかりに響く。

海も、天海さんも、後は一応俺も。本当にお疲れ様だった。

クラスマッチが終わり、俺のいる10組にもようやく平穏が訪れた。

荒江さんと天海さんの仲が不穏だった時も静かではあったけれど、空気がものすごく重たかったので、それがなくなった今は、とても過ごしやすいと感じる。

そうなったのは、クラスマッチ後から、だいたい一緒にいることが多くなった二人のおかげである。

「おはよ、渚ちゃん。今日もいい天気だね」

「だから、馴れ馴れしくすんなって言ってんじゃん。友達でもないくせに」

「友達じゃなきゃ話しかけちゃダメなんていう決まりないし、嫌いだからって避ける理由にはならないもん」

「じゃあ、勝手にすれば」

「うん、そうする」

そう言って、天海さんが荒江さんの隣へ椅子を持っていく。こうなると、天海さんを動かすのは難しい。少しでも気を許した荒江さんの負けだ。

クラスマッチ以降、天海さんと荒江さんは大体あんな感じだ。お互いに『嫌いだ』と口にしていても結局は二人で一緒にいるのだから、クラスメイトの誰も、もうそれを本気にはしていない。

今までのこともあって、少々ぎこちないところはあるものの、時間が経てばそれもなくなるだろう。

このクラスでの時間は、まだ十か月以上も残っている。そんなに焦る必要はないのだ。

「ところで渚ちゃん、今日、一緒にお昼ご飯食べない？　私、いい所知ってるんだ」

「……だからなんで私を誘うんだよ。お前にはアイツがいるだろうが」

「それって海のこと？　確かにそうだけど、今日は渚ちゃんと一緒したいなと思って。えっと、ダメだったかな？」

「……イヤ」

「イヤ？　じゃあ、ダメではないんだね？」

「似たようなもんだろ……どんだけプラス思考なんだお前は」

荒江さんは呆れているが、しかし、『ダメ？』という質問に対して『うん』や『ダメ』ではなく、『イヤ』と言う答えもなんとなくおかしい。

ダメじゃないけど、イヤ。面倒くさい人だ。完全にではないにせよ、それでもこうして和解しているのなら、いちいち人の目など気にしなくてもいいと思うのだが。

「私の隣で勝手にメシ食うってんなら好きにしていいけど。でも、今日はとりあえずパス。用事あるから」

「うん、わかった。でも、用事ってなに？」

「……別に。ちょっと話をつけにいくだけ」

そう言うと、荒江さんの視線が俺の方へと向いた。表情は以前より柔らかくなったもの

の、元から眼光は鋭いので怖い。

俺の気持ちなどお構いなしに、荒江さんがずかずかと俺の目の前へ歩いてくる。

「ちょっといい？」

「……な、なんでしょう？」

「そんな露骨にビビってんなよ……さっき天海にも言ったけど、話があるってだけ。アンタと、それから……むかつくけど、アンタの彼女にも」

「俺と海に……話？」

「ああ。昼休み始まったら、ちょっとツラ貸しなよ。体育館裏な」

誘われ方がなんとなく不穏だが、どんな話をするつもりなのだろう。

「……わかった。それじゃあ海にも伝えておくよ」

「よろしく」

そうして荒江さんはさっさと自分の席へと戻っていき、再び気だるそうな様子で天海さんの相手をしている。

さすがにこのタイミングで荒江さんがおかしな行動に出るとは思えないが……ひとまず海に連絡しておくことにしよう。

そうして、午前中までの授業が終わり、昼休み。俺は海と一緒に、荒江さんから予め指定されていた体育館裏に来ていた。

「なんだってこんな場所に……話とは聞いたけど、アイツ、私たちが来た途端殴りかかってきたりしないかな」

「そこは大丈夫だと思うけど……まあ、あんまり人に知られたくない話なんだろうね」

体育館裏のスペースはゴミ捨て場となっており、日中を通してほとんど人がいない。この学校でも数あるぼっちスポットの一つだが、ここはあまりにじめじめしているし、雑草も生え放題なので、俺もほとんど足を運んだことはなかった。

「——よ、来たね」

俺たちの姿に気づいた荒江さんが、すっと立ち上がる。もしかしたら天海さんも付き添いで来るかもと思っていたが、今は一人。

今回のところは冷静に話すつもりでいるようだ。

「で、話って何？　世間話って間柄でもないし、単刀直入にいきましょ」

「同意見だね。私も、別にアンタらと仲良く雑談なんてまっぴらごめんだし」

「は？」

「あ？」

「……とりあえず、二人とも落ち着こうか。じゃなきゃ天海さん呼ぶよ」

「「…………」」

犬猿の仲だからどうなるかと内心冷や冷やしたが、天海さんの名前を出すと、二人とも引き下がってくれた。

……効果覿面（こうかてきめん）である。

それはともかく、本題のほうへ。

話に行く前に、まず、荒江さんが俺たち二人へ頭を下げた。

「……今回の件は、その……色々と悪かったと思ってる」

目はこちらから逸（そ）らしているし、謝罪というには少々ぶっきらぼうなものだったが、それでもまさか、彼女のほうから自発的に謝ってくるとは思わなかったので意外だった。

「この前のカラオケの時も、天海に言われて謝ったけどさ……なんかちゃんと出来なかった気がして。……こんなんでいちいち呼び出して悪いけど」

「それはわかったけど……ねえ、荒江渚。アンタさっき『色々』って言ったけど、それは、どの件について？」

「それは……その、全部だよ、全部。今まで色々あったろ。わかるだろ、そんぐらい」

「あったし、わかるけど。でも、そういう言葉で全部ひっくるめて誤魔化（ごまか）すのはやめなよ。荒江渚、アンタは何の件に対して『悪かった』って思ってるの？　悪いと思ってるんだったから、そこらへん全部、ちゃんと話して欲しいな」

海の言葉は少し厳しいが、俺も概（おおむ）ね同意見なので、特に何も言うことはない。

クラスが新しくなってからクラスマッチが終わるまで、直接の当事者である天海さんや、その周辺にいる俺や海、新田さん共々、目の前の彼女に大いに振り回された。

色々、という言葉は確かに便利ではあるけれど、こちらとしてはあまり納得いくものではない。荒江さんも過去のことがあって苦しんだのかもしれないが、だからと言って、大目に見ろ、察してくれ、となってもそれはそれで困る。

「……わかったよ」

荒江さんもそこは承知したようで、ボソボソとではあるが、改めて言葉を紡ぎ始めた。

「――最初から、全部、私の八つ当たりだったんだ。結局のところ。お前らも聞いたと思うけど、あの中三の夏から、私はどこかおかしくなった。今まで信じてたものが崩れて、なんとか必死に立て直そうとしても、全然上手くいかなくて……大好きだったはずのものが、どんどん嫌いになってって……そのまま今の高校に入って、それで、」

「……夕のことを見てムカついちゃったってわけ？」

「っ……ああ、そうだよ。アイツの噂は、新田とか、他の奴らから聞いてて、その時から気に食わないヤツだとは思ってた。で、実際同じクラスになってみたら、私の想像通りの人間だった、ってわけ。……まあ、結局は私の見る目が腐ってたってだけなんだけど」

「昔の自分を見てるみたいでイヤだった？」

「……そうだよ。多分、同族嫌悪ってやつなんだろうな。私も、ちょっと前まではああいう時代もあったからさ。皆にちやほやされて、何不自由なく毎日を過ごせて」

クラスのアイドルとして何不自由なく過ごしてきたのでは、と見られがちだが、天海さんの笑顔の陰には、数々の苦労や過去が隠れている。

能天気に見えても、努力しているところはしているし、今回のように、荒江さんとのことで悩んで、一時は眠れない夜を過ごしたことも。

「私だって心のどこかではくだらないことだって思ってたよ。でも、天海のことを馬鹿にしたり困らせたりした時、ちょっとだけ気分が晴れた気がしたんだ。

……本当、マジでどうしようもないけど、少し前の私は止められなかった。あとはまあ……もともと意地っ張りなところはあるから、引っ込みがつかなくなったのもある。あの時、ゲーセンで鉢合わせした時な。あの時も含めて……その、悪かった」

今までとは違い、しおらしく肩を落として、荒江さんは再び頭を下げる。

驚くほど冷静に自分のことを分析できていると思うが、中学校時代のことを考えるとなんら不思議なことではない。荒江さんは、きちんとそういうことを考えることのできる人なのだ。

天海さんが自分の口からはなんとも言えない、と言ったのは、こういうことが理由の一つだったのかもしれない。天海さんは先にこの話を聞いていたのだろうが、俺たちには、荒江さんが自分から言わないと意味がないと思ったから。

天海さんから聞いていたら、きっと俺たちも、荒江さんのことをきちんと責められなかっただろうし。

「ったく、ダサいダサいって人に言っといて、一番ダサいのは結局私だよ。わかってんだよ、そんなこと。天海やアンタらの言う通りだ。『ダサい』なんて、昔の私なら真っ先に否定する言葉のはずなのに、気づいたら昔のチームメイトと同じこと言って……最悪な気分だ」

　自分に対する嫌悪感からか、荒江さんが大きなため息をつく。

　自分がやられて嫌なことなのに、気づいたら自分も同じことを別の誰かに対してしてしまう――それは俺や海も通ってきた道だから、少しはその気持ちがわかる。

　というか、その時の俺たちの相手も天海さんだ。俺たちのことも許して、荒江さんともしっかりと和解して。

　……もしかしたら、天海さんは本当に天使なのかもしれない。

「とにかく、今回のことは私が悪かったよ。別に許してくださいなんて言うつもりはないけど……まあ、今後はお互い干渉しない方向でいけたらとは思ってる」

「わかった。俺もそれでいいと思ってる。海は？」

「私も。まあ、私はクラス別だし……夕のほうはそうはいかないみたいだけど」

「天海に関しては……まあ、自由にやらせるよ。アイツ、人の話まったく聞かねえし……

ウザくてしょうがないけど」

とは言いつつ、天海さんが甘えている時の荒江さんも、結構満更でもない表情をしているような気が。

「とにかく、これで私の話は終わりだから――」

「あ、荒江渚、ちょっと待って」

荒江さんが教室へと戻ろうとしたところで、何かを思い出した海が声をかけて呼び止める。

「？　なに、まだなんかあんの？」

「うん。ちょっと言いそびれてたことがあって。……一度しか言わないから、ちゃんと聞いててよね」

そう言って、海が続けた。

「クラスマッチの時のアンタ、悔しいけど、本当に強かったし、上手かった。試合は引き分けだったけど、個人では完敗だった。次もしやる時があったら、また手加減無しでやってもらえると嬉しい。

……私のほうも、売り言葉に買い言葉で、わざわざ煽るようなこと言って、ごめんなさい」

荒江さんと同じように、海もまた頭を下げる。

「……そ。じゃあ、私もついでに言うけど、最後、私と天海のディフェンスを抜いたヤツと、後はライン際のダイビング。あれだけは褒めてやる。ナイスガッツだった。ま、そのあと、そこの彼氏と乳繰り合ってたのだけは減点だけど」

「っ……！　な……あれ、見てたの？　ほんの数秒だったはずだけど」

「キャプテンは色んな所に目ぇ配ってないとやってけないからね。……まあ、それもそれで勝手にやってればいいいんじゃん？　私も、もうとやかく言わないから。めんどいし。じゃ、私は新田のとこ行くから。アイツにも一応、迷惑かけたし」

そうして、いつもの気だるい感じにもどった荒江さんは、そのままゆっくりと校舎内へと消えていく。

相変わらず余計な一言が多い人だが……まあ、今回ばかりは事実なのでしょうがない。

「ねえ、真樹」

「ん？」

「私、やっぱりアイツのことそんなに好きになれないと思う」

「……わかる」

しかし、ああいう人もたまにはいる。好きではないが、しかし、決して何もかもが邪悪な人ではないことがわかっただけでも収穫だろう。

今日以降は、とりあえずではあるが、ぐっすり眠れそうだ。

「……ところでさ、真樹。私たちのこととは直接関係なかったから聞かなかったんだけど」

「うん。なに？」

「夕とのことはわかったとして、新年度始まってすぐの件は？　確か、八木沢先生にも良くない態度とってたっていう」

「！　ああ、その件」

そう。一年の時はわりと真面目で、現時点ですっかり大人しくなった荒江さんが、なぜ新学期の初日や二日目で、先生のことを困らせたり、皆に迷惑をかけることになったのか。

「え……もしかして、そっちもちゃんと理由あるの？」

「うん。これは俺も遠くで聞き耳を立ててただけだから、詳しくは知らないんだけど——」

実は、この話にはあと一つだけ隠されていた事実がある。

初日の体調不良による遅刻だけは本当。では、それ以外は。

今日の午前中、そのことを天海さんからしつこく聞かれた荒江さんが、恥ずかしそうに頰を赤らめて打ち明けた時の一連のやり取りは、こんな感じだった。

『——一年の時から仲が良かった友達と、自分だけ離れ離れになったから……その、それが不満だったんだ。だって、おかしいだろ？　私たち五人いて、他の四人は皆同じクラスなのに、なんで私だけ別なんだよって。テストの成績だってほとんど一緒なのに……んだよ天海、なにニヤニヤしてんだよ』

『え〜？　べっつに〜？　渚ちゃんも可愛いところあるんだ〜って。渚ちゃん、これからは私がいるから寂しくないよ？　ずっと一緒にいようね？』

『……お前、やっぱ殴っていい？』

なんだか似たような話が俺たちのグループにもあったような気がするが、まあ、この頃の学生なんてこんなものじゃないかと思う。

自分たちが思っている以上に、俺たちはまだまだ子供なのだ。

エピローグ1　これからの俺たちも

クラスマッチや荒江(あらえ)さんとのいざこざもあり、まったく体と心が休まることのなかった四月もようやく終わりを迎えつつある。

これでまだ一か月しか経(た)っていないとは思えないほどの濃い時間を過ごした気がするけれど、その分、しばらくの間は落ち着いた日々を過ごせるだろう。部活や生徒会などに所属していない限り、ここから夏休みまでこれといった学校行事やイベントはほぼ無いに等しいので、俺にとっても、勉強やバイトといったこれまでの日常に集中することができる。

もちろん、大事な恋人との時間についても。

「真樹(まき)、新しいのいっぱい出てるけど、何借りよっか？　王道のパニックものもいいけど、突っ込み所満載のヤツも個人的には捨てがたいよね～。あ、この『四季シャーク』シリーズなんて涙なしには語れないよね。春だろうが冬だろうがサメはサメだろって」

「笑い過ぎて、な。シリーズ化されてる時点ですでにもう面白いんだけど」

四月末の祝日から始まるGWを翌日に控えた放課後、俺と海は久しぶりに行きつけのレンタル店で、明日以降の連休で観る作品を選んでいた。

連休中も、アルバイト以外は海と一緒に過ごすことになっている。暖かくなってきたのもあり、どこかのタイミングで二人で外出しようとは思っているけれど、基本は俺の自宅でゆっくりするつもりだ。

後一か月半もすれば、交際を始めて半年——未だに俺たちは落ち着く暇もなくバカップルのままだ。

二人、ソファで寄り添うように座って映画を見て、絨毯の上でゴロゴロと寝転がりながらゲームや漫画を読み、眠くなったら、ソファもしくは俺のベッドで一緒にお昼寝をする。

海がどう思っているのかはわからないけれど、俺的にはもう、海が側にいないと寂しいというか、常に物足りなさを感じてしまう体になっている。

順調に、俺は『朝凪海』という女の子の色に染まりつつあった。

一日一本を目安に選りすぐりの作品をレンタルした後、店内をふらふらと見て回る。

個人で営業しているお店の特徴ともいうべきか、店内にはレンタルＤＶＤ・ＢＤのほか、中古品のゲームやアニメグッズが売られており、後はかなり古いものと思しきパチンコ台やスロット台など、レトロな機器もいくつか置いてある。

「あれ？　これってもしかして……」

「？　真樹、どうしたの？　私たちまだ高校生だから、エッチなゲームはダメだよ？」

「いや、DVD以外でこの店にそういうの置いてない……そうじゃなくて、ほら、あそこのUFOキャッチャーの隣」

「！　あれって、もしかしてプリクラ……」

「みたいだね」

つい先日に撮ったものと較べると大分古い機種のようだが、中を覗いてみると、正真正銘プリクラ機である。いつの間にこんなものを置いていたのだろうか、今の今までまったく気付かなかった。

「ね、真樹」

「……もしかして、撮りたいの？」

「へへ、わかってるじゃん。この前は夕たちと一緒だったけど、結局二人きりではとらなかったし。欲しいな〜、って」

「…………」

「真樹ぃ、この前してくれた約束、ちゃあんと覚えてるよね？」

「……はい、もちろんでございます」

写真に写るのが苦手なので気乗りしないものの、海にそう言われてしまうとさすがに『NO』とは言えない。

GWが終わるまで海のお願いを可能な限りなんでも聞く……一度した約束は、きちんと果たさなければ。

　まあ、約束なんかなくても、このぐらいならお安い御用だが。

　ゲーム機で散財できる程度には、俺もアルバイトを頑張っているし。

「前のゲーセンみたいに顔を盛ったりとかできないけれど、文字とかは色々書き込めるみたいだね。ただ撮るだけじゃ味気ないし、なんかカップルっぽいこと書こうよ」

「カップルっぽいことって……例えば『大好き』とか『ずっと一緒』とか？」

「そそ、そんな感じ。どうせ二人しか見ないものだし、もっとイチャイチャしてる構図で。ほら、もっと顔も寄せ合って」

「別にいいけど、なんか嫌な予感がする……」

　海がこのプリクラをどうするかはわからないけれど、結局、天海さんや新田さんあたりにバレて、一日そのことでいじられる未来が見えるような。

　普段は大丈夫なのだが、俺のことになると、海も途端に脇が甘くなる。

「ほーら、真樹っ、もうちょっとにっこり笑って。表情硬いよ」

「え〜と、じゃ、じゃあこんな感じで。……へへっ」

「ん〜、なんかぎこちないなあ……まあ、それも真樹らしくていいけど」

「……面目ないです」

　この前天海さんや二取さんたちも含めた五人で撮影したプリクラの時もそうだが、自分が被写体になると、どうしても緊張して顔が引きつってしまう。

唯一自然な表情で笑うことができたのは、去年のクリスマスで撮った家族写真だっただろうか。

海との思い出はこれからも増えていくだろうし、天海さんたちと友達付き合いをしていれば、今後もこういった機会はあるだろうから、少しずつでも写真や映像などを含め、カメラの前でもなるべく自然体でいられるよう、慣れていかなければ。

今日のこれだって、その第一歩と考えよう。

「真樹、いくよ。はい、ポーズ」

海の指示を合図に、俺たちはお互いの頬をくっつけあう。

ぴと、と触れた海の頬は、とてもすべすべで気持ちがいい。

温かくて、それでいて柔らかくて——そう思った瞬間、俺の中でとある衝動がむくむくとこみ上げてきた。

もうちょっと、今よりあともう少しだけ、わかりやすく恋人っぽいことをしたいかも——。
3、2、1——
撮影のフラッシュがまたたくその直前、

「……海、ちょっと失礼」

「へっ？」

　――ちゅっ。

　シャッター音が響くとほぼ同時、俺は顔をわずかにずらして、海の頬に遠慮がちに口づけをした。

　画面に映ったのは、恋人の頬へ不意打ち気味にキスをしている俺と、不意打ちをされてきょとんとした顔をしている可愛い彼女の顔。

「えと……ま、まき？」

「あ、っと、ごめん。海の頬が思った以上に柔らかくて気持ちよかったから、その、ちょっとだけそういうことしたいかもって。……お互い変な表情になっちゃったし、撮りなおそうか」

「う、うん。……あ、いや、撮り直しもするけど、せっかくだしこっちもきちんと記録して残しておこうよ。どうせ私たち以外に見ないし、これもこれでいい思い出だから」

「そう？　まあ、海がそういうなら、俺は別にいいけど……」

「うん。ってことで、お金のほうよろしく」

　次は当初の予定通りのポーズで撮影して、俺たちの手元には二種類の写真が残った。

……自分でやっておいてなんだが、これは間違っても人の目に留まりやすい場所には保管できない。

特に、キス写真のほうは、絶対に。これは完全に二人だけの秘密にしておこう――そう思ったのも束の間、海がスマホの裏に、出来立てほやほやの二種類の写真を、ペタペタと貼り始めたのだ。

「あの、海さん？　いったいなにをなさって……」

「え？　だってほら、せっかくこうしてお金出して作ったんだし、シールとしてもちゃんと使ってあげないと」

「それはそうだけど……その、他の人に見られるかもだし」

「……お願い、わがまま、ＧＷまで」

「はい」

期間限定の伝家の宝刀を抜かれてしまったので、もう逆らえない。

ＧＷ後、天海さんや新田さんを始め、新たに繋がりの出来た中村さんたち11組の女子たちからも冷やかされる未来が浮かぶが、そこは自業自得なので覚悟しておこう。

「ってことで、せっかくだから真樹もちゃんと貼って。キスのほうは勘弁してあげるから。真樹のスマホなんて、私しか見ないんだから平気でしょ？」

「む～……いいけどさ」

海の手でぺたりと貼られた二人一緒に写ったプリクラには、お互いの筆跡でそれぞれメッセージが書かれていた。

『ずっと一緒だよ』

『ずっと一緒にいよう』

レンタル店を出て改めて見直すと、やはり恥ずかしさがこみ上げてくる。

きっとこういうのも青春の一ページなのだろうが、後で見返すたびに赤面しなければならないなんて。

青春って、地味に精神力が必要だったりするのだろうか。

「……えへへ」

「海、楽しそうだな」

「うん。だって、これからも楽しみが目白押しだもん。GWもそうだし、それに、なんといっても真樹との二人きりの旅行だってあるし」

「まだ確定じゃないけど……でも、近いうちに行けたらいいな」

「行こうよ。そっちのほうが、絶対、楽しいから」

「……だな。じゃあ、海はどこ行きたい？」

「海外っ！　海の綺麗（きれい）なとこ」

「それはさすがに無理じゃない？」

「ふふ、そうだけどさ。じゃあ、真樹の希望は？」

「う〜ん……テーマパークとかは人が多いから……その、温泉とか」

「……えっち」

「別に混浴したいとか、海の裸が見たいとか、そういう意味じゃないから」

「……見たくないの？」

「……そこまでは言ってません」

「ほらぁ」

「うぐ」

場所については改めて意見のすり合わせが必要だろうが、時期的には夏休みあたりになるだろうか。

母さんたちへの許可取りも含めて、ＧＷはそちらの予定を立てる必要もありそうだ。予算、旅行先、交通手段、宿泊先など。

二人きりの旅行が出来るかどうかは決まっていないけれど、計画するだけなら何も問題ない。

そういうのを話すだけでも、俺と海は楽しいひと時を過ごすことができる。

これから先の日常も、ちょうど今のように、ずっと明るく楽しく、時には恥ずかしい日々が続いてくれると嬉（うれ）しい。

お互いに離れ離れにならないよう、しっかりと指を絡ませた恋人のぬくもりを感じながら、俺はそう思った。

エピローグ2　初めての気持ち

※※※

二年生に進級して最初の大きな行事であるクラスマッチが無事に終わった。

……いや、私的にはそうだったと思うけど、他の人にとってはそうでないかもしれない。海とニナち、紗那絵ちゃんや茉奈佳ちゃんに、そして真樹君にも、心配をかけっぱなしだった。

結果的に丸く収まったとは思う。でも、もうちょっと上手くやれたと思わなくもないし、そこは反省もしないと。

今回ばかりは、いつもの私じゃなかった気もするし。

新しい友達……ではないかもだけど、話せる人も出来た。渚ちゃんという、ちょっとひねくれた所もあるけど、根っこは傷つきやすくて繊細で、実は努力家で普通の女の子。

学校の成績だって、私なんかよりずっといい。

友達、と私が言うと、彼女はすぐに『ちげーし』なんて言ってすぐに否定するけれど。

でも、一応は仲直りっぽいこともできたわけだし、それなら、いずれ本当の友達になれるよう、努力するだけだ。

大丈夫、私ならきっと出来る。

……私の親友には、ちょっとだけ呆れられているけど。

でも、これが私、天海夕だから。

「――じゃあ、天海ちゃん。私たちは反対方向行の電車だから、ここで」

「あ、うん！　急なお誘いだったのに、今日はみんなありがと！　すっごく楽しかった！　また遊ぼうね！」

「ああ、次は我々のテリトリーでな。その時は歓迎してあげるよ」

「うんっ、すっごく楽しみにしてる！」

お疲れ様会に参加してくれた11組チームのメンバーと挨拶を交わす。進学クラスの子たちだから、もしかしたら私たちとはノリが違うかも、なんて思っていたけれど、皆とてもいい子たちばかりで、今日のカラオケはいつも以上に楽しかった。

なぜかタンバリンがものすごく上手い中村さん、軽音楽部所属で歌もすごく上手いのに、部活ではまったく歌わないという七野さん、アニメ関係の曲が大好きな加賀さん、剣道部所属で外見はものすごく真面目そうだけど、私と一緒に歌って踊ってくれたりと、ある意味ギャップのすごかった早川さん。

　この四人がいてくれれば、海も、きっと楽しく毎日を過ごしているに違いない。

というか、まさか、あの海が五人の中では愛されキャラみたいなポジションになるなんて。

小、中と過ごした女子校を離れてからというもの、本当に新鮮なことばかりだ。

あの四人に真樹君とのことをいじられて恥ずかしがる海は、ものすごく可愛かった。まあ、あれについては私が先に見てるので、そこはちょっとだけ優越感。

「夕、そろそろ私たちも行こうか」

「うん。ところでニナちは？」

「新奈ならお手洗い。先に行っててってさ」

「そうなんだ。了解」

　先に中村さんたちとバイバイを済ませていた海や真樹君と合流して、私たち三人は駅のホームへと向かう。

　本当は渚ちゃんとも一緒に帰りたかったのだけれど、宣言通り乾杯が終わってちょっとしてから、お金だけきっちり払って先に帰ってしまった。

　なので、渚ちゃんとはまた後日、二人きりで遊びに行こうと思う。一緒に歌って、ファミレスあたりで楽しくおしゃべりしながらご飯を食べて、その後はゲーセンとか、街をぶらぶら歩いて。

多分、またウザがられちゃうんだろうな。そして、なんだかんだ言いつつも、最後まで付き合ってくれる。

渚ちゃんのツンデレは、何気に可愛い。

「くぁ……ん〜、なんか急に眠気がヤバいことに……楽しかったから別にいいけど、さすがにはしゃぎ過ぎちゃった……帰ったら五秒で落ちる自信あるわ」

「み、右に同じ……」

「あはは……ごめんね、二人とも。今日は私のわがまま、いっぱい聞いてもらっちゃって」

「ん〜、いいよ、気にしないで。夕は今日、誰よりもいっぱい頑張ったし、私たちもなんだかんだで楽しかったから。ねえ？」

「うん。疲れたけど、おかげで俺もスッキリできたし」

目をしょぼしょぼとさせながら、二人はそう言ってくれる。クラスマッチやその後のことも含め、今日についてはどう考えても私が振り回したのに、海も真樹君も、不満一つこぼさず、私のことを優しい笑顔で受け入れてくれる。

こっちが恥ずかしくなるぐらいアツアツの恋人同士の二人——きっと二人きりでゆっくり過ごしたい思いもあったはずなのに、この週末の時間を私のために割いてくれて。

私が今もこうして笑顔でいられるのは、間違いなく二人の……いや、他にもニナちや紗那絵ちゃん、茉奈佳ちゃんも含めて、皆のおかげだ。

本当ならもっともっとみんなにお礼を返したいけれど……まあ、そう言ったところで『そんなのいらないよ』と断られそうなので、これからも元気で明るい姿を皆に見せることで、そのお礼とさせてもらえばと思う。

そういえば、結局、海とのバスケ勝負はうやむやになってしまったな。シュート対決ははっきりしないまま終わっちゃったし、クラスマッチでも試合は引き分けだった。

次の機会は、いつになるのだろう。

その時こそ、はっきりと白黒つけられればいいなと思う。

「う……むぅ……」

「？　海、どうしたの？　なんか落ち着かない感じだけど……」

「あ、うん。さっきまでは大丈夫だったんだけど……」

階段を降り、ホームのベンチで帰りの電車を待っていると、ふと、体をもじもじとさせている海のことに気づいた。

こっそり聞いてみると、どうやら急に催してしまったらしい。

そういえば、カラオケの三時間の間、ずっと眠そうな真樹君の隣につきっきりでお手洗いに行ってなかったような。

「そっか。まだ電車が来るまで時間あるし、それにもし間に合わなくても次の次のに乗ればいいんだから、我慢せずに行ってきなよ。海の荷物と真樹君は、私の方で見ておいてあげるから」

「う……じゃ、じゃあちょっとの間だけお願い」

海の隣に座っている真樹君はというと、海の肩に体を預けて、すでにすやすやと眠っている。普段から大勢で行動するのには慣れていないだろうから、いつも以上に疲れてしまったのだろう。

少しゆすっても全然起きる気配のない真樹君の頭を反対側の私の肩に置いて、海のことを見送った。『自分も含めて三人分の荷物＋眠ってしまった真樹君のお世話』なので大変だが、もうすぐニナちも来てくれるだろうし問題ないだろう。

「…………」

遠くから聞こえる駅のアナウンスをぼーっと聞きながら、私はふうと一息ついた。

今日は、朝から今この時に至るまでの間で、本当にたくさんのことがあった。昨日の夜からあまり眠れなくて、皆に励まされてちょっと元気が出たと思ったら、学校ですぐに渚ちゃんと喧嘩になっちゃって。

試合はなんとか持ち直して、その後、渚ちゃんともなんとか仲直りっぽいところまでこぎつけることが出来たけれど、私一人では絶対にここまで出来なかったと思う。

「……ありがとね、真樹君。今日は本当にお疲れ様」

そう言って、私は隣ですうすうと静かに寝息をたてる友達のことを労う。

こうなった全てのきっかけをくれたのは、海との試合中の前半終了間際に体育館に響いた真樹君の声援だった。

あそこで私は、どれだけ自分がバカなことをやっているのかに気付けた。

普段大きな声を出すことなんてほとんどないシャイな男の子の声援が、ハンマーみたいな衝撃で私のことを正気に戻してくれた。

「――頑張れ、頑張れ10組、か……」

試合が終わった後でも、真樹君の声は耳に残っている。

あの声援が、私のためにやったことではないのは理解している。しょっぱい試合をして俺の恋人を失望させるな――そういう意味を込めて、きっとこの人は言ったのだろうけど。

「……それでも、私は感謝してるから」

気持ちよく寝ているのを邪魔しないよう静かに、そっと真樹君の頭へと私は手を伸ばす。

ちょっとボサボサだけど、柔らかくて手触りのいい髪の毛。そういえば、海が『この前切ってあげたんだ』と惚気(のろけ)てたっけ。汗臭さに交じって、ほんのりと海に似た香りがする。

もしかしたら同じシャンプーを使っているのかもしれない。

普段は離れたところで見ているだけなのでわかりにくいけれど、こうして近くで観察してみると、色々なことに気付くものだ。

「……んぅ……すぅ……」

「ふふっ……海が言った通りだ。子供みたいな寝顔」

真樹君の顔をしっかり見たくなって、こっそりと彼の前髪を横によけて額を出してみる。

薄いけど、あまり手入れはされていない眉に、意外と長い睫毛。

こうして見ると、ちょっと女の子っぽい所もあるのかな——。

と、そう思った瞬間だった。

——とくんっ。

「？　えっ——」

そうして不意に胸が高鳴ると、それを境に、少しずつ心臓の鼓動が速くなってくる。

とくんとくんとくん。

「な、なにこれ……」

何か体調に異変でも起きたのだろうか。私はすぐに真樹君の頭から手を離し、そのまま自分の胸に当ててみる。

とくん、とくん。

……今は特に問題なさそうだ。もしかしたら何かの病気かも、と思ったが、先程のドキドキが嘘のように、規則正しいリズムを取り戻しつつある。

「——あ、いたいた。お〜い」

「！　あっ……と」

と、ここで、私たちのほうに近づいてくる足音が。

いいのか悪いのかわからないタイミングだが、ニナちだった。

「ごめん、夕ちん。ちょっとトイレのほうが激混みでさ……って、夕ちん、委員長と二人きりでなにしてんの？」

「あ、え、えっと……真樹君疲れて寝ちゃってて……海がトイレに行きたいって言うから、その間の荷物と真樹君の番というか」

「え？　なに、委員長寝てんの？　……あ、マジだ。ウケる。写真撮っちゃお。んで、後で加工して委員長のスマホに送りつけてやろ」

「もう、ダメだよニナち。電車が来るまで静かに寝かせてあげなきゃ」

起こしてしまっただろうかと真樹君の顔を覗くが、やはり相当疲れているのか、側で騒いでも起きる気配がない。個人的にはこのままおんぶでもしてあげたいところだが、さすがに私一人では無理なので、海が戻ってきたら起こしてもらうようにしよう。

「ね、ねえニナち。お願いなんだけど、ちょっと真樹君のことお願いできない？　私もちょっとお手洗いにいきたくなっちゃって」

「ん、いいよ。じゃ、私がそこに座ればいいのね。おーい、委員長起きろ～、こんなところで寝たら死ぬぞ～」

「ん、んあ……？　い、いや、ここ雪山、じゃない……」

「もうニナちったら……じゃ、じゃあ私も行ってくるね」

遠慮や気遣いなどお構いなしに真樹君の体を楽しそうに揺さぶるニナちに荷物番を任せて、私も海を追うようにお手洗いへと向かう……ふりをする。

「……ねえ、夕ちん」

「？　な、なに？」

「トイレ、そっちじゃないよ。向こう」

「！　あ、ごめ……へへ、じゃあ、改めて行ってくるね」

……ああ、もう。やっぱりダメだ。少し一人になって落ち着かないと、この原因不明のドキドキがおさまってくれないような気がする。

この感じ、多分、生まれて初めてだ。

この気持ちは一体、何なのだろう。

あとがき

皆様の応援のおかげで順調に巻数を重ねております。ありがとうございます。

シリーズ第1巻が発売されてから一年半ほどですが、当初思っていた以上に多くの方に読んでいただけているようで大変嬉しく思っています。多くの方からの応援のお手紙などもいただき、身の引き締まる思いです。

これからも真樹と海、二人のことをどうぞよろしくお願いいたします。略称は『クラにか』です。

さて、今回の4巻についてはコミカライズの2巻とほぼ同時期での発売（予定）となっているわけですが、個人的にはこれが一番の驚きでした。

コミカライズ1巻が3月1日に発売で、2巻が5月末……おかしいです、間隔が3ヵ月とありません。話数的には問題ないかと思いますが、通常の更新と並行してのコミックス作業は物凄く大変なはずで、尾野凛先生には感謝の気持ちしかありません。

ということで、コミカライズの『クラにか』についても、何卒よろしくお願いいたします。

また、コミカライズに関連して、YouTube にてボイスコミックも公開されております。こちらはＰＶ等から引き続き海役の石見舞菜香さんと真樹役の石谷春貴さん、そして今回新たに夕役として鈴代紗弓さんに担当していただきました。こうして考えるとすごい顔ぶれの方々ですが、より多くの方に作品を楽しんでいただけるよう、また、まだ『クラにか』の存在を知らない方にも認知していただけるよう、制作チーム全体でも頑張っておりますので、引き続き、変わらぬ応援をいただけると嬉しいです。

今巻も、多くの方のご協力のおかげで、こうして読者の皆様のお手元まで届けることができております。お礼申し上げます。

スニーカー文庫編集部の皆様、および担当様。今回も自由に書かせていただきありがとうございます。今後もマイペースで頑張りますので、よろしければお付き合いください。

イラスト担当の日向あずり先生。今巻も素晴らしいイラストをありがとうございます。いつもと雰囲気の違う海と夕、とても可愛いです。

コミカライズ担当の尾野先生、およびアライブ編集部の皆様。コミカライズ、いつも楽しく読ませていただいております。今後ともよろしくお願いいたします。

それでは最後に、私が一番やりたかった挨拶であとがきを締めさせていただきます。

これも全ては読者の皆様のおかげです。本当にありがとうございます。

それでは、また次巻でお会いしましょう。

クラスで2番目に可愛い女の子と友だちになった4

著　たかた

角川スニーカー文庫　23677

2023年6月1日　初版発行
2024年4月5日　6版発行

発行者　山下直久

発　行　株式会社KADOKAWA
〒102-8177 東京都千代田区富士見2-13-3
電話　0570-002-301（ナビダイヤル）

印刷所　株式会社KADOKAWA
製本所　株式会社KADOKAWA

●お問い合わせ
https://www.kadokawa.co.jp/（「お問い合わせ」へお進みください）
※内容によっては、お答えできない場合があります。
※サポートは日本国内のみとさせていただきます。
※Japanese text only

Printed in Japan　ISBN 978-4-04-113731-4　C0193

★ご意見、ご感想をお送りください★
〒102-8177 東京都千代田区富士見 2-13-3
株式会社KADOKAWA　角川スニーカー文庫編集部気付
「たかた」先生「日向あずり」先生

角川文庫発刊に際して

角　川　源　義

第二次世界大戦の敗北は、軍事力の敗北であった以上に、私たちの若い文化力の敗退であった。私たちの文化が戦争に対して如何に無力であり、単なるあだ花に過ぎなかったかを、私たちは身を以て体験し痛感した。西洋近代文化の摂取にとって、明治以後八十年の歳月は決して短かすぎたとは言えない。にもかかわらず、近代文化の伝統を確立し、自由な批判と柔軟な良識に富む文化層として自らを形成することに私たちは失敗して来た。そしてこれは、各層への文化の普及滲透を任務とする出版人の責任でもあった。

一九四五年以来、私たちは再び振出しに戻り、第一歩から踏み出すことを余儀なくされた。これは大きな不幸ではあるが、反面、これまでの混沌・未熟・歪曲の中にあった我が国の文化に秩序と確たる基礎を齎らすためには絶好の機会でもある。角川書店は、このような祖国の文化的危機にあたり、微力をも顧みず再建の礎石たるべき抱負と決意とをもって出発したが、ここに創立以来の念願を果すべく角川文庫を発刊する。これまで刊行されたあらゆる全集叢書文庫類の長所と短所とを検討し、古今東西の不朽の典籍を、良心的編集のもとに、廉価に、そして書架にふさわしい美本として、多くのひとびとに提供しようとする。しかし私たちは徒らに百科全書的な知識のジレッタントを作ることを目的とせず、あくまで祖国の文化に秩序と再建への道を示し、この文庫を角川書店の栄ある事業として、今後永久に継続発展せしめ、学芸と教養との殿堂として大成せんことを期したい。多くの読書子の愛情ある忠言と支持とによって、この希望と抱負とを完遂せしめられんことを願う。

一九四九年五月三日

Reunited
with my former lover on
a dating app
CONNECT
マッチングアプリで
元恋人と再会した。
ナナシまる
ILLUST
秋乃える
シリーズ続々重版中!!
アプリが告げる運命の相手は、
疎遠になっていた元カノ!?
友だちの勧めで始めたマッチングアプリ。【相性98%】運命の人との初対面――しかしその相手は元カノ・高宮光だった！　同じ大学の美少女・初音心ともマッチし……未練と新しい恋、どっちに進めばいいんだ!?
スニーカー文庫